爱人同志

LOVER
COMRADE

艾伟 著

浙江文艺出版社
Zhejiang Literature & Art Publishing House

我的心已为

噩梦缠绕，我要仰面朝天

躺下，让黑暗成为我的睡房……

——波德莱尔《一日终了》

# 目　录

爱人同志

# 第一章　摄影机下的婚礼

## 1

张青松一头灰色硬发，像所有硬发质男人一样，他脸上的皱纹深深地陷入皮肤之中，就好像有一把刀子在他脸上胡乱切割过一样。这会儿，他站在校长室的窗子前，茫然地看着窗外，他的目光显得焦灼而忧虑。亚热带的春天来得很早，虽然还只是三月，但校园里的植物已绿得油亮油亮的，就连周围的空气都仿佛被染绿了。学校操场上，孩子们成群结队地在玩耍，他们穿着军装，手中拿着自制的玩具手枪。这个小城的孩子们这段日子喜欢把自己打扮成一个军人。这同刚刚结束的那场战争有关。那场战争诞生了无数的英雄，所有的报纸、电台和电视都在连篇累牍地报道前线的英雄，这些英雄现在是孩子们崇拜的偶像。从管理出发，学校是不喜欢孩子们舞枪弄棒的，但即使管理得再严，也很难禁止学生带着枪棒来学校。曾经收缴了一批，可没多久，孩子们身边又藏了一支玩具枪或一把刀子。开始还偷偷摸摸，学校一松劲他们就变得明目张胆了。有两个孩子从校长室的窗下跑过。他们刚才还在模拟机关枪发射的音响，但到了校长室窗下他们都安静下来，他们看到了窗内校长的目光十分阴郁，那张严厉的脸显得心事重重。他们跑过去的时候，不时回头张望，就好像他们发现了什么奇怪而可怕的事物。

张青松来到办公桌前，把一张摊在上面的报纸小心地折好，放入一只印有"为人民服务"语录的破旧的牛皮公文包里。他打算立即去一趟省城，找到自己的女儿张小影。

现在他坐在去省城的夜行列车上。列车在寂静的旷野中行进，它单调而清脆的轰鸣声听起来像一支安眠曲。很多旅客在自己的座位上睡着了，他们睡着时那麻木的脸像婴儿一样软弱，显得十分愚蠢，有几位头像啄米的鸡那样在不住地点动，有几位则无耻地流着口水。车厢十分拥挤，连走道上也站满了人，有的甚至站着睡着了。总是这样，这个国家最大的特色就是人多，所以我们不在乎在战争中死几个人。张青松浑身疲乏，他很想如坐在对面的那两个人，美美地睡一觉，但他的焦虑早已把他的睡意赶到九霄云外。他索性把目光投向窗外。窗外一片漆黑，零星有几点灯火一闪而过。虽然什么也看不见，但他仿佛看到了窗外的群山和土地的模样，仿佛闻到了土地散发出来的清凉气息。这种感觉让他觉得飞奔的列车就像一只在大地上爬行的渺小的虫子。

站在走道上那个戴眼镜的中年人注意到张青松手中的公文包。公文包的拉链已经坏了，那张省报露出了一角。戴眼镜的中年人看上去是个精力充沛的人，他有一颗硕大的头颅，眼睛很亮，脸上布满了那种生疮后留下的硬硬的疤痕。照他的样子似乎不应该戴一副眼镜的，这么一个粗人怎么会戴一副眼镜呢？可他偏偏戴了副金丝边眼镜，并且镜框特别小，配在他那张宽大的脸上，让人觉得就连他的眼珠都没有遮住似的。这个人这会儿感到很无聊，他显然需要找些事儿消磨时光。他看到那张报纸，就说：

"同志，可不可以看看你的报纸？"

戴眼镜的中年人声音洪亮，中气十足，张青松被吓了一跳。见那人目光炯炯地看着他，张青松才知道那人是在同自己说。张青松还没来得及有所反应，那中年人的手已经伸到了他的公文包里，迅速地抽出那张报纸。他看着张青松惊愕的表情笑嘻嘻地说：

"我看一眼。"

张青松对这个人很反感，这世界上总是有这种没礼貌的无耻的人，但他已没有办法阻止这个人了，他没有理由把报纸要回来，那会显得太小气。他打心里不想给人看，他不想任何人看到这张报纸，他知道人们看了报道后会有什么反应。

那个中年人看完后就发出长长的"啧啧啧"声，那是发表感叹的前兆。果然，那人就发表起高论来，他说话时慷慨激昂的样子就好像他正站在万千人群面前演说。

"这些报纸真他娘的无耻，宣传这种东西，简直没有一点人道主义。一个花季少女怎么能爱上这种男人？他是个英雄没错，但都瘫掉了还有什么用？他已经不是个男人了，那玩意儿一定也废掉了，嫁给这样的人不等于是活守寡嘛？政府宣传这种东西，赞美少女的献身精神，那是误导……"

中年男人的每句话都像子弹那样击中了张青松的要害，他的脸一下子变得苍白，耳根发烫，额头冒出些许虚汗。他很想把报纸夺过来，但他忍住了。他闭上眼睛，心里祈祷此人安静一点，不要再继续这个话题了。事与愿违，列车上的人听到中年男人的议论后，他们的头像乌龟那样伸长，视线落在中年男人手中的报纸上，他们的脖子拉伸得又细又长，几乎到了极限。

有人看了报道后对中年男人的看法不以为然，"你以为这个女人天真啊，这个女人不会天真的，这个女人这么干一定有她的目的，可能是想出风头。女人们大都喜欢出风头，她们为了上报纸上电视可是什么都干得出来的。不要上女人的当，你以为她真的会同那个瘫了的英雄结婚啊，不会的，她们可都是些投机分子。"

中年男人见有人搭他的腔，一下子兴奋起来，终于找到可以释放他过剩精力的事儿了，他和那人争执起来。他说：

"你怎么说起女人来这么尖刻，好像你吃过女人大亏似的。"

那人被中年男人说得哑口无言。中年男人很得意，又说：

"我可不会说女人的坏话，我他娘的就是喜欢女人。"

周围的人脸上露出鄙弃的表情，看来这个外貌丑陋的家伙是个色鬼，他们不屑和这样的人说话。当然他们也意识到他们说不过这个外貌丑陋的家伙。中年男人见没人再跳出来，多少有点失望。他打了个长长的哈欠，同时收起了报纸。

中年男人有着机敏的洞察力，他把报纸还给张青松时，发现张青松呼吸急促，脸色也不对头，苍白中透着黑色。他就把兴趣转移到张青松身上，他问：

"你怎么了，病了吗？"

张青松长长地叹了口气，说："没事。"

中年男人说："你的气色这么差，是不是晕车了？你要不要晕车药？我这里有。我虽然不会晕车，但我总是带着晕车药，这样我见到像你这样的人就可以积点德。我他娘的简直是个活雷锋，可就是没有一家报纸给我宣传一下。喊，他们只知道报这种事情，有病！"

张青松痛苦地闭上眼睛，他不打算同这个人说一句话。他听到火车的声音这会儿闷声闷气的，好像火车正行驶在水底。他怀疑火车可能进入了一个山洞。

## 2

医院设在一个安静的山谷里面。这是一家军队开设的医院，主要是为军人服务的，同时也对一定级别的官员和有社会地位的人士开放。进出医院的人不是很多，因此显得有点冷清。

几个月前这里出了一桩新闻，引来了不少记者。各式各样的记者都有，有情绪亢奋的，有为眼前这一事件而热泪盈眶的，也有明显打不起精神纯粹是为了写一篇报道应付了事的。这些记者分别来自报纸、电台和变得越来越红火的电视台。不管他们有着怎样的心情或来自哪家新闻单位，这些人总是显得大大咧咧、满不在乎，脸上大都有一种救世主般的神情。人们很难搞清他们为什么有这种表情，只不过天长日久，大家也就习惯了，觉得记者似乎就该是这个样儿。

热闹是在前一阵子，这几天医院已平静如旧了。

住在医院的病友们喜欢坐在病房向南的走廊上晒太阳。这家医院是新建的，设施足够现代化，墙壁白得晃眼，一尘不染。病人们的神态并不无精打采，相反，他们充满生机。他们的样子有点像关在笼子里的困兽，有一种精神无法消耗掉的既亢奋又无聊的劲儿。倒是那些医生大都神情木然。病人们双眼望着远方，看东边群山在阳光下所呈现的深褐色，看远处道路上零星的人群过往。

大约九点钟光景，病友们看到一个身材单薄的女孩出现在远处的道路上，看她走路的样子，病友们就认出那是张小影。其实也用不着辨认，即使闭上眼睛他们也猜得出这会儿来医院的人必定是张小影。他们知道张小影是从城市东面的一所中等专科师范学校来的，从学校到这里要转好几次公车，先是512路，然后是9路，再换32路。张小影走路的样子很特别，别人走路时两只手是一前一后地摆动，但她却是两手横向小幅甩动，这使她看上去有点天真烂漫的味道。张小影一边走，一边看掩映在绿色丛中的医院。这会儿，天上有几只鸽子在盘旋，它们发出悦耳的叫声。病友们看到她的脸上露出孩子般的愉快的微笑。虽然还是早春，但因为赶路，她的小鼻子上有几粒细微的汗珠子，这令她看上去像一个还没发育完全的少女。鼻子上的汗珠子是她的特征，病友们发现她只要一运动，最先出汗的必定是那里。

　　一会儿，张小影就走进了医院。由于医院太安静，脚步稍重一点就会在走廊引起回响，几乎每个来这里的人都会不由自主把脚步放轻。张小影走得尤其轻，她走路的样子简直像传说中飘浮的女鬼——当然这女鬼一定是美丽和好心肠的。走廊的南侧是一大片草地，上面洒满了阳光。这时候，张小影身后响起一个快乐的声音。是有人在叫她，"张小影"三个字说得字正腔圆。叫她的人名叫刘亚军。刘亚军虽然是南方人，但能说一口标准的普通话，嗓音浑厚且有磁性。病友们知道她迷恋他的嗓音（她有一次对病友们说，她是因为听到他的声音才注意他的，她最初喜欢的是他的声音）。张小影听到叫声，并没有马上把头转过去，而是侧耳倾听，就好像空气中残留着美妙的余音。一会儿，她才突然转向刘亚军，并给他一个灿烂的笑容。

　　刘亚军正坐在轮椅上。他看起来还是蛮阳刚的，理了一个板寸头，脸型硬朗，目光明亮而热情。刘亚军盯着张小影的脸，似乎在辨析着她的表情。病友们看出来了，张小影今天的笑容有点儿勉强。

　　他问："出了什么事吗？"

　　她说："没有啊。"

　　刘亚军的脸已经沉了下来。他是个敏感的人，脾气暴躁，反复无常。这一点病友们早已领教过了。病友们知道刘亚军等会儿一定会盘问张小影的，如果张小影心中真有事，是无法对刘亚军隐瞒的。一点儿也隐瞒不了，刘亚军有一双锐利的眼睛，他总是能发现别人是不是在撒谎。张小影来到刘亚军的轮椅后，推着他向病房走去。一会儿，他们消失在走廊的尽头。

　　走廊上这会儿空无一人。医院一如既往的安静，刚才张小影和刘亚军的对话像是在空气中打了个旋涡，一转眼就不着痕迹。没过多久，病友们听到楼上传来吵骂声，他们猜测那一定是刘亚军和张小影在吵架，不过他们对此并不感到奇怪，他们吵架已不是第一次了。这对新闻人物似乎天生有一种引人注目的气质。

　　病友们都朝楼上挤，他们可不想错过看热闹的机会。他们有点看不惯刘亚军，认为刘亚军是身在福中不知福。多么单纯的女孩子，并且是个死心眼，有这样一个女孩喜欢他，刘亚军应该好好珍惜才对，可他总是对她动粗。这家伙太笨了，他总有一天会把她打跑的。

　　病友们都是在前线负伤的，他们受伤的程度不同，可都是货真价实的英雄，他们也希望有女孩来爱他们，但他们的运气显然没有刘亚军好。天知道这个叫张小影的女孩为什么偏偏喜欢上了刘亚军。病友们觉得张小影或多或少有点特别。张小影和刘亚军好可不是为了出风头——这一点这些英雄都看出来了。希望和一位英雄结成伴侣的姑娘不是没有，但那些姑娘的目的不是他们，那是一些狡猾的女孩，在媒体前出足风头后，就会把他们抛弃。张小影显然不是这一路，她是一个死心眼女孩。病友们在背后都叫她为"死心眼"。

　　附近的学校经常组织女学生来医院和英雄们联欢。张小影就是在联欢时认识刘亚军的。最初，张小影在那些女同学中间并不起眼。那是一群青春勃发的女孩子，健康饱满，看到她们，病友们感到生活还是美好的。那次联欢后有几个女孩常来医院服务，她们不但给战士们做些护理工作，还给他们洗衣服，清理病房。这也是社会风尚，南边的这次战争激发了国人空前的爱国热情，加上新闻媒体的渲染，年轻女孩的献身热情空前澎湃。这种为军人服务的义举在战争快要结束时颇为盛行。可也没有盛行多久，这是个思想比以前活跃得多的时代，早些时候的共产主义思想和正在萌芽的个人主义思潮奇怪地混合在一起，注定了女孩子们的热情不会持续太久的。果然，过了一段日子，来医院服务的女孩子只剩下张小影了，而张小影只对刘亚军感兴趣。她替刘亚军干一般女孩子不愿干的事情，她为他倒尿罐，洗内裤，甚至还替他擦身。她第一次替他擦身的时候，他们俩都面红耳赤，这可是他们俩第一次碰到异性的身体。同房的病友见此情形，怀着嫉妒的心情知趣地离开了。

病友们中间开始传说张小影喜欢上了刘亚军。无论如何这是件好事，有病友当着张小影的面和刘亚军开暧昧的玩笑："刘亚军你可真有一手……"张小影对此只是笑笑毫不介意，刘亚军却不高兴。有一次他们开玩笑时刘亚军突然发火了，他用头撞击他的轮椅以唤起大家的注意，然后骂道，谁他娘的再开这样的玩笑，老子杀了他。从此后病友们不再多嘴了，既然你不经逗，我们还懒得理你呢。病友们很快发现刘亚军不再理睬张小影，他甚至不同她说话。有一次，刘亚军终于开口了，口气是斩钉截铁的，他说，你不要再来医院了。张小影当即眼泪涟涟，但她没有走，继续为刘亚军护理。病友们都感叹张小影这女孩子太傻。又过了一段日子，刘亚军骂张小影，他们说得对，你是个愚蠢的女孩，你以为我喜欢你，你去照照镜子，我怎么会喜欢你，你这样是自作多情。刘亚军骂着骂着，突然哭了起来，他一把抓住张小影的头发，指着自己的腿说，你为什么要这样？你这个傻姑娘，你为什么要这样？我都是这样的人了，我这里、这里没有一点感觉了，我是个废人了，你难道没看见？她们都走了，你也应该早点走人的，你为什么还要来？说着，刘亚军已泣不成声，他的脸上布满了痛苦和绝望。他用双手护住了自己的脸。张小影还是没有离去，站在他身旁，用手按抚他起伏不停的胸膛，直到刘亚军平静下来。那天，她还替他洗了那双早已没有任何感觉的像木头一样冰冷的双脚。

后来病友们多次见到刘亚军对着张小影发脾气，就好像张小影前世欠了他什么。刘亚军只要不高兴就要对张小影动粗。有一次，他把张小影为他带来的书报砸向张小影。他眼中淌着痛苦的泪水，说，你还是滚吧，我配不上你，知不知道？你滚吧，我不想连累你，你这样是没好果子吃的，我们是不会有结果的。但不管刘亚军怎么对待她，张小影就是不离开他。病友们对刘亚军的做法很不以为然，认为刘亚军不该动粗的，刘亚军不应该把自己的坏心情发泄到张小影身上。后来他们吵架的次数多了，病友们也就麻木了。

病友中有一个家伙平时喜欢舞文弄墨，他根据刘亚军和张小影的故事写了一篇歌颂心灵美及无私爱情的报道。谁知这篇报道引来了无数大大小小的记者。记者们见到他们就好像淘金者突然挖到一个金矿。刘亚军不喜欢他们，见到他们职业性的探究的目光，就会涌出本能的反感，更多的时候是张小影在应付他们。不过，在记者们看来，他们将要写的报道中张小影是当然的主角。刘亚军因此对张小影发火的次数多了起来，就好像这些记者的到来全是张小影的错。即使在记者采访的时候，刘亚军也不避嫌，一不顺心就要骂张小影。有一次他俩还当着记者的面打了起来。令病友们吃惊的是这一次张小影竟也还手了。当刘亚军抓住张小影的头发时，张小影一边哭着一边用手抓刘亚军的脸，刘亚军被抓得满脸是血。那之后，只要他们一吵架，就要动粗，两个人都动粗。当然不会有任何一个记者写到他们打架的事，记者们无一例外地把他们描述成正热恋着的甜蜜情侣。

刘亚军和张小影在打打闹闹中确实越来越像一对情侣了。在很多时候，他们坐在阳台上，默然相对，看起来就像新闻报道所描述的那样很有诗情画意。

这会儿，病友们都集中在刘亚军病房前。这次，刘亚军倒是不怎么激动，虽然他的骂声像往日那样响亮，却并没动手。他先是粗暴地骂了几句，然后表情冷酷地说：

"把你的东西都带走，跟你爹回你的老家去吧，我早已料到这一天了。不过你放心，我不会缠着你不放的，也不会寻死觅活的。"

张小影一脸固执，她说："我不会离开你的。我宁愿不做他的女儿也不会离开你。"

刘亚军骂道："你他娘的真傻，天底下没有比你更傻的了，像你这样的人将来必定要吃很多苦。你不知道人有多坏，你可得长点心眼儿。"

病友们马上就弄明白发生了什么事。张小影的身体看上去非常单薄，但病友们感到这单薄的身体里蕴藏着无尽的能量和坚定的意志。她的样子表明，即使她爹打死她，她也不会离开这个坐在轮椅上的家伙的。

3

军队的司令部建在一个湖边的山岙里，三面环山，正南面对着一泓湖水。张青松是搭乘一辆手扶拖拉机来到这里的。拖拉机手是住在附近的一个农民。张青松在拦这辆拖拉机时注意到这人表情十分严厉，好像正在生谁的气。他担心这人拒绝载他，但这人把车停了下来，可能是因为心里并没有指望什么，张青松一时愣在那儿。拖拉机手按了按喇叭，喇叭声非常刺耳，张青松这才反应过来，迅速爬到车上。拖拉机手一直黑着脸，张青松觉得像是欠了他什么似的，心里有些不安，但一会儿，张青松就不再去理会这个人了。一路上，他和拖拉机手没说一句话。这很好，张青松这会儿不想有人烦他，他的心里都乱了套，他需要安安静静地想事。拖拉机发出单调的闷声闷气的马达声，速度不快，在张青松因为思考而涣散的眼睛里，道路两边的树林快速地移动着，联结成了一片，像一匹滚动的布匹。下车的时候，张青松向那人道谢，但那人还是一副拒人千里的表情，没有回应他。张青松怀疑那人是一个哑巴。

"我终于到了目的地。"张青松看着拖拉机远去后，在心里说，"不过我得抓紧时间，得赶紧找到他的领导，我想他们一定会理解一个父亲的心情的。他们也是父亲，他们应该设身处地为我想想。"

张青松整了整衣衫，向那幢大楼走去。

接待张青松的是一个年轻的军官。张青松不知道他的官有多大，对他说是否有用。他不喜欢和这样的年轻人谈话，年轻人没经过事，什么都不懂，只会说些官话套话。他可不是来听他们讲官话的，官话他也会讲。那年轻军官在对面坐了下来。张青松对自己说，我不能同他谈，我应该同一个做了父亲的军官谈，这样彼此比较容易沟通。张青松的嘴下意识地抿紧了。他不打算对眼前的这个人多说什么。

年轻的军官已经知道他是谁了。他说出那个名字，年轻军官就知道他的身份了。前阵子因为新闻媒体的大力渲染，发生在军医院的故事已变得家喻户晓。这样美好的故事目前是需要的，因为战争刚刚结束，政府和军队需要安慰牺牲者的家属和负伤的官兵。这样的故事他们是不会轻易放掉的。这个故事是自然而然发生的，但恐怕以后会加入更多的人为因素。年轻军官猜到眼前这个一脸皱纹的有着愁苦表情的老头来这里的目的，但他断定老头的努力不会起任何作用。

年轻军官试图和老头拉家常，老头一直没有开口。年轻军官知道老头不信任他，也许老头希望和他们的司令员谈谈——这是不可能的，这样的小事不可能让司令员知道。老头沉默不语，年轻军官就自顾自说话，他谈起看了报道的感想。军官夸赞张小影是个可爱的女孩，他在一张报纸上看过她的照片，很秀气很文静。那负伤的战士也很英俊，笑容很灿烂，还有点孩子气。从他们的合影看他们真是天生一对。军官一边说一边观察老头的脸色，军官注意到自己在说张小影时，老头的脸上有了复杂的表情。军官想老头开口说话，想让老头的情感爆发出来，所以他就不停地说张小影的事。他说张小影一定是个聪明的女孩，他听人说张小影在学校里成绩很好，为人也很好，不爱说话，但特别有主见，同学们有什么心事都喜欢同她说，同她说放心。军官还问老头，张小影在家里是什么样子？上面还有哥哥姐姐吧？张小影对你是不是很亲？军官发现老头的眼眶泛红了。

老头终于哭了起来。军官长长地嘘了一口气，轻轻地拍了拍老头的肩。他已看出来了，老头需要发泄，他断定过不了多久老头就会开口的。果然，几分钟后老头擦了把泪水，开始说话了。

"她是个傻女孩啊，她从小就是个傻女孩。她不听我的话呀，我赶到她学校，劝她不要这样冲动，可这个傻女孩根本不听我的。我坐在她的寝室里，她的那帮同学开始还给我倒茶，但见我脸色不对，都溜出了寝室。我知道她们没有走远，她们在门外竖着耳朵听我们谈话。我是个教师，我了解这些孩子的行为和心理。可说实话，我不理解我这个小小儿，我养了她二十多年，我越来越搞不懂她心里面究竟在想些什么。她坐在我对面，低着头，任我说什么她都不吭声，嘴角还挂着一丝微笑。我弄不懂她为什么要这样笑，我都说得口干舌燥了，可她还在笑，好像什么事也没发生一样。她见我滔滔不绝，还替我倒水。我气不打一处来。我知道这都是我从小惯她的结果，她知道我不会怎么她，知道我也就发发火，过后就会原谅她。但这回她错了，我见她根本不把我的苦口婆心当回事，一副不死不活的样子，就站起来给了她一耳光。她一脸惊愕地看着我，脸色变得煞白，那一巴掌留下的红色手指印痕清晰可辨。我自己也傻掉了，我可从来没打过她啊。我哭出声来，我这辈子没有当着她的面哭过。我又好言好语劝她，不要冲动，但她不再理我，不论我说什么，她都低着头。她的脾气怎么会这么臭！我知道她在心里抗拒我，这时候我就是说破了嘴也不会起任何作用。"

这段日子以来，张青松还没这么痛快地说过话，他需要倾诉。

"她的脾气犟啊……"

老头这会儿已不排斥这个年轻的军官了。即使心里面排斥，他显然也控制不了自己的倾诉欲望。他继续说：

"我没想到会发生这样的事。这孩子怎么这样傻，学雷锋也不应该这样学啊。我是个教育工作者，是一校之长，我当然得天天站在讲台上给孩子们讲人生大道理，她这个样子也许是听了太多道理的缘故。这孩子从小跟在我身边，特别安静，我上课的时候，她会坐在角落里静静听我讲课。她那个样子就像一个天才。她识字早，懂事早，她从小就是我的骄傲。可后来我感到她有点不对头，她的想法有点与众不同。给你说个拾金不昧的事。那会儿她读小学四年级，他们班有一个女同学几乎每天能拾到一件小东西上交给老师，有时是五分钱，有时是一块橡皮，因此这位同学总能得到老师的表扬。我女儿很羡慕，她也想天天捡到东西交给老师。她就问那同学是哪里捡到的。

那同学说，只要你走路时眼睛看地面，从你的左边看到右边，就像工兵扫雷，你就会捡到东西。我女儿傻呀，她真的每天去找，并且专门在那位同学常走的路上找。我们当老师的都知道那个孩子是怎么回事，她交给老师的其实是家长给她的零用钱。我那孩子傻啊，她不明白，她找了半天当然不会找到什么，又不甘心，晚上还拿着手电筒去找。那段日子她的脸上有一种狂热而迷乱的兴奋劲儿。我很着急，但我不能不让她学雷锋啊……"

老头说话时脸上挂着痛苦和甜蜜交杂的表情。年轻军官明白老头把女儿看得比自己的生命还重。年轻军官想，如果我是他的话，我大概也会这么激动吧？但他不能对老头表露同情，他只能用报上的语言赞扬他培养了一个品德高尚的好女儿。

张青松说："我宁愿她是一个无赖也不愿看到她嫁给他，这会毁了她一辈子的。都是我，是我惯坏了她。她还是个什么都不懂的孩子啊。"

年轻军官说："你是不是说她吃不了苦？"

张青松说："她吃得了苦，问题就在这儿。这孩子忍耐力惊人地好，即使吃了苦她也不会吭一声的。如果她吃不了苦，我倒是一点也不担心，她还可能从那个残疾人身边逃走，可她是个死心眼，无论什么事她都会默默承受，你根本拿她没办法。所以，组织上应该劝劝我女儿，劝劝那个军人，给他们施加一点压力。他们根本就不应该在一起嘛。你们一定要出面啊，我求你们了。"

军官的脸上出现为难的神色，他说："他们这是自由恋爱，我们不可能干涉啊，那是违反婚姻法的啊。"

张青松说："如果你们不肯出面的话，那我就不走了，直到解决这个问题为止。"

但张青松显然做不到这一点。就在他到部队后的第三天，他所在小城的县委副书记和教委主任也来到了省城。他们是接到部队的电话后赶来的。他们见到张青松，当即狠狠地批评了他一顿，讲他不顾全大局，自私自利，讲他干涉婚恋自由，破坏军民鱼水情，等等。说得张青松呼天喊地，号啕大哭。当天，县委副书记和教委主任把张青松带回了家乡。

## 4

这段日子以来，张小影处在一种麻木和茫然的状态之中，围绕着她和刘亚军的爱情而发生的一系列事让她有一种怪异的感觉。一切完全超乎她的预料和想象，好像她和刘亚军的故事有着自己的生命，完全脱离了她的控制。她想，现在有关她的故事变得越来越像一个美丽的气泡了，她甚至担心这个气泡因吹得太大而破碎。那个出现在各大媒体上的自己令她倍感陌生，她常常怀疑他们不是在写她，而是在写另一个与她无关的人。更让她惊奇的是竟会有那么多人来关心她，这些人包括全国各地的普通百姓，卫戍边疆的官兵，学生（有很大一部分是小学生），机关干部，甚至还有正在受监的犯人，他们通过各种方式表达了对她的敬意。更有来自地方政府首长的关心，这些原本离她十分遥远的大人物接见她时都显得温和而慈祥，他们众口一词的赞美令她感到非常难为情。

张小影从来没有觉得她的行为有什么了不起，她只不过做了一件简单的再普通不过的事情，也就是说她喜欢上了刘亚军。没有别的原因。她跟着她的同学来军医院服务时没有想过会在她身上发生这样的故事。她记得第一次见到他，他的脸上挂着若隐若现的嘲笑，他的眼睛十分明亮（她从来没有见过如此明亮的眼睛，这眼睛让她想起她家养着的猫，她曾仔细观察过猫眼，猫眼就像一口井一样望不到底，你越往里看，光芒越强烈，亮得惊心动魄），目光里有一种看透了一切的锐利。这目光让张小影不舒服。这个人喜欢张小影替他护理。这个人还很挑剔，张小影稍有不周他就要骂人。但张小影没有生气，她觉得英雄发点脾气正常不过。后来他们就熟了。张小影发现这个人在心情好的时候很可爱，像一个大孩子。

有一次，张小影推着刘亚军的轮椅去医院外散步。他们行走在无人的小路上。这时，刘亚军叫张小影停下来，他挂着那种残忍的笑容说：

"你一定觉得我很可怜吧？"

张小影没想到刘亚军说这样的话，一时不知如何回答。

刘亚军又说："我知道你怎么看我，我很惨是不是？是的，我这辈子算完了。你瞧，我现在这副样子，生不如死。你瞧我的脸，既年轻又英俊——很多人这么赞扬我，可我却废了，我这条腿就像铁一样冷，铁一样硬，你就是拿刀砍我，我也不会有感觉。可我还没经过事呢，我没有生活过啊。我没谈过恋爱，甚至连姑娘的手都没有摸过，也许这一辈子都摸不到姑娘的手了。"

张小影的脸红了，她也没有恋爱过，只要一讲这方面的事她就要脸红。她说：

"你太悲观了，会有好姑娘爱上你的，你可是个英雄。"

刘亚军一直锐利地看着张小影，看得张小影低下了头。刘亚军说：

"我有一个愿望，如果你不同意那就算了，算我没说。我想抱抱你，如果你同意，我这辈子好歹也算抱过女人了。"

张小影的脸红得比喝醉了酒还厉害。她觉得她没法拒绝这个人的要求，就答应了。开始的时候，她在他的怀里有点僵硬。他的拥抱也是小心翼翼的。过了一会儿，他情不自禁地把脸凑过去，去吻她的头发，呼吸跟着急促起来。后来他哭了，像一个孩子一样紧紧抱着她，把脸埋在她的胸口痛哭。这时，她完全放松了，她不由自主地抚摸他的短发。她的情感（也许是母性）就此被激发出来了，她觉得他很可怜很可怜，就是在那一刻，她发誓一定要好好照顾他。

刘亚军脾气不好，反复无常，这可能同他残疾有关。张小影时刻可以感到他的不甘心，感到他身体里面那种没有目标的愤怒。他没有骂让他残疾的敌人，也没有骂政府，但他身体里的愤怒却一直在燃烧。

"不要这样看着我，你为什么这样看着我？"

有一天，刘亚军这样对她吼叫。她看到他眼里的烈火。

"你不要以为我们之间会发生什么，不要以为我会爱上你。"他吼道。

她被他说得不知所措，她不知他为什么突然变成这个样子。她问：

"你怎么了，我哪里错了吗？"

"你没错，是我错了。我就是这个样子，你滚吧。"

她当然不会走的。但他却摇着轮椅，向她靠近，他推她的身子，他的手劲很大。她感到了这只手的愤怒，这只手此刻就像是一只熊熊燃烧的火把。后来，他哭了，一把抱住她，说：

"不要同情我，你的眼里总是有怜悯，我受不了。"

她这才知道他发火的原因。开始时，她对他的反复无常感到害怕，不知为什么，没多久她就一点也不怕他了。当他莫名其妙地伤害她时，她也会奋起还击。她从他们的打闹中，竟然奇怪地体味到一种令人辛酸的幸福感。当他们俩抱头痛哭时，她体验到的幸福是如此强烈，这种强烈的幸福感足以补偿她付出的一切。这样的打闹还让她有了一种生死相依的感觉，她越来越不把他当成一个病人了。

张小影从未想过她和刘亚军之间的一些具体问题，也没想过和刘亚军组成家庭。她知道她会和他在一起，可没想得太具体。一想得具体，她的内心就会发慌，就会茫然，她就不去想这件事了。但后来，由于外力的介入，她不得不面对这事。校方及部队都希望她在毕业那天和刘亚军结婚。他们说全国人民需要看到张小影和刘亚军的故事有一个圆满的结局，这会鼓舞奋斗在各条战线上的人民。他们说婚礼将会通过电视和广播传入千家万户。一切是毋庸置疑的，容不得张小影说是或者不。

父亲听到她将正式结婚的消息后，传话来说他将从此不认她这个女儿，也不想再见到她，让她以后不要再踏进家门。这样的消息无疑是令人悲哀的，也让她觉得愧疚。父亲只有她一个女儿，最喜欢她，一直对她充满期待，父亲做出这样的决定一定是他太伤心了。父亲啊，你为什么不能理解我呢？也许谁也理解不了我，他们的致敬信也许仅仅是把我看成大熊猫一样的稀有动物，就是我自己也理解不了自己。

即使父亲做出这样不近人情的决定，张小影还是希望父母——至少是母亲——能够出席婚礼。母亲在电话那头哭哭啼啼，就好像她的女儿在婚礼后将在地球上消失。张小影也哭哭啼啼的，她请求母亲务必叫父亲来省城。母亲说他不会答应的，现在家里人都不敢再提张小影，因为父亲听到这个名字就要发火。不过母亲答应劝劝父亲，母亲在电话里一遍一遍地说，小影，你要拿定主意啊，你要拿定主意啊。婚礼前一天，张小影还做过最后的努力，但母亲告诉她，她和父亲都不能来。教委主任都到家里来做过工作，可父亲就是不答应参加婚礼，父亲因此辞掉了校长一职。说着，母亲又泣不成声。张小影感到自己的心脏突然一阵绞痛。

刘亚军的父亲倒是来了。他从老家来，一脸倦容，想必旅途一定十分劳顿。他几乎没和刘亚军说话，刘亚军见到父亲神色冷漠，好像并不认识他。刘亚军的父亲来到张小影面前，和张小影握了握手说：

"我把亚军交给你了。谢谢你。"

张小影不知说什么。她笑了笑，十分勉强。他发现刘亚军还是挺像他父亲的，但奇怪的是在和刘亚军相处的这几个月中，刘亚军从来没同她谈起过自己的家庭。她隐约感到刘亚军和家庭之间存在很深的隔阂。

这个由电台和电视台转播的婚礼由部队和地方的首长主持。张小影这天虽然打扮得光彩照人（给她化妆的是电视台专业化妆师），但她始终没有进入角色，就好像今天的新娘不是她，她只不过是在出席别人的婚礼。她看上去有点魂不守舍。官员们挨个在讲话，他们在讲话中祝福张小影和刘亚军白头到老，幸福美满，但他们对着摄像机讲话和私下里同张小影交谈完全不同，他们的道贺完全像在做报告，读一个红头文件，没了人情味。张小影因此觉得有点不对昧，就好像这婚礼是一场拥军报告会。张小影思绪飘浮，仿佛游离于这个婚礼之外，这个为婚礼打扮得花枝招展的礼堂在她的感觉里成了一团头绪纷繁的色彩。

张小影不停地朝礼堂的门口张望。她知道父母不会出现在那里，但她在最后时刻依旧盼望他们能来。没有亲人的婚礼让她感到寒冷。在她从小编织的关于婚礼的梦中一定会有父母慈祥的笑脸的，但他们缺席了。他们应该来祝福我的呀，这可是我的终身大事呀。她感到礼堂里的空气十分浑浊，她很想出门去透一口气，那礼堂的门现在成了一个巨大的诱惑，好像从这里出去就可以上天堂。但她还不能离开现场，她是主角，比刘亚军还要重要的主角，她将发表有关他们的爱情感言。发言稿却不是她自己写的，而是有人替她拟好的。发言稿上面的句子让她感到不好意思。如果从那道门出去真的能上天堂，那她会毫不犹豫飞出去。她在读讲稿的时候，讲稿上的词句没有进入她的脑子，这些词句从她嘴里吐出的刹那，远离了她。她感到这些词句正从那道门飞出去，也许它们真的上了天堂。

一切终于结束了，她终于微笑着把那些官员送走了。官员们离去后，那些新闻记者也走了。礼堂一下子沉寂下来。刘亚军还在礼堂里，他看来有点累了，脸色苍白，眼神显得暗淡无光，同往日的明亮形成强烈的反差。张小影在礼堂外大口大口地呼吸新鲜空气。礼堂里射出的灯光像探照灯一样刺在夜色中，令黑夜显得更加深不可测。这时，张小影看见路边的一棵悬铃木树下站着一个人，他身后拖着一个长长的黑影，弯曲在路面上。他是父亲。张小影的眼泪猛地涌了出来，她不知自己该干什么，是该奔过去还是大叫一声，她只是呆呆地站在那里流泪。这时，那个黑影转身走了，他的背影看上去瘦弱而孤单，凌乱的头发像刚被一场狂风摧残过的小草。那一刻张小影百感交集，她从自己的泪水中体味到了一种甜蜜而辛酸的滋味。他终于给了我祝福，尽管这祝福不够完满，可他还是来了。她猜想母亲一定不知道父亲来省城了，父亲一定是偷偷爬上火车连夜赶来的。但父亲没有走进礼堂，他是不会踏进礼堂的，对他来说这礼堂内发生的一切犹如施加在他身上的酷刑。看着父亲不告而别的背影，她在心里说：

"对不起，爸爸，对不起，我让你失望了……"

# 第二章　两人世界

## 1

　　他们现在已在房间里。这不是他们自己的房间，他们的新房还来不及准备，有关方面安排他们暂住在宾馆里。过几天，他们将去一个县城。这是他们自己挑选的，他们认为那是个安静的小城，那里有他们想过的那种平和、纯朴的生活。这是有关方面问他们有何要求时，他们提出来的。已过了午夜，四周十分安静，他们进入房间也有一会儿了。自进入房间，张小影产生了一种奇怪的陌生感。这不是对环境的陌生，她没来过这家饭店，对环境陌生不足为奇，她是对刘亚军感到陌生，突然涌出的，没有来由。她本来以为她已经十分了解这个男人了，以为她了解他的任何想法以及一丝一毫的心理波动，但现在，她突然对他感到陌生，就好像他们之间存在一条银河，她难以逾越过去。此刻，他坐在房间的一个角落，他的眼睛又恢复了原来的明亮，他正似笑非笑地注视着她，就好像在嘲笑这桩家喻户晓的婚姻。也许是应该嘲笑这桩婚姻，她没有想过自己的婚事会这么政治。也许他不是在嘲笑什么，而是另有深意。

刘亚军说："你后悔了吧？"

她的思想正飞翔在千里之外，好久才反应过来。她说："怎么会呢。"

停了会儿，她又说："我们睡觉吧，时候不早了。"

她不清楚他此刻是什么心情，他脸上那种略带讥讽的笑容也让她难受，这笑容有一种要把她推离出去的力量。不过，她不想过多思虑这事。她站了起来，打算给他洗脚、擦身子。从今晚开始，她的新生活开始了，以后将是漫长无边的单调的日子。虽然以前也干过这些事，但那时她没有想过这些事将伴着她长长的一生。当然她对此也不是毫无心理准备，她有足够的承受能力，她对自己有信心。

她开始替他擦脸。平常他不喜欢别人替他擦脸，这会儿，他闭着眼睛一动不动地享受她的侍候。她擦得很用力，她想把他脸上那种奇怪的笑容抹去。他的眉皱了一下，大概她把他弄痛了。

他突然说："你是个苦命的女孩。"

她吃惊地看着他，她不知道他为什么要这样说。她想说一句什么话，但很久没有说出来。

他又说："我知道你听了这话不舒服，但我说的是事实。我知道我废了，把我这样的人交给你，对你是不公平的。"

她突然觉得自己想流泪。他的话很尖刻，但他是个善良的人，这一点她一开始就了解。她努力控制自己不掉眼泪。她打算像往常那样不再说话。往常，当他的心情狂躁时，她总是默默干活。

替他擦完身子，张小影端来尿罐让他小解。他把那东西掏了出来。这是他第一次在她面前暴露那东西。他掏得很随意，一点也没有扭捏，就好像他们已是老夫老妻了。那东西红红的，有点发涨。她在一本画册上看过男人的生殖器，但他的东西看上去比画册上大得多。她的脸马上就红了，把目光投向别处。她听到一股水流在尿罐内激响，遒劲有力。听到这声音，她一身燥热，头上渗出汗水来。

擦洗好后，她欲帮他上床。她伸出手想搀扶他时，他推掉了她的手。她感到那推力中蕴藏着无穷的意志，她就乖乖地站在一边，每次当她感到他的意志时她都不会违背他。他向床边移动轮椅。他把轮椅驾得非常娴熟，就好像轮椅是他身上的一个器官。很快轮椅就挨到床沿。他首先把自己那双早已麻木了的腿移到床上，他移动双腿时，双腿仿佛不在他的身上，而是他身体之外的两根木棍。双腿放到床上后，他开始使力，双腿和他的臀部形成一个很大的角度，使臀部的关节夸张外凸，就好像双腿在那个地方折断了一样。他的双手擎在轮椅的把手上，随着他的施力，他的屁股终于挤上了床。现在，床上部分的身体和床下的部分倾斜着，就好像在床和轮椅之间搭了一块木板。他的头埋在轮椅的座垫子上，由于用力，脖子已经挤歪了，轮椅被挤得哐当哐当作响。张小影看着他这个样子，很难受，真想痛痛快快哭一场。她很想上去帮他一下，但她知道不能这样干，如果她去帮他，他一定会大发雷霆，兴许还会打人呢。她知道他的脾气有多臭。不过他是个善良的人，虽然喜欢发脾气，但冷静下来后，他就会感到内疚，会流着泪对她说对不起。张小影只能站着，但她在暗暗地咬牙使劲，脸憋得很红，就好像她花的力气比他还要大。

他终于靠自己的努力爬到了床上。他气喘吁吁地靠在床头，已是满头大汗，但他的脸上挂着一丝孩子气的得意的微笑。他看了看自己的身体，发现他的下半身歪向一边，就伸出手把下半身扶正。他看了她一眼，说：

"我得自力更生，万一哪天你抛下我跑了，我也可以自己照顾自己。"

她说："你又胡说了。"

她开始帮他脱衣服。他安静地躺在床上，任她动作。也许他认为脱衣服是件简单的事，所以才愿意麻烦她。接着她摊开被子，把他盖住。他闭上了眼睛。

她把床头灯光调暗了一点，然后开始整理房间里的东西。她把床边的轮椅放到房间的角落里，把他换下的衣服拿到卫生间洗。她进卫生间后，靠在门边长长地吸了口气。她想，他终于睡到床上了，这一天终于过去了。一会儿，她开始洗衣服。她的耳朵竖着，听着外面的动静。房间里没发出一丝声息。她盼望他早些睡着。

洗好衣服后她轻手轻脚地向床边走去。她害怕看到他依旧睁着眼睛，瞥了他一眼。他好像睡着了，呼吸均匀，神态安详。

她也得睡了。她开始脱衣服。在脱衣服前，她又看了他一眼。一会儿，她脱得只剩内衣内裤了。房间里只有一张床，她看了这张床好一阵子，才钻进被窝。她小心翼翼的，动作和身体都十分僵硬。被子里有一股刺鼻的男人气味,一种类似水牛的呼吸喷在脸上的那种气息,有点儿暖烘烘的。她也不敢碰他的身体,就好像他的身体是一枚炸弹,只要一碰到就会爆炸似的。她关掉了床头灯。

屋子里非常黑,有一丝光亮从窗帘的缝隙中透了进来,这会儿她的思想就像那束光线一样雪亮。她的经验是只有当思想变得漆黑一片时,睡意才会降临,而现在,思想如此雪亮,她是不可能睡着的。她只感到脑子中有光,却集中不了思想去想某个问题,好像任何一个问题都可能从那束光中跳出来,却没法子抓住。她知道她这种状况叫茫然。可我怎么会茫然呢?我不应该茫然的呀。她无法深入思考这个问题,好像这个问题藏在某个坚硬的壳中。

就在这时,一股暖烘烘的东西从那边传过来,最后落在她的腹部上。那是他的左手。她的身体不觉痉挛了一下。那只手开始在她的腹部来回蠕动,非常缓慢,就好像一条蠕虫在上面爬行。他的手已伸进了她的内衣里,贴着她的肌肤。他的手非常烫,手心淌着汗水,她感到自己的腹部黏黏的,好像想和那手粘在一起。在他抚摸时,她感到非常舒服,腹部内有一种温暖而酸涩的东西在涌动。她慢慢从刚才的僵硬中放松下来。他的呼吸声越来越粗重了,她不禁侧头看了看,虽然什么也看不见,但她知道他依旧闭着眼睛。她移动身体靠近了他一点。

他开始摸她的胸脯。她有点惊慌,佝偻了一下胸,但想到她已是他的妻子,她似乎有义务让他摸的。她知道做别人的妻子都要接受这样的事,她学过生理卫生,关于男女间的事她懂,只是她没想过他也要这样。她把胸挺了出来，她想，如果灯亮着，她此时的脸一定红得像一面国旗。他的呼吸更急促了，有一部分吹在她的脸上。他呼出的气体中有一种像酒一样令人晕眩的涩气。她感到很舒服，她的舒服集中在脸上和胸脯上，她感到她的胸脯好像灌满了温暖的水，里面在叮当作响，她觉得那叮叮当当的声音像一首歌。她的胸脯在歌唱，她觉得她的胸脯有点无耻，它们竟高兴得唱起歌来。她黑暗中的眼睛放着羞涩的光芒，她的双手像瘫痪了一样，无力地搁在身边。偶尔有一些更强烈的快感传来，她手上的肌肉会紧张一下。

他的另一只手握住了她的手，他的手传来一股专横的力量，把她移向他的身体。她的手在他的引导下在他的身上移动，移动，移向他的肋骨，他的腹部，最后落在他的下身。他的下身非常冷，但那个地方却惊人地烫，就好像那里有一个火山正在喷发。当她碰到那东西时，吃了一惊，本能地想抽回她的手，但他牢牢地抓住了她，并强硬地把她的手按在那东西上面。那温暖的东西传来坚硬的力量，她感到了那东西的想法，那东西就像是他身上的另一个生命，有着自己的意志，并且是非常专横的意志。这时，她身体里的某种东西苏醒了。

他不能动，但他好像早已对这一切了如指掌，一点也不慌乱，像一个伟大的舵手一样驾驭着她这条船。她虽然什么都不懂，但她还是入港了。她感到这一天来的不安心境像早晨的雾一样消散了，阳光从她的身体里面升出来，把她整个身体都照得像是透明了似的。她感到身体里面流动着什么，后来，她明白那是幸福。这幸福来得非常突然，就好像是上帝对她选择的褒奖，她本来以为她选择他就是受苦受难，没想到获得这份甘美的馈赠。她突然激动得流下泪来。

她疲劳地躺在他的身边。这会儿她的身体非常宁静，窗外的市声好像被推到了世界的尽头，就好像她身体里的寂静注满了整个空间。她知道他此刻一定在得意地微笑，她感到了他的好心情。他那东西竟如此强劲，她有点吃惊。他的下身瘫痪了，但那东西竟然没坏。她突然涌出了希望，也许他还有救呢，也许他下半身的知觉还会回来呢。她回味刚才的情景，她有点为自己害羞。

"刚才好吗？"他的声音里带着骄傲和自尊。

她把头靠在他的胸口，点了点头。

"没想到吧，我这玩意儿没坏。"

她又点点头。

"我从昏迷中醒来时，医生就告诉我，我的玩意儿没坏。"他语气平和地说，"我是被地雷炸伤的。当时只觉得身子一热，眼睛突然被一片红光淹没，然后就没了任何知觉。我不知昏了多久，当我醒来的时候，我发现自己赤身裸体躺在床上，大概医生觉得这样检查、打针方便些。当时医生告诉我，我的脊椎受了损伤，下半身将瘫痪。那医生是个娃娃脸，眼睛小小的，有点儿滑稽，他大概是死人或伤病见多了，所以从他的脸上一点也看不出下半身瘫痪有多严重。就在这时，他对我开玩笑，他碰了碰我下面那玩意儿，对我说你这东西还可以干活儿，如果有人愿意嫁给你的话。"

"你当时什么感觉？"

"没有感觉。医生那见怪不怪的表情，让我觉得自己只不过是患了点感冒之类的小病，根本没想过我会站不起来。他说我会瘫痪，但当时我确实没想得很严重，以为一定可以治好的。"

"也许你真能治好呢？"她的眼睛闪闪发光。

"治不好了。我早已失望了。我是一点点失望的。当我知道治不好时，我想还不如当时被那颗地雷炸死的好。"

她捂住了他的嘴巴。她不想让他说这些丧气话。现在她对他已有了亲人的感觉。她说：

"你如果炸死了，你就碰不到我了。那我的生活会是什么样子呢？"

"一定比现在好。"

"我觉得现在好。"

"过一段日子你就会认同我的看法了。"

"为什么？"

"生活是残酷的，以后会发生什么我一点把握也没有。"

"你总是太悲观。"

"我说的是事实。"

张小影突然想起刘亚军的父亲，她想了解他的家庭。她问：

"你父亲是干什么的？"

黑暗中刘亚军的身体震颤了一下。一会儿，他说：

"他是个浑蛋，我这辈子都不想见他。我没有通知他来参加婚礼，是部队安排他来的，你父母没来，部队认为没有家长的婚礼会让社会有疑虑。他就来了，我没同他说一句话。"

"你为什么这么说他呢？"

"他是个暴君,他把我妈逼死了。我一辈子都不会原谅他。"

"噢,究竟发生了什么事?"她小心翼翼地问。

"我不想说这些臭事,烦。"他的语调一下子变得冰冷。

"他只有你一个儿子吗?"

"不,我还有一个弟弟。"

"噢。"她怕他不快,不再问下去。以后慢慢总会知道的。

## 2

他们在旅馆住了几天,他们要去的那个小城的政府派车来接他们了。为首的是县委办公室的副主任,姓陆,整天笑眯眯的,很热情的样子。他见到张小影就伸出双手和张小影握手。陆主任的双手肥大而温暖,好像这双手是政府和组织的象征。张小影发现这个陆主任虽然和善,不过他的目光十分锐利,那小眼睛里有一缕想刺探什么秘密的光亮。陆主任握着张小影的手说:

"全县人民早已等着两位当代英雄到我们那里安家落户了。"

旅馆外停着两辆车,一辆吉普,一辆东风卡车。陆主任说卡车是给他们运送家什用的。他们除了几件衣服几乎没有什么行李。刘亚军在司机和陆主任的帮助下,坐入了吉普。张小影把轮椅放到卡车上,又怕汽车颠簸而损坏,她爬上车用绳子把轮椅捆好。两个司机见张小影爬在卡车上,大叫起来:

"我们来,我们来。"

"已经弄好了。"

说着张小影从卡车上爬下来。她爬得小心翼翼，双脚有点发抖。司机见张小影这么瘦的身子骨，还爬上爬下的，动了怜惜之心，他一把抱住她，把她放在地上。张小影红着脸向司机道了谢。

张小影钻进吉普车，在刘亚军的身边坐下。陆主任坐在副驾驶室里，他回头问张小影：

"没东西剩下了吗？"

张小影说："没有了。"

陆主任说："好，那我们出发吧。我们要傍晚才能到达。"

汽车已进入了山地。公路在山边盘来盘去，像一道不知出口在何处的迷宫。山峰遮住了她的视线，她不能看得更远。她这几天是喜悦的，对未来生活也充满了期待。一切没有想象的那么坏，他带给了她这么多快乐，这快乐超过了她的预期。她感到有一扇神秘的门向她开启了，她发现了一个新世界，有这个世界相伴，她足以面对一切困难了。

陆主任大概累了，闭起了眼睛。张小影这时才回头看刘亚军。刘亚军的脸黑着。她不知道他怎么了，把手搭在他的大腿上。她知道他那里没有任何感觉，那里像一团朽木。她在他的耳边悄悄地问：

"你累了吗？"

他没吭声。一会儿，他在她耳边说：

"那家伙抱了你，他他娘的占你的便宜。"

张小影听了，就笑起来，她说："你吃醋了呀。小心眼。"

"他是不怀好意。男人没一个好东西。"

"你难道不是男人吗？"

"我也不是好东西。"

"好了，好了。别生气了，小气鬼。"

她用头发在他的脸上摩擦了一会儿。他的呼吸中有了一股浓重的男性气味。她已经很熟悉这种气味了。她破译了他的呼吸和他的思想的关系。他们的头靠在一起时，司机发出了吭鼻子的声音。张小影知道司机的意思，司机一定是在反光镜中见到他们亲热的样子，他大概感到不适，这是在抗议了。张小影向刘亚军做了个鬼脸。刘亚军比刚才开心多了。

张小影感到有点疲劳了。她这几天确实累了，不但要出席各种活动，还要服侍刘亚军。到了那里就好了，他们可以安顿下来过他们的平静日子了。张小影打了一个长长的哈欠。几乎同时刘亚军也打了一个。他们又相视笑了一下。刘亚军说：

"我们眯眼休息一会儿吧。"

张小影点点头，闭上了眼睛。刘亚军伸过手来，在她的脸上摸了一下。她用自己的脸颊摩擦他的手。他的手有点粗糙，这是因为他的手对他来说太过重要，几乎所有的事情都靠他这双手解决，包括一些力气活，他的手臂肌肉都发达得有点儿畸形了，很像青蛙的两条腿。张小影的心中涌出甜蜜而辛酸的热流。

一会儿，张小影就睡了过去。睡梦里没声音，安静得出奇，就好像这会儿她像一叶躺在水面的荷叶，在微风的吹拂下，轻轻摇晃。她觉得有一种什么东西在身体里滋长。后来她意识到那滋长的是宁静，宁静像发酵体一样在她的身体里扩散。

当她醒来的时候，四周充满了嘈杂的市声。她一时有点不适应，以为自己进入了某个烦躁的梦境之中。一会儿她才反应过来，市声喧哗才是真正的现实。她看了看窗外，汽车正沿着一条不宽的河流行进，从河面反射过来的阳光非常刺眼，她一时有点睁不开眼睛。从阳光的角度看，现在应该是下午三四点钟了。她看了看表，是三点二十分。她回头看了看刘亚军，他还睡着。他睡着时眉头紧锁，好像在思索国家大事。让他再睡会儿吧，她想。她看到河的对面是山峦，山峦在阳光下呈墨绿色。河中有一些鸭子，它们伸长脖子嘎嘎叫着。她喜欢鸭子，过去在老家时，每回见到鸭子，都会忍不住学着叫几声。这会儿她也很想学叫几声，她看了看司机和那个陆主任，最终忍住了。我如果学鸭叫，他们一定会把我当神经病。我嫁给刘亚军已经够神经了，不能再吓他们了。她独自得意而会心地笑了一下。公路的下面有一些厂房，有一支烟囱冒着浓烟，这支烟囱所在厂区的那段河水一片漆黑，她猜那里可能是一家造纸厂。她的家乡小城也有一家造纸厂，纸浆发酵的臭气甚至飘到了离厂足有三公里的小学，她就是闻着那臭气长大的。沿着河岸向前望去，一些高低错落的建筑立在一块平地上，一道城墙隐约可见。

"张小影同志，我们快到了。"

陆主任骤然发出的声音吓了张小影一跳。她本来以为陆主任还睡着，所以没有一点心理准备。陆主任的身子淹没在副驾驶室的座位上，他露出的部分一动不动。在张小影醒来的这段时间里，陆主任没有动一下。张小影感到很奇怪，这个人醒着却能一动不动，就好像他变成了窗外的一棵树。

"你看，标语也贴出来了。"

陆主任一边指着前方，一边转过身子对张小影说。他的眼珠子很黑，那黑色中有一丝快乐的光亮，他显然对前方出现的标语很满意，好像他这一趟旅程就是为了看到前方的那两块标语。

张小影看清楚了标语。那是欢迎她和刘亚军到来的标语。标语上的字典雅、庄重，恍若八一电影制片厂的片头，光芒四射。两幅标语分别写着：**向张小影同志学习！向刘亚军同志敬礼！欢迎当代英雄张小影、刘亚军夫妇来我县落户！**看到这两幅标语，张小影的脸就红了。虽然，这段日子她见多了这种标语，但每次见到她依旧会脸红，心里还有一种内疚感，就好像这荣誉是她欺骗来的一样。

快到标语条幅下面时，陆主任突然鼓起掌来。掌声在车内啪啪作响。陆主任一边拍一边说：

"向张小影同志学习！向刘亚军同志敬礼！"

张小影本想客气几句，又觉得如果客气的话等于自己承认自己是当代英雄了，所以就没有吭声，只看着陆主任一个人表现。这时，张小影通过驾驶室的反光镜，看到了刘亚军的脸。刘亚军不知什么时候醒了，他的脸黑着，那双锐利的眼睛充满了不以为然的阴郁。她连忙转过头去，对他笑了笑，说：

"你醒了。"

刘亚军默不作声。张小影知道刘亚军最讨厌的就是陆主任这种装模作样的官员。

一会儿，他们进了小城。

"你们暂时得在县委招待所住几天，县里会给你们安排好住房的。"陆主任说，"我们县委书记刚来的时候也住在县委招待所里。"

吉普车开进县委招待所院子时，一个人高喊一声"开始"，然后就响起了锣鼓声。少先队员站立在道路的两旁齐声喊着："欢迎、欢迎，热烈欢迎"。这场景张小影在《新闻简报》上看过，国家领导人在机场迎接外国贵宾时就是这种排场。张小影在省城也有向她表示欢迎的人群，但这样的规格还没有享受过。陆主任已钻出了吉普车，他像大人物那样向人群挥手，然后替张小影打开了车门。张小影钻了出去。她刚站稳，就有一个少先队员向她敬礼，献上一束鲜花。张小影觉得自己应有所表示，低下头亲了亲少先队员。少先队员大概被她亲得有点儿异样，不住地用手擦着自己的小脸。这时，陆主任在张小影耳边悄声说：

"是不是叫刘亚军同志也出来同大家见见面？"

张小影点点头。

那辆轮椅已停在吉普车边了。张小影打开车门，对刘亚军说：

"你出来吧，同大家见见面。"

刘亚军闭上眼，没理张小影。张小影又说：

"你怎么啦？"

"我不想出来。我不想丢这个脸。"

"你以前也碰到过这种场合的呀。"

"我不想让他们看到我被人抱着上轮椅,那不好看,那样子就像鱼儿到了旱地上,连翻个身都困难。你不觉得这是在丢我的脸?"

张小影知道刘亚军的脾气,所以就钻了出来。她同陆主任说了情况。陆主任呵呵笑着,连声说:

"没事没事。"

陆主任站在吉普车前,大声对群众说:"当代英雄刘亚军同志坐了一天的车,很累了。这样,今天他就不同大家见面了。他已是我们县的人,以后他还要给大家做报告的,大家有机会见到他。"

然后,他笑眯眯地高声宣布:"欢迎仪式到此结束。"

张小影和刘亚军在招待所暂住了下来。


## 3


整整一天,刘亚军觉得心情郁闷,他弄不清自己为什么郁闷,他们没有错,应该说他们安排得挺好,对他和张小影的照顾也很细心,可他总觉得心里不舒服。近段日子以来,他老是有一种古怪的情绪,这种情绪像黑云那样既沉重又轻逸,他总觉得有什么东西压在心头令他喘不过气来,同时又感到身心空空荡荡的要飘起来。这两种感觉代表两种方向,他被两种力量牵引着,上上下下,心绪不宁。这让他心跳气短,他知道这不是身体的某个器官出了问题,而是他的情绪出了差错。

从县委礼堂出来时，刘亚军绷着脸，县委书记同他握手告别时，他也没能让自己笑出来。当然，他还是想笑的，并且做了笑的努力——在这种场合人是本能地想笑的。但他没能笑出来，脸上的肌肉抖动了一下，挤出一些僵硬的肌肉群。那不能算笑，连哭也算不上，这样的表情像是怀着刻骨仇恨，给人一种恐怖感，县委书记脸上的热情差点凝固了。县委书记握着刘亚军的手，把头迅速转向一边，他夸张地摇了几下，就头也不回地走了。刘亚军的情绪因此更恶劣了，心中甚至涌出对自己的仇恨。

张小影时刻注意着刘亚军的情绪。她看到刘亚军的脸黑得像一堵破旧的城墙，很替他担心。张小影想，也许他这几天太累了，没完没了的场面上的事，确实够累人的，不要说他，就是我也觉得厌烦，我脸上的笑肌都快麻木了。但没有办法的，当地党政对他们肯定是要有所表示的，谁叫他们是新闻人物呢。这是官员们的政治任务。张小影近来见多了这些场面，已学会得体地应付了。官员们一般也愿意同她多说几句，而冷落刘亚军。她觉得造成这个局面同刘亚军的态度有关，他太任性太孩子气了。因为刘亚军的消极态度，张小影自然就多承担一些。场面上的事，总得有人应付着。

不过，刚才的见面确实让人不愉快，从头至尾不愉快。这天，他们在招待所安顿好后，想早点睡觉。坐了一天的车子，确实够累的，再加上刘亚军是个病人，他需要早点休息。但这个时候，那个姓陆的主任跑来说，县委书记要在晚上接见他们。他们都已经洗漱好准备上床了，于是又忙乱了一阵。这种事他们也不好拒绝的呀。刘亚军发牢骚：

"他娘的，到处都是形式主义，也不让人家安静一下。"

张小影一边给他穿衣服一边劝慰道："这也是地方政府的一片好心，总算你没有白白为国家受伤。"

"你以为他们这是为了我？是为了你。"刘亚军不屑道，"新闻人物可是你，没有你，他们根本不会想起我，也许这会儿我还待在军医院里。"

"没有你，他们哪会对我感兴趣。"

刘亚军就不作声了，他气呼呼地穿上衣服。门外的陆主任大概等得着急了，他又轻轻地叩了几下门。张小影回头说：

"马上好了。"

张小影穿了一件连衣裙。这件连衣裙是她最喜欢的，白色底子上缀满了蓝色细花，是她为结婚做的唯一的裙子，是刘亚军动用伤残抚恤金买的。虽然这件裙子穿在身上略显宽大，但她已经够满意了，她一直梦想自己有一条的确良裙子。她穿好连衣裙后问刘亚军好不好看。刘亚军说了一句粗话。张小影说你坏。这个玩笑使他们放松下来。张小影知道的，她的体型不算丰满，但还是比较匀称的。一会儿，她推着刘亚军的轮椅，向房间外走去。

刚打开门，正在门外踱步的陆主任就停下来，脸上堆满笑容，但当他见到张小影，脸上的笑稀释了，如秋天的树叶落枝而去，他的眼光里流露出一丝为难，嘿嘿地傻笑了几声，说：

"你们出来了呀。好，好。张小影同志，你这裙子很漂亮。"

"谢谢。"张小影有点不好意思。

"不过，张小影同志，我们这里不比大城市，我的意思是……嗨，怎么说呢。是这样，小张同志，今天是我们县委书记接见你们，你们也知道，你们的到来是我们县的光荣，县委、县政府都非常重视。省、地的新闻单位都来了，到时候还要拍照，要见报的。我的意思是……"

张小影的脸红了，她说："你的意思我懂了，我这就去换衣服。"

张小影像是做了一件亏心事，匆匆进了房间。刘亚军坐在轮椅上，留在长长的过道里。刘亚军突然感到很烦躁，刚才的好心情像一阵风一样吹走了。他在心里骂："真他妈的烦。"他闭上了眼睛，像一只熟睡的猫一样陷入轮椅里。陆主任很想同刘亚军聊几句家常，他不时观察刘亚军，刘亚军现在的样子就像一道铁门，一副拒人千里的模样。陆主任心想，这个残疾人不好打交道，不过残疾的人似乎都很难侍候。

一会儿，张小影出来了。她上身穿了件衬衣，下身穿了条黑裤子。刘亚军睁开眼，看了张小影一眼，他的脸上瞬间布满了嘲讽。张小影把衬衣下摆塞到裤子里面，还系了一条皮带，那样子就像一个土八路。他想，这下陆主任该满意了吧？他们就那样儿，非得把人弄得面目可憎才肯罢休，就好像唯此才符合他们的心愿。想起几天以后，报纸上将出现张小影的傻样，刘亚军忍不住冷笑起来。

刘亚军没想到，陆主任对张小影的装扮还不满意。陆主任建议张小影在衬衣外最好穿件制服。刘亚军恶毒地看了陆主任一眼，陆主任态度严肃，一本正经，就好像张小影的穿着关系到这个县的命运。刘亚军气不打一处来，他突然开口道：

"张小影没有制服。"

陆主任大度地对刘亚军笑了笑，拍了拍刘亚军的肩，就像在哄一个小孩。陆主任的这种态度让刘亚军更生气了。陆主任显然不相信刘亚军的话，他问张小影：

"你真没有吗？"

张小影抱歉地摇了摇头。

陆主任好像早有准备，他说："你们等一会，我去向招待所的服务员借一套制服。"

他像一台被遥控了的机器，大腹便便地向楼下跑去。

刘亚军已不耐烦了，他说："张小影，你不要穿制服。天那么热，穿制服多傻呀。张小影，你如果穿上制服，我就不去了，让他们等着好了，管他是县委书记还是省长。"

张小影说："他们小地方人，就这个样子。他也是为我们好。"

"你想想，穿上别人的衣服拍照，多傻呀。"刘亚军见张小影态度犹豫，又说，"我不是说着玩的，你如果穿制服，我就不去。"

一会儿，陆主任拿着一件湖蓝色的制服回来了。陆主任说："小张同志，你穿这件制服一定很有风采。"

张小影笑着接过制服，但她没有穿上它。她摸了摸刘亚军的短发，推着轮椅往外走。刘亚军表情悲壮，好像他这会儿是去赴刑。

接见还算顺利。刘亚军虽然心里不开心，不过整个过程也没出乱子。当然也没有人注意他，他们都围着张小影说话。县委书记非常年轻，但态度像个长者，和蔼、诚恳，他问张小影有什么要求。张小影别的没提，只提了一下住房问题。她说，他们希望有一套清静一点的平房，这样刘亚军出入方便一些。她还补充说平房旧一点也没有关系。县委书记当即表态，这事马上就会办好，要他们放心。后来，他们还谈起了刘亚军的伤病。县委书记问张小影，他们的生活还方便吗？要不要保姆？张小影说不需要，他们自己都会解决的。张小影还说了这段日子一直萦绕在她心头的一个想法，她觉得刘亚军的病是可以治好的，她相信他一定能站起来。她说这些话时，发现县委书记脸上挂着略微惊愕的表情，她知道县委书记根本不相信刘亚军还能治愈。不过她理解他的看法。张小影对自己说，我要是没同他过日子，我也会像他们一样，不相信刘亚军能站起来，但我现在不这样想了，我相信他一定能治愈的。县委书记没有让那惊愕表情停留多久，那张红通通的大脸上瞬即布满了笑容，他说，对啊，科学越来越发达了，什么病都是可以治好的。张小影态度谦卑地虔诚地点头。

从县委礼堂回到房间，张小影松了一口气。累是累一点，收获还是有的。她今天的表现非常得体、大方，她越来越适应这样的场面了。只是刘亚军今天对这种抛头露面表现出一种强烈的厌恶感。她问他为什么要如此厌恶，他却说不清楚。张小影想，可能同她最终穿上了那件湖蓝色的制服有关。

"累坏了吧？"张小影问。

"没事。"他答得很生硬。

一会儿，他们躺到床上。张小影熄了灯。她确实累了。她躺在黑暗中，望着窗外，星光和某种陌生的泥土气息相互纠缠着从窗口透入，她禁不住深吸了几口，好像她要把那星光吸入了肺部。她感到肺部有了一丝凉凉的光芒，这光芒和着泥土的气味在她的身体里面扩展，让她有一种家园的感觉。虽然这气味对她来说有些陌生，但确实是家园的感觉。想到他们将在这个地方安家落户，将在此生活一辈子，她有点奇怪。她想，这一切大概就是所谓的命运吧。发生这样的事，走到这个地方，她可从来没有想过，现在一切都成了事实。一切就像梦一样。

一会儿，张小影坠入梦乡。那缕光芒始终照彻着她的肺部。

## 4

终于安顿下来了。他们如愿住进了一幢平房，当地人把它称为花房。他们不清楚为什么叫花房，不过他们喜欢这名字，这名字有一种神仙眷属般的诗意。花房位于城西边缘的老街区。这一带房舍大多是木结构的。街区的北面紧挨着一片空旷的田野，田野尽头是一片林子，林子像绿色的被面覆盖在远处的山坡上。老街区的人不多，不过有浓浓的生活氛围，各家门前晒着衣服、床单、小孩的尿布、女人的文胸之类，偶尔传来的孩子的哭声，更增添了某种生生不息的尘世气息，但不知为什么，这种尘世喧哗最终融入了清凉的泥土气息之中。他们住的花房有一个小院子，建筑也比那些老房子考究一些。这小院共有三井房子，他们将住在靠西的二井。东边一井已住着人家。

　　他们搬进去那天，老远就看见东边那一井的烟囱冒着黑烟，但他们一直没见着住在东屋的人家。西边的房间政府已替他们粉刷一新，还替他们添置了床铺等简单的家具。门上贴着两个大红的喜字，喜字一贴，房间热闹了不少。刘亚军因此感到很高兴，他想，他们考虑得蛮周到的，还算是有人情味的。他的脸上露出了笑容，摇着轮椅在院子里打转，突然有了主人的感觉。看到刘亚军脸上的久违的笑，张小影的眼眶湿润了。刘亚军眼尖，问："你怎么了？"张小影笑了笑，说："我高兴。"刘亚军粗鲁地在张小影的屁股上拍了几下。因为县委的一些办事人员陪在他们身边，张小影的脸就红了。

　　此刻，刘亚军确实像一个英雄，他坐在院子里，察看着这个小城，他气宇轩昂的样子就像一个指挥千军万马的将军。张小影熟悉他这种样子，这是他最为高兴的时候，此刻他装得严肃，实际上充满了孩子气。她已经很了解他了，她原来以为他很成熟，比别的军人成熟，那完全是误解了他，实际上他只是个喜形于色的孩子。

　　刘亚军的目光沿着他脚下的路（不，应该是轮子下的路）向远处伸展，那是一条石板路，路边生长着一层青苔，道路在三百米处冲上了一座石桥，然后拐了一个弯，淹没在高矮不等的民居之中。石桥下流着一泓泉水，泉水抚摸着光滑的鹅卵石。小溪的两边是高大的榕树，它婆娑的枝叶紧挨着，纠缠着，显得热情洋溢，很像一对对打架的泼妇或正在偷情的男女。沿溪水向北望去，就会见到一些山峰。刘亚军想，这是一座小山城，风光不错，想必也会很安静。不过对一个坐轮椅的人来说，山城会给他带来不便。他希望道路不会很陡，自由出入不会有很大问题。这时，远处传来一阵朗读声，这朗读声里像是有一根绳子牵引了他的目光。他看到在一片树林的尽头，有几幢房子，房子在阳光下显得朴素而明亮。刘亚军就高叫起来：

"张小影，你看，你的学校在那里。"

张小影来到他身边。她已去过那所学校，政府安排她去那所小学教书，她对即将开始的教书生涯充满期待，她一直梦想成为一个像她父亲一样的好教师。张小影说：

"这里能看得到那学校呀。"

其实她还想说一句话：以后我上课时，你就能听得到孩子们的朗诵声了。因为旁边有人，她没说。她觉得这句话比较暧昧。

送走了县委办的人，刘亚军的眼睛好像通了电，亮得出奇，也热得出奇，他的眼光落在她身体的任何一个部位，那个部位就会有一种像被火烫了似的灼痛感和紧张感。她感到身体的奇妙之处了，她的身体能感应他的一切。这会儿，她走在前面，但她的身体的每一个细胞仿佛成了一只只眼睛，能"看"到他的一举一动，能体会他此刻升起的欲念。她感到自己的身体上充满了他的思想。她光滑的背上，她小巧而圆浑的臀部，她的双臂和双腿已被他的思想纠缠、占有，她有一种畅快感，同时也有一种等待着什么的紧张感，她不由得呼吸急促起来。她知道不久他就会伸出他那双有力的手，把她抱到床上。但她希望这样的被思想抚摸的时间更长一些。他的思想越来越坚定锐利，越来越有热力，她甚至想到强暴这个词。是的，这会儿，他在用思想强暴她。她感到自己的身体已经敞开了，被他的思想打开了。他的思想像是浴室里氤氲的蒸汽，等待着她去沐浴。她听到身后花房的大门吱扭一声关上了，屋子里顿时黑暗了许多。她努力平静着自己，可她还是听到了自己粗重的呼吸。

他的手是他思想的末梢，带着他思想包含的意志。她被按放在床上。这是他们的家，如果没有意外的事发生，这将是他们永久居住的地方。当她躺倒在床上时，这种家的感觉更加强烈了，就好像家的意义就是房间里的一张床。现在屋外还是白天，他们如此迫不及待让她有点害羞，她把头埋在枕头里。当他抚摸她的身子时，她仿佛看到了自己的身体内部被一片红色所浸染，这片红色还从她的身体里逸出，充满了这个黑暗的房间。她感受到一种喜庆的气氛，她想起"洞房"这个词语，她突然觉得是今天，而不是在省城，才算是他们结婚的日子，这个房间才是他们的洞房。

这段日子，无论他的心情好或者坏，他十分贪恋这事。考虑到他的身体状况，她有点担心他因此病倒。当然她理解他的贪恋，有一次完事后他说，只有在这个时候他才感到自己活着，他很感激她。他说起温存话来像一位超级情人。她娇羞地对他说，你真会花言巧语呢，你把所有心思都花在这张嘴上了。他说，我能为你做什么呢，我也只能说点好听的了。有一次，她指着他的身体说，这玩意儿会不会用坏？他笑着摇摇头说，不会。停了会儿，他又说，如果它坏了，我就不想活了，真的。她说，你又说丧气话了。他的情绪总是这样，刚刚还很好，说话也很中听，没一会儿，会突然蹦出煞风景的话，弄得大家都不开心。她觉得他对未来不是很有信心，他的心里有一个巨大的黑洞，那里面装满了恐惧。他这种情绪变化把她的心情也弄得很糟，因此他们常常要发生一些冲突。

当她趴在他身上时，她能感受他的兴奋。她的耳边有各种各样的声响，无始无终的声响，红色的声响，高亢的令人兴奋的声响，那声响像一列火车一直在向高处前进，又像一只云雀，向着蓝天白云进发。那声响渐渐远去，慢慢成为一个黑点，变得细若游丝但坚韧无比。最后，那声响消失，那个黑点从高空坠落了下来，变得越来越庞大。她听到了自己压抑的尖叫声。

她闭着眼睛瘫在床上好长时间。一会儿，她睁开了眼，看到他安静地躺着。她以为他睡着了，后来发现他竟没有呼吸，她吓了一跳，猛地坐起来，用手去扒他的眼睛。他嗤地笑了出来。她生气了，她背朝他躺下，不再理他。

"你以为我死了吧？我死不了。"他得意地说，"我不会放过你的，我会比你更长命。你就等着吧，长长的一辈子的苦等着你呢。"

他又说这样的话，他总是说这种晦气话，连这样高兴的时候也这样说。她的眼泪涌了出来。

他没有发现她在流泪，他停了会儿，又说：

"也许我闭上眼睛不活过来才好呢，你应该高兴才对，那样你可以解脱了呀，你一定会马上找到一个好男人的，你可是个名人。"

她再也不想理他了。这时，他意识到自己失言了。他有点恨自己，他多次告诫自己不要再说这种丧气话，但他还是情不自禁地说。他的手带着负疚伸向她，做出道歉的姿态。她没有原谅他，猛地踢了他一脚。只听得哐当一声，他被踢下了床。见他跌下床，她的眼泪流得更欢了，她跪在他前面，把他扶起来。这时，他的脸上露出某种嘲弄中带着心安理得的表情，就好像被踢了一脚之后，他有理由享受她忏悔式的照顾。每次吵架之后，她会感到某种温暖人心的东西在他们中间生长，把他们俩紧紧地捆在了一起。

第二天早上，他们还在睡觉的时候，花房的门被擂响了。他们感到奇怪，谁这么早来敲门呢？张小影猜测可能是记者。这些记者像苍蝇那样无孔不入，令人讨厌，他们住在县委招待所时总是有记者骚扰他们。刘亚军猜想可能是住在隔壁的那个人——他已打听过了，隔壁独居着一个老人。那人在他们搬进来后一直没露面。刘亚军对这个邻居有点好感，这段日子，全中国人都对他们感兴趣，但那人却对他们一点都不好奇。他喜欢不把他们当回事的人。无论是记者还是邻居，他们认为都不会有什么要紧事情，所以他们打算再睡一会儿，不予理睬。

"小张老师，小张老师，你们还睡着吗？"

又一阵擂门声过去后，传来一个热情的女人的声音。听到这声音，张小影像是被火烫了一下，本能而迅速地从床上跳了起来。

"快起床，是同事，他们来看我们来了。"同时，她冲着门大叫，"来了来了。等一会噢。"

前天下午，刘亚军陪张小影去过那所学校。他们到学校时少不了学生列队欢迎这种千篇一律的场面。

正是夏天，穿衣起床不算太麻烦，没一会工夫，刘亚军就在张小影的帮助下坐在轮椅上了。张小影草草梳了一下头发，也没扎起来，就披着一头长发去开门了。门口站着三个人，一男两女。两个女人手中拿着送他们的礼品。其中一个笑容明亮，长得很丰满，人高马大的，脸盘大，五官很漂亮，只是皮肤有点粗糙，她的手中捧着一框风景画；另一个女人表情严肃，但仔细看还是挺有女人味的，特别是她的嘴唇，上翘着，有一种严肃掩盖不了的天真，她的手中拿着一套餐具，是玻璃杯子之类。那男的什么也没拿，双手插在裤袋里，吹着口哨，一副吊儿郎当的模样。刘亚军想，他他娘的已不是个小伙子了，应该三十多了吧，却摆出这么一副鸟样，不知他是怎么为人师表的。

男人的眼光一直不怀好意地注视着张小影，他甚至没看刘亚军一眼，就好像这屋子里只住着张小影一个人。他跟在两个女人的身后，脸上呈现一种自作聪明的油滑的笑意。刘亚军认出这个男人，那天张小影在他们学校做报告时，这个人就站在台下，脸上也是这种表情。那表情仿佛在说，你们就吹牛吧，你们骗这些娃儿们容易，可你们骗不了我。这表情让刘亚军浑身不舒服，他敏感意识到这个自作聪明的男人把他和张小影的结合当成一个笑话。刘亚军一点也不喜欢这个人。

他们没有坐下来。那高大的女人在说些人情话，这些话放在哪里都能派上用场。两个女人把带来的东西放到桌子上，说："刚组成家庭，这些用得着的。"

张小影表示感谢。

两个女人似乎对刘亚军更感兴趣，她们目光炯炯，从头到脚打量着刘亚军，观察他的脸、他的身子、他的双脚，好像刘亚军是一件稀世国宝。她们打量完刘亚军后，开始探究房间里的一切。她们肆无忌惮地东张西望，就好像她们来到了传说中万恶的资产阶级色情场所，想看看资本家是怎么荒淫无耻的。当她们参观他们的房间，贼眼溜溜地打量着他们的床时，刘亚军突然明白她们的兴趣所在了，她们想知道一个健康的女人是怎么同一个残疾人生活的，她们对此充满了好奇、怀疑、困惑。此刻她们一定在想象：躺在这床上的两具身体是怎么回事？他们结合吗？或根本就没有这回事？或用其他方法？她们想知道他们的最为隐秘的生活，她们是一群可恶的窥探狂。

刘亚军突然读懂结婚以来那些察看他们的眼睛的含义了。他一直没能参透其中的意思，只是感到不舒服，感到压抑，感到一种无处藏身的恐慌。现在他明白了，他们其实时刻在怀疑他能不能人道，当然他们不相信他还能人道，因此他们同情张小影，把张小影当成了一个自我牺牲者，一个当代圣母。当他明白这一切，深感伤害。

刘亚军的眼睛就红了。他开始讨厌这三个人。如果说他们刚进门时，刘亚军曾用肉感的眼睛打量过那两个女人，对她们还有点好感，现在，他对她俩充满厌恶。

刘亚军突然说："张小影，你下星期上班去，是吧？"

那个高大的女人说："不急不急，等你们处理好自己的事再上班吧。"

刘亚军说："没事，我们是国家的人，国家的事就是自己的事。"

女人附和道："对，对。"

这时，刘亚军说出一句让屋子里的人目瞪口呆的话。刘亚军说：

"张小影，上班后别忘了领点避孕套来，医院里领来的快用完了。"

听到这话，两个女人有点惊愕，脸一下就变得通红。男人的眼神突然涣散了一会，不过他比较冷静，装作没听到这句话。张小影愣住了，脸色变得十分苍白，眼眶中有了一些光亮，她强忍着没让泪水流下来。刘亚军为什么说这话，她感到不可理解。男人是个机灵的人，他装作没事一样和刘亚军说了几句，就叫了两位女教师，告辞了。

客人走后，张小影就发火了，她和他狠狠地吵了一架。刘亚军好像比她还要气愤，骂了一通娘后，他说：

"他们他娘的怀疑我干不了那事。我他娘的真想当着他们的面干给他们看。"

他一扬手把他们刚送的玻璃杯子扫落在地。玻璃杯被砸得粉碎。

# 第三章　寂静的时间令人恐惧

## 1

总的说来，刘亚军对张小影是心怀感激的。不管怎么说，他有了婚姻，有了一个不错的妻子，这意味着他有了一个可以照顾自己的人，意味着他枕边有了一具暖烘烘的肉体，意味着他有了正常人的生活，而他原以为像他这样伤残的程度，不会再有姑娘愿意嫁给他，他将独自走完这悲惨的一生。除了张小影，还有谁愿意嫁给像他这样的人呢？嫁给他意味着受苦啊！张小影是这个世上的稀有品种，只有像她这样的傻瓜才会不顾一切和他结合。也许她以后会后悔的，但现在她还像一个天使，这位天使像是上天派来专门照顾他的，就好像上天给她吃了迷魂药，把她脑子里的其他念头统统取消了，只让她记住照顾他的命令，于是照顾他就成了她唯一的使命。她的行为是这个世上许多奇事逸闻中最不可思议的一种。

他们结合以来，她给予他的感受是全新的。当他笨拙地拥着她时，他感到他那两条早已没有感觉的黑暗的双腿发出了光芒，他那支离破碎的身体正在慢慢地愈合。他甚至开始有点认同张小影的想法了，他也许可以重新站起来。不过他马上意识到这只不过是幻觉，是张小影温柔而润泽的肉体带给他的幻觉，他可比张小影冷静得多，他这辈子不可能再站起来了，这也是他远比张小影来得悲哀的原因所在。

他相信张小影嫁给他不仅仅是因为他是一个英雄（当然这是重要的），还有更为隐秘的原因。从张小影和他打打闹闹的过程中，他意识到张小影在心里并没把他当成一个残疾者，张小影对待他就像一个女人对待她的丈夫。这很好。他不想张小影把他看成一个英雄，也不想被看成一个残疾者。

其实，刘亚军在心底里没有把自己看成一个英雄，他甚至有点反感别人把他当英雄看待。到小城那天，刘亚军之所以拒绝对他的欢迎，其中一个原因确实是不想出这个丑，更为重要的原因是不想被看成一个英雄。我他娘的可不在乎自己是不是一个英雄。

刘亚军所在的部队开到边境时，战争已经打响了，他们行军的路上听到远处炮声隆隆。炮声低沉，摄人心魄。身边的战友大都神色严峻，有些人脸色苍白（那是因为对战争的恐惧）。刘亚军倒是一点儿也不惧怕，甚至有点儿兴奋，连弥漫在满山遍野的硝烟气味都让他感到亲切。他都有点奇怪自己的这种情感。在部队还没有开往前线的那些日子，士兵们从来不议论这场战争，好像他们不议论，这场战争就不存在，就会远离他们。有一天，刘亚军无意中看到了一个士兵的家信，从此后他再也看不起那个士兵了。那士兵是个极要上进的人，和排长、连长的关系搞得特别好，希望有一天能提干。就是这个人，在家信中却是个胆小鬼，他在家信中一遍一遍地祈祷自己不要被派往前线。刘亚军很鄙视这个士兵的腔调，看他信中的孬样，真的到战场上一定会吓得便溺的。刘亚军从来不害怕战争，他虽然从没想过当什么军官，可如果让他去打仗，他一定会冲在最前面的，这一点他很有把握。

子弹是不长眼睛的，可有时候子弹好像有自己的思想，它总是寻找那些贪生怕死的人。每次战斗打响，刘亚军总是冲在最前头，他大摇大摆冲向敌人的样子，就好像他正走在铺满鲜花的大道上。子弹总是从他的身边擦身而过，连表皮都很少伤及。他的这种不要命的姿态常常遭到排长的训斥，但他依然故我。战争有时候是凭惯性推动的，这惯性组成一股强大的洪流，把参加战争的每一个人——勇敢的或是胆小的，裹挟着带往远方。凭良心说，那个写家信的孬种在战争中表现还算不错，非常机敏，是个有头脑的家伙，他替排长出的几个主意都很有效。但这位士友还是牺牲了。随着战争的深入，刘亚军身边的战友越来越少。

人有时候是很奇怪的，不知是从哪里得到启示，刘亚军坚信自己不会被子弹或炸弹击中，他不会死去——当然就是牺牲了，他也不害怕。他在战场上如入无人之境，排长也不再训斥他了，他在这个连队中有了特殊的地位，比别的战士拥有更多的自由。对别的士兵有效的纪律问题对他不起作用，他几乎可以在战场上随心所欲。这之后，他又参加了几次战役，还做了一段日子的侦察兵，直到他碰到了那颗地雷。

做侦察兵是一段有趣的经历。他的能量和创造力在侦察行动中得到空前释放和增强。他对敌方具有孩子般强烈的好奇心，这种好奇心就像一个窃贼面对保险柜，总是想知道里面究竟有多少钱。他的侦察成果常常超出预期目标，比预期目标要多得多。有时候，他离目标是那么近，他甚至可以清楚地看到对方堡垒中黑洞洞的枪口，骨瘦如柴的敌人的身体（他们的敌人是一个瘦弱的民族），上面画了一头水牛的香烟壳子（这烟点燃后散发出醉人的香气）；他还能听到敌人的呼吸声，半导体中的异国音乐，发报声及骂骂咧咧的吵闹声。他时刻感到自己处在一个有趣的位置，感到这个工作有点像童年时玩的捉迷藏游戏。他总是把自己藏在最危险的恰恰是别人想不到的地方——有时候最危险的地方最安全。他的侦察工作就这样圆满完成了，主要的情报向部队汇报，那些充满了异国人的汗臭味和口音的内容则他一个人享用。他对这个男人骨瘦如柴而女人妖娆丰腴的国家的生活同样充满了好奇心。

战场上也有女人。这些女人躲在敌人的堡垒里，她们手握武器，也会杀人。可她们终究是女人呀。有时候，整个堡垒里全是女人。当刘亚军在这样炽热的夜晚看到堡垒里的女人赤裸着上身时，心里会涌出异样的感觉。他很不愿意把这样的堡垒标在图纸上成为我军的一个目标——当然他最终还是标上去了。他听战友说过，这些女人已被训练得像战争机器，她们杀起人来往往比男人还要利索。

战友说得对，她们不但杀人比男人利索，嗅觉也比男人敏锐。有一次——那是他最后一次侦察任务，刘亚军在一个堡垒里见到一个女人，她是如此丰腴，她的肌肤在黑暗中熠熠生辉。想起不久后，这美丽的身体将随着一声炮声而灰飞烟灭，他都有点儿舍不得。他在暗中长久地凝视着她，她在里面无所事事地打着扇子，驱赶蚊子，姿态非常优美。也许因为蚊子太多，她开始在身上涂药水。她的手在她的身体上运动，她裸露的双乳不停地颤动，非常诱人。同他配合的战友在学蛐蛐的叫声，那是催促他赶快撤离的信号。但他舍不得离开，也没有回应战友。他自由自在惯了。又过了大约十多分钟，里面那具美丽而柔软的身体突然变得僵直了，那个女人的脸对着他，眼神十分警觉。他想，他在黑暗中，她是见不到的。就在这个时候，那个女人突然俯身拉动了什么，刘亚军身边的地雷炸响了。一阵红光闪过，刘亚军就失去了知觉。他醒来后才知道是战友把他从那地方背回来的。他捡回了这条命，可他永远站不起来了。

　　关于受伤的详细细节，他从没对任何人讲过，甚至也没有告诉过张小影。他认为被这颗地雷炸伤是上天对他这个顽童的惩罚。他知道自己的个性，他总是沉溺于自己喜好的事物而不能自拔。任何事都不能玩得太贪心的。后来组织给了他这个英雄的称号，他是有些羞愧的——他最后的行为或多或少有损于这个荣誉，不过他认为自己还是配得上这个称号的，至少他在战场上表现得视死如归。在病院里时，英雄的光环也不算很强烈，他没有异样的感觉，他身边都是英雄，有的立功的级别比他还高。荣誉是张小影带来的。突然有一天，这种荣誉以异常猛烈的方式作用到他的头上，有关他在战场上视死如归的壮举开始出现在报纸上。报纸上他的形象高大伟岸，毫无缺陷，但总是干巴巴的，似乎只会喊"同志们，冲啊"之类的口号，十分的无趣。他因此有点生气。更令他生气的是他的战友在描述他时，也把他说得十全十美。他们应该知道我是个什么样的人的呀，他们为什么要说假话呢？看这些报道他感到别扭，他一点也不喜欢报纸上的自己，特别是那个和张小影恋爱中的自己，被报纸描述得可怜巴巴的。

后来他有点想通了。他想，所有这一切都是因为张小影，张小影是这个故事当然的主角，即使他什么都不是，或者是个孬种，他们一样会给予他荣誉。这样一想，他就不把这光环太当回事了。他对自己说，你他娘的不要自作多情了，这里其实不关你的事。所以，他开始反感别人把他当成英雄或直接叫他为英雄。他索性不愿意提战场上的事情了。当记者采访他，他就说，你们去采访张小影吧，我有什么好采访的呢？

张小影对刘亚军是在哪次战斗中负的伤，是什么原因负伤的，一直存有好奇。她问过刘亚军。每当这时候，刘亚军的眼中会露出慌乱之色，他总是迅速而坚定地说：

"我已记不起来了。"

他不想做英雄，不过他得帮助张小影。如果说他这个英雄有水分，或者说不配做一个英雄的话，那张小影是完全称得上一位圣母的。天底下恐怕没有比张小影更好的人了。虽然他们也虚构张小影，但张小影比他们虚构的还要好上百倍。

## 2

到小城后，张小影虽被分配到那个学校教书，但她并没有去上班，这是因为张小影的社会活动实在太多，总是有一些单位请她去做她的所谓"真情无价"的报告。她不但要在本县演讲，还要去地区及省城做巡回报告。一般来说，请柬中必定有刘亚军的名字，只不过刘亚军是排在后面的。按照刘亚军的个性，他是不想参加这种聚会的，因为这种聚会有一个前提——那是它之所以感人的原因，就是刘亚军已是废物，是一堆牛粪，在这个前提下，张小影才是闪闪发光的，人们才会为张小影这朵鲜花插在牛粪上而惋叹。不过，他决定帮助张小影，他因此也有了一些耐心。他想，就算自己坐在那儿像一个可怜虫，也是应该参加的。他几乎出席了所有张小影的事迹报告会，张小影演讲的内容他都快会背了。他的耐心连张小影都感到奇怪，她有一天对他说，你的脾气怎么变得这么好了？刘亚军用一脸的狡黠回答张小影。他已经不那么在乎别人悲悯的眼光了。

张小影报告的主要内容就是他们的爱情故事。当然，因为官方需要，有时候必须加入一些远离他们真实生活的内容。可张小影不想她的报告太空洞，她总是会加入一些她和刘亚军生活中的真实细节。这些细节在那个宏大主题的观照下，散发出感人的气息。每次张小影讲述时，台下总是哭成一片。在哭声的感染下，张小影自己都相信她所讲述的一切都是真实的了，有时候她讲着讲着自己也会哭出声来。

张小影做报告时，刘亚军一般坐在主席台上作陪。那时候他会有一种别样的感受。看着台下一张张真诚的脸，他都有点感动了。他们相信张小影所说的，他们的眼中闪耀着温和而关切的泪花。刘亚军想，天底下最可爱的就是这些老百姓了，他们经历了"文革"的磨难，可还是这么轻信。他们可能不相信看上去如此单纯的张小影也会有谎言和虚构吧？但不管怎么说，这总比敌意来得好。生活中，他们偶尔会碰到对他们有敌意的人，这种敌意来得无缘无故，令人莫名其妙。通常在报告会结束时，人们还会同他们一起联欢，他们会唱起一些老歌，歌声使这样的聚会有了一种忧伤而美好的气息。刘亚军知道这气氛其实是虚构的，但他有点喜欢上了这种气氛。谁不愿意在鲜花中生活呢？

刘亚军从来没想过要在这样的报告会上发言。报告会一般都是上级安排好了的，而上级也从来没有想到过让刘亚军这个战斗英雄演讲。到了小城后，这事儿由县委办的陆主任负责，陆主任对刘亚军的印象不好，有时候甚至不想安排刘亚军出席报告会，但碍于一些说不清的原因，陆主任最终还是让刘亚军陪同张小影坐在主席台上。不管怎么说，他们是一对命运共同体啊。对刘亚军来说，参加这样的报告会虽然感到很闷，但总的来说还是轻松的，他坐在那里可以听张小影滔滔不绝——她这么能说会道还是令他吃惊的，也可以观察台下听众的反应，还可以让自己神游八极。

有一次，在省城的大学礼堂里举行的一场报告会上，一个大学生突然向刘亚军提问了。这位学生很不平地说，他已经听了三场张小影的报告会了，在张小影的报告中从来不提刘亚军在战场上的事迹，这是为什么呢？刘亚军当时大脑正处于真空状态，他都没怎么听清楚这个问题。主持人要他回答时，他才糊里糊涂地说，他没有什么好说的，他不值一提。但那个学生不放过他，学生说，报纸上说你是个侦察兵，并且十分英勇，说你从来不怕死，心中根本没有死亡两个字，每一次战斗总是冲在最前面，报纸上说的是真的吗？为什么张小影的报告中不讲一讲你的事迹呢？我们都很想听听你的故事。台下的学生鼓起掌来。

　　这个人的话让刘亚军很受用。刘亚军当然也不甘于总是做张小影的陪衬，做张小影的影子，不甘于淹没在张小影的光环下面，被人称作张小影的丈夫（刚开始，当人们叫他为张小影丈夫时，他非常生气，并且对那些人充满了敌意。后来，他也想通了，他确实什么也不是，仅仅是一个靠张小影而浪得虚名的人。他就忍了）。这会儿，因那大学生的提问，他突然觉得自己从张小影的光环下走了出来，心里非常舒坦。不过，他还是不想讲自己的事，没什么可讲的。他说：

　　"张小影不讲我的故事是因为我没告诉过她。"

　　"但你都告诉过报纸了呀，报纸都登了你的事迹啊。"

　　"我也没告诉过报纸。"

　　"那报纸怎么会登呢？报上说的是真的吗？"

　　"我不知道。"他的脸上又露出狡猾的表情。

　　"报纸没采访过你怎么写得出来？"

"这得问记者。"

"你看过报纸吗？"

"他们爱怎么写就怎么写吧，我不想看。"

"你真的是个英雄吗？"

突然有人提出了这个问题。这个问题提出后，台下鸦雀无声，气氛一下子紧张起来。以往很少出现这样的情况。刘亚军意识到这个提问的人有敌意。这敌意激发了他身上的战斗欲望。自战场上下来后，刘亚军已经碰不到敌人了，眼下的问题让他依稀感受到某种战斗的气氛。他精神振奋，眼睛闪闪发光，他的手上好像握着一颗炸弹，随时准备投向敌人。刘亚军突然冷笑了一声，说：

"战场可不像报纸上说得那么好玩。你们去南边看一看，拿把铲子去挖那里的土地，你挖下去一米，还能见到血迹。这血是哪里来的，是从我们身上流出来的。"

刘亚军开始说话时，声音有点颤抖，这同他很少在这种场合发言有关，不过他马上镇定了下来。下面非常安静，学生们睁大眼睛看着他。刘亚军想，他们是大学生，有一点自己的思想和反叛个性是不奇怪的，可他们懂什么呀，他们自以为是天之骄子，其实他们根本不了解这个世界的真相。他想了想，就停下来不再说下去。

"你说呀，说说你的故事，我们希望知道你的故事。"

刘亚军的心里早有了强烈的说话的欲望。这也许是因为他长时间强迫自己不说战场上的事情造成的。听到下面学生的要求后，他开口说话了。

"没有经历战争的人根本想象不出打仗是怎么回事。战争没有任何规矩可言。你们一定知道我军有优待俘虏的政策，这也是国际公认的战争法则，但在战场上根本就不是这么一回事。开始的时候，当然还得照规矩来，但敌人的狡猾和顽强超乎你的想象，那些俘虏身上绑着炸弹，他们假装投降，可见到我们，他们就引爆炸弹，与我们同归于尽。我的十多个战友就是这么死的。后来，他娘的见到投降的敌人，不管三七二十一，统统杀。有时候，整连整连地杀。这就是战争，同你们在报纸上见到的是两回事情。这些东西你们在报纸上是见不到的。告诉你们，在战争中即使你睡着了，可每个细胞都是醒着的，每个细胞都充满了警觉，身体整天处在紧张状态，干燥、僵硬，就好像身体里没有一点儿柔软的肉，只剩下骨头，你会感到自己成了一架纯粹由骨头构成的人体机器。战争会使你感到自己就像一堆钢铁……"

下面非常安静，他们显然被他的表达镇住了。他们的表情更激发了刘亚军的征服欲。一会儿，刘亚军开始讲述他的侦察兵生涯。

"你们一定不知道我为什么喜欢做侦察兵，那是因为做侦察兵还能感受到日常生活的气息。我深入到敌人的村庄，闻着村子里牲畜的气味，稻谷的芬芳，听到孩子们的哭声和成年人的吆喝声，望见远处袅袅的炊烟，看到妇女们用自己的奶水哺育孩子，我的心就会变得十分宁静。我在战场上还见到裸体女人，她们在敌人的堡垒中。我喜欢看她们，也许你们觉得这有点下流，有点不正常，但这却是战场上最让人感到平静的事情……"

张小影的脸上露出惊讶的表情。当刘亚军讲到偷看女人的身体，她感到很不舒服，脸孔发烧，恨不得钻到地下去。刘亚军竟讲这种可耻的事。她很生气。他总是这样，总是在你最无法预料的时候，胡说八道乱说一通。这些事刘亚军可从来没同她说过呀，她甚至不知道他有没有杀过人呢（她不想问他，她不想让他回忆起受伤的痛苦经历）。张小影认为刘亚军今天的讲话远离了报告会的主题，这个主题是上级早已定好了的。张小影有一种不好的预感，刘亚军今天的发言会让上级不高兴。张小影担忧地看着刘亚军。刘亚军完全沉浸在自己的讲述里，他显得相当亢奋，脸孔潮红，眼光闪烁着英武之气。他的眼睛确实很亮，比一般人都要亮。要命的眼睛，她最初就是被他这双眼睛吸引住的。刘亚军没看张小影一眼，他一直注视着台下，像饥饿的狼盯着它的猎物，仿佛要把台下学生那些自以为是的思想统统吞食。台下非常安静，就好像刘亚军的声音里有一种吸收其他声音的功能，把周围的杂音吸得一干二净。当刘亚军讲完最后一句话，台下鸦雀无声，过了几秒钟，他们才反应过来，礼堂里涌出潮水般的掌声。

从报告会回来，张小影一直在生刘亚军的气。她一声不吭，对刘亚军爱理不理。刘亚军知道自己今天出了错，在一边拍张小影的马屁，试图逗张小影开心。张小影板着脸，给刘亚军眼白看。

"你今天怎么能这样胡说八道。"

张小影说出这句话已是晚上睡觉的时候。说这话前，刘亚军的手已几次试图在她身上游弋，都被张小影断然挪开。这话是刘亚军的手第四次伸向她时，张小影才愤然说出的。

"我说什么了？我说的都是真话呀。"刘亚军装出委屈的样子。

"谁叫你这么说了？你这样分明是犯自由主义错误嘛。"张小影愤然道。

刘亚军觉得张小影说话的口气像一个马列主义老太太。不过，这段日子以来张小影确实越来越能干了，她的政治觉悟也比往日高多了。当然这不奇怪，她从来就是个做事认真的人，认真得近乎固执。她就是凭这份固执才和他在一起的。

"那你叫我怎么说，叫我像你那样说假话？"

"刘亚军，你不是人。"张小影看来被刘亚军这句话呛着了，她哇地哭了出来，"你说这话什么意思？我哪里说假话了？"

刘亚军没想到张小影会哭，他见不得人哭，一见到有人哭，就会手足无措。他连忙在一旁说对不起。他说：

"你没说假话，是我乱说。你怎么会说假话呢，你说的都是真的呀。你给我擦身子是真的，给我按摩是真的，给我找药治病也是真的。你怎么会说假话呢，你只不过是没说明白给我擦了上半身还是下半身。"

张小影还是没笑。刘亚军就拿起张小影的手打自己的嘴巴。他一边打一边说：

"都是这张嘴不好，乱说，刘亚军同志你好好管管你的嘴。"

总是这样，有点别扭，这样闹一闹就好了。自结婚以来，他们很少像从前那样大打出手了。这主要是刘亚军让着张小影的缘故。说实在的，婚后刘亚军有点宠着张小影的。

"爱人同志，好了好了，时候不早了，我们得睡觉了。"刘亚军脸上挂着暧昧的笑容。

张小影终于也顺过气来了。她知道刘亚军那表情的意思，她的脸红了。她伏在他的怀里，说：

"其实你今天讲得还是不错的，比我讲得好，以后让你去讲得了。"

刘亚军的脸上露出英雄般的神色，说：

"我讲得不坏吧？我自己都吃惊，我讲得这么好。"

他们搂在一起咯咯咯地笑个不停。张小影还是不能忘记今天的事，她说：

"我还是有点担心，你这样讲，他们会不高兴的。"

"你烦不烦，没完没了的，像一个小老太太。"


## 3


张小影的担心没错，刘亚军的讲话引起了宣传部门的不满。因为报告的地点在省城的一所大学里，这事省里也知道了。鉴于刘亚军讲话造成的恶劣影响，上级严肃地批评了刘亚军所在的小县城的领导，专门负责他们宣传事宜的陆副主任感到压力很大，对这样的批评深感委屈，他更反感了刘亚军了——这个人太不懂人情世故了。因为这事的教训，陆主任决定从此以后不再让刘亚军参加报告会，以防他再次胡言乱语。他娘的，狗嘴永远吐不出象牙，那就让他闭上狗嘴，待在家里吧。

刘亚军对此倒是无所谓。他不想人模狗样地坐在主席台上，像一个白痴。他去主要是为了支持张小影，好让张小影做报告时心里有点儿底。他们不让他去，他还求之不得呢，谁他娘的愿意像一件出土文物或木乃伊那样供人参观、瞻仰呢。他们看他的眼光让他不舒服，就好像他真的是一件意识形态的外衣，上面写着这个时代最响亮的口号。他们的眼神似乎有一种把他的衣服剥掉的能力。他知道他们想了解些什么。

张小影还是像过去那样忙碌，几乎每天都去做报告。张小影出门，刘亚军感到这个世界突然安静了下来，某种令人昏昏欲睡的无聊感从身体里生长出来。其实无聊的感觉一直都有的，只不过现在变得更强烈了。

他一个人坐在院子里，他听到风声在花房后面的林子里轻微地蹿动。他可以做的事之一就是去那个山坡看看。走到近处，他发现山坡的树林其实并不密集，植物生长得也不是太蓬勃，远没有站在院子里瞭望让人感到赏心悦目。他有些失望，去了几次，就不想再去了。没多久，他就感到日子漫长得令人难以忍受。他闭上眼睛倾听林子里传来的声音。除了风声外，偶尔会传来鸟儿愉快的鸣叫声。他不知道鸟儿为什么会这样高兴，后来他想，可能那些鸟儿发情了，它们正在交配呢。这时候，他会十分想念张小影，想她的身体。他便有了欲念，希望张小影快点儿回家。他很奇怪，待在家里后，他的欲念变得更强烈了，他想这可能是无聊引起的，有这么多无法打发的时间，恐怕人人都会想这事儿。也只有这事儿才可以对抗时间，让时间变得不那么令人难以忍受。

每天，张小影从外面回来，刘亚军就会迫不及待地关上门，要和张小影亲热。有时候，忙了一天的张小影感到很累，真是不想做这事儿，但在刘亚军的纠缠下，她也只好配合。刘亚军有令张小影心动的方法，他是个说情话的高手，每当这种时候他总是没完没了地表达这一天来对她的思念，说得她心里无比甜蜜。张小影对他说，你呀，一天到晚想这事，太无聊了。

白天，花房四周寂静如空，人们都去上班了，孩子们需要上学，街巷中只有一些老人和婴儿。邻居汪老头不用上班，但看上去他比上班还要忙，总是早早出门，到吃饭的时候才回来，像一只游手好闲不顾看家的狗。刘亚军无聊的时候想，他也许不该对汪老头太骄傲，也许应该和汪老头交个朋友。无聊的时候有一个人聊聊天也是件不错的事。

这个老头有点意思。他们刚搬进花房时，老头一直没有露面，几天后，那老头黑着脸来到刘亚军身边。当时，刘亚军正独个儿在院子里，老头围着他转了好几圈，关于狗的形象就是在那时进入刘亚军的脑子的，他觉得老头绕着他打转的样子很像一条饿狗，好像他身上藏着什么好吃的东西。刘亚军讨厌别人像看怪物似的看着他，本来想对老头发火的，就在这个时候，老头说了一句让刘亚军倍感亲切的话，他因此有点喜欢这个老头了。老头说，你那玩意儿没坏吗？他娘的，这几天老是听见你女人的叫声。刘亚军喜欢别人知道他这方面的能力，他恨不得所有的人都知道。听了这话，他突然感到自己强大起来，脸上露出无限满足的神情，仿佛这会儿他已进入了女人的身体。

见老头口无遮拦，刘亚军忍不住吹起牛来。他说，我那东西对付两个女人都没问题。老头没继续这个话题，脸上露出讥讽的神情，问，你就是报上说的那个英雄吗？刘亚军也不自觉挤出嘲弄的神色，反问道，你也看报吗？你大概不识字吧？老头的好奇心比较强，他那只像蜥蜴那样粗糙的手伸向刘亚军的腿，问，你这里真的断了吗？刘亚军感到老头的手冰凉冰凉的，就好像这只手没有一点生命气息，就好像这只手真的是一只蜥蜴。刘亚军说，你他娘的有病，摸什么。老头不介意刘亚军的辱骂，自言自语道，奇怪，脊椎坏了那玩儿没坏，他娘的，算你命大。说完老头就转身走了，走了一半，又回过头来对刘亚军说，你们把门窗关关好，不要开着门干那玩意儿，你们舒畅，我听着心烦。刘亚军见老头气呼呼的样子，乐了，他有一种大人不记小人过的快乐。他想，我还要开着门窗干，烦死你。

前段日子刘亚军比较忙，所以他没和汪老头交往，路上碰见了他都不同老头儿打招呼。现在刘亚军空下来了，觉得自己应该主动点，和汪老头说说话。想起自己无聊得竟然想同一个糟老头子交朋友，刘亚军感到很无奈也很悲哀。

有一天，张小影对刘亚军说，有一个记者想采访你，你可不可以接待一下？刘亚军有些奇怪，过去都是张小影接受记者采访的。他们刚出名那会儿，就这样了。那会儿记者可真是多啊，有时候他都感到奇怪，怎么会有那么多的记者，好像全国人民都干了记者这一行。那会儿刘亚军特别烦记者，记者采访他，他都不开口说话。那会儿，如果有枪的话，刘亚军可能会把那些难缠的记者打个落花流水的。张小影不能这么干，她知道他们现在是全国人民的偶像，他们的名字和刘晓庆、张金玲、唐国强、李秀明这样的电影明星一样闪光，她不能像刘亚军一样任性，拒绝采访。作为一个典型人物，她有义务配合记者做好宣传。现在记者比过去少多了，他们就那些事，写来写去也写不出新花样了。张小影这次让刘亚军接受采访是因为这阵子刘亚军无事可干，太无聊了，见个记者也许不是件坏事情。刘亚军虽然心里想见记者，但又不好意思答应下来，他怕张小影笑话他。

"是个女记者，很不错的，长得也漂亮，很有青春气息的。"张小影也怕刘亚军不见，所以吊刘亚军的胃口，"不见的话，你会后悔的。"

刘亚军一直没有表态，但他的脸红了。张小影意识到刘亚军并不反对她带女记者来家里，说：

"女记者点名要采访你的。她听过你在省城大学里的那次报告，她看上去很崇拜你的样子。不过你不要对她乱说啊，免得再犯错误。"

刘亚军不以为然地说："你以为我说什么报上就会登什么呀。"

第二天，刘亚军早早就醒了。起床后，还梳了梳自己的头发，平时，他可从来不梳头的。张小影敏锐地观察到刘亚军在等待那女记者的到来，但她没有点破他。张小影点破这件事是她带女记者到家的时候，她对女记者说，他一早就起床等着你了，他一个人挺无聊的，他需要有人陪。听了这话，刘亚军的脸就红了，他像一个大姑娘一样不好意思起来，他嗔怪地看了张小影一眼，轻轻地说，乱讲。张小影很少看到刘亚军这种表情和这样温柔的说话方式，她想也许是她把女记者描述得太完美了，使刘亚军在没见到女记者之前已对她有了好感。

女记者名叫徐卉，是个刚刚毕业的大学生。她看上去整个儿可以用"明亮"来形容，没有一点儿阴影。她的眼睛清澈见底，看人的时候从不回避，虽然身上也有点记者这种职业容易沾染上的自以为是的毛病，但就连这种自以为是似乎也是天真的。她见到刘亚军就急切地同刘亚军说话，她一定早已想同刘亚军说这话了。她大大咧咧地说：

"那天你讲得太好了，讲得非常生动、真实，你的故事真的把我带到了战场上，我好像都闻到了硝烟的气味。你的表达能力棒极了，你应该去做一个作家。只要把你讲的写出来，就会比《高山下的花环》还好看。"

女记者喋喋不休，那一惊一乍的样子，看上去有点愣头愣脑的。刘亚军谦虚地说：

"我可不像你们记者会妙笔生花，还会无中生有。"

"你这是在批评我。"说完她就天真地笑了起来。

张小影还要去政法系统做一场报告，待了一会儿，她就出门了。她笑着对女记者说：

"你们好好聊吧，我走了。"

张小影走后有好一阵子，刘亚军都有点不敢看女记者的眼睛。他知道这个女孩这会儿正观察他，他猜想即使她的眼神带着探究和分析也一定是无邪的，一定还带着一份对英雄的欣赏和崇敬。他想他现在的样子一点也不像一个英雄，一定让她失望了。这或多或少令他感伤。像是要掩盖内心的虚弱，他心里突然涌出邪恶的念头，他认为自己不应该像一个胆小鬼，于是他拿出看大街上女人的勇气，眼睛不老实起来，肆无忌惮看那女孩。那女孩被他看得满脸红晕，显得既羞涩又幸福。这样一个看上去大大咧咧的女孩竟有如此羞涩的表情，他就不忍心再逼视她了。张小影说得对，这个女记者纯真善良，她身上有一种像是溪水里的卵石那样清凉而干净的气息，他得积点德，他不能像看那些风骚的女人那样满眼都是亵渎和贪婪。

"我是听了你的报告后特地赶来采访你的。"女记者镇静了下来。

"是吗。"

"你真的很大胆，你在战场上像一个孩子，不知道死亡为何物。"

她的夸奖，他是受用的，他笑了一下，说："我从来没想到过自己会死，所以我就活着回来了。"

"你讲的战争同我想象的完全不一样。"

"什么地方不一样？"

女记者眼神亮晶晶地看着他，神秘地说："你的战争有七情六欲。"

"战争就是战争，战争只用子弹说话，都是一样的。"

"你讲到你看到孩子在母亲的怀里吃奶时，我都哭了。在战场上你还关心这些事情，你真的很有人性，你真了不起。"

刘亚军不好意思起来。她显然理解错了他的意思。他说：

"你过奖了，这没什么了不起的，只不过是个人习惯罢了。"

女记者笑了一下，她崇敬的眼神里充满了善意，好像这世界是多么美好。女记者想了想，突然问：

"你读过《牛虻》没有？这本书我读了五遍了，每次读都流泪。"

刘亚军不好意思地说："我读书不多。"

"哪天我给你带来，你一定要读一读。"

刘亚军笑了，说："你真的想把我培养成一个作家？"

"真的是本好书，每次我读到牛虻折磨琼玛时我都想哭。"

"那是你太天真，我可不会哭。"

"不一定。我感到爱情是件奇怪的事情。"

"你谈过恋爱吗？"

她的脸红了，摇了摇头。

"那你怎么知道？"

女记者一脸温情，表情里充满了某种神秘的喜悦，她说："我相信一个女人要爱上一个人什么都干得出来，比如张小影和你，我相信张小影是真爱你。"

这是刘亚军第一次从别人嘴里听到这样的话，她用爱这个词来描述张小影的行为，而这世上大多数人也许根本不这么想。刘亚军有点儿感动，他因此对这个女孩充满了好感。她对他的赞扬也让他感到快乐。刘亚军吃惊地发现，他今天讲话比任何时候都要多。这是因为他信任这个女孩，他感受到她的善意，感受到她给予他的尊严，她不会伤害他。

话题自然而然转向刘亚军和张小影的故事。刘亚军说：

"张小影是这世界上最好心肠的姑娘，她为我做的事你是无法想象的。我老是有一种对不起她的感觉，你看到了，我可以说是个废人。很多人误解了张小影，他们总是这样，用阴暗的眼光看待张小影，他们认为张小影这样干是想出风头，想捞政治资本。张小影活在人们的误解中，就是她父母都不肯理解她。她受到的伤害比我要重得多。"

不知怎么的，说这些话时，刘亚军突然感动起来，他的眼睛像雾一样散了一下，眼角泅出晶莹的东西。他不好意思地用手擦了一下。他可从来没有同一个陌生人讲起这些事，甚至同张小影也没有说起过，他至今都没弄明白张小影是否感受到人们的这种误解。张小影总是一脸平静，从来不同他讲这些令人愤慨的事。

他们的谈话流露出一种悲伤的气氛。刘亚军及时地捕捉住了这气氛，并决定让这种气氛继续弥漫。有时候，让自己浸入某种伤感的氛围也是件幸福的事。他感到今天他说多了，他本不该对这个女孩讲这么多的，但他无法控制自己。他讲了他和张小影之间最为隐秘的事情。

"除此之外，对张小影还存在着另一种伤害。我们的婚姻是一桩被误解的婚姻。我知道人们对我们有好奇心，他们一定奇怪一个健康的女人怎么可以嫁给像我这样的人。这是他们最感兴趣的事情。他们也许一辈子都理解不了她，就是我也理解不了她的行为，也许是出于爱，也许是有别的原因，但我相信，这世界上确实有一类女性愿为我们这些伤残的所谓英雄献出一生，这种事过去曾经发生，恐怕以后也会发生。这是一个谜，是这个世界难以破解的谜。"

　　女记者的眼角已经有了泪痕。他嗅到了女记者身上一种清甜而暖人的气息。他觉得女记者像一只被阳光晒暖了的小羔羊，他很想伸出手去抚摸她一下。他总是对这样的气息敏感，他认为有这样气息的人心地一定是善良的。

　　傍晚的时候，张小影回家了，她看到刘亚军和女记者默默地坐在院子里，一声不吭，甚至连她回来都不知道。她感到很奇怪，那女孩可是个笑声像风铃一样持续不断的姑娘。她轻轻地走过去，来到他们的身后。她发现那女孩脸上的泪痕。张小影说：

　　"刘亚军，你同徐记者说什么了，把人家弄得泪流满面。"

　　坐在院子里的两个人显然没注意到张小影回家了，吓了一跳。女记者不好意思地把眼泪擦了去，笑道：

　　"张姐，你回来了。"

　　刘亚军和张小影平时很少晚上坐在院子里，女记者来访的这几天，他们几乎每天都围坐着，直到深夜。漆黑的夜幕把星星强有力地推到他们面前，就好像这些星星是院子里某棵树结出的果子，整个夜幕是一顶婆娑的树冠。星光让他们产生一种生活在纯净之地的幻觉。女记者一次次鼓励刘亚军拿起笔写他的战斗经历。她列举那些身残志坚的人成为名作家的例子，比如那个写出了《钢铁是怎样炼成的》的作家奥斯特洛夫斯基；还列举那些没有受过很高的教育、没多少文化的人写出动人著作的例子，比如高玉宝。这些故事很有煽动力，刘亚军听后有点动心了，文学梦至少在这样的夜晚在他身上生根发芽了。

　　刘亚军和女记者讲得很投机，张小影根本插不进嘴。她安静地无所适从地坐在那里，像一个局外人。在某些时刻，张小影的心中会产生一丝嫉妒。她感到这段日子刘亚军对这女孩有一种依恋，至少是精神上的依恋。她因此希望这个女孩子早点离开他们家，她有点后悔把这个女记者带到家里来了。

有一天晚上，刘亚军从箱子里找出一支口琴吹了起来。张小影不知道刘亚军会吹口琴，这是她第一次听刘亚军吹。刘亚军吹了一曲苏联歌曲《小路》，吹得还真不错，除了最初几个音稍稍有点颤抖外，整首曲子吹得很顺畅，很深情。张小影很吃惊，她没想到刘亚军吹得这么好。听着琴曲，她心头发酸。他可从来没吹给我听过，但他却吹给这个同他没有多少关系的陌生人听。张小影的眼泪禁不住流了下来。透过朦胧的泪影，她看到邻居汪老头在不远处蹿来蹿去，正在用奇怪的眼神打量着他们。她似乎很想加入他们，最后他还是露出不以为然的表情，回到自己家里。

刘亚军发现了张小影的眼泪。他是在一曲吹完，女记者要求刘亚军再吹一曲时，发现张小影流泪的。刘亚军很关切地问：

"你怎么啦？"

张小影感到很不好意思，她擦了一把泪，说：

"你吹得很好。"

刘亚军说："你真没事？"

张小影怕刘亚军追问个没完，就换了个话题："你真想写作的话，我们学校倒是有一个老师，叫肖元龙，听说是个作家，发表过不少东西，你写好后可以向他请教。"

其实这话张小影早就想对刘亚军说了，只是一时插不进嘴。

刘亚军见张小影这么认真，不好意思了，他说：

"我们是说着玩儿的，你当真。"

晚上睡觉的时候，张小影觉得自己的醋吃得有点荒唐。刘亚军哪里会同那女记者有事，他多么不方便啊。她自嘲道，你还以为刘亚军是一宝啊，大家争着同你抢。

三天以后，女记者走了。刘亚军做了一段时间的文学梦，但做报告和写作是两回事，每次当他拿起笔，他的脑子空洞得像一个气球，他一个字也写不出来。他只好放弃了这个梦想。

放弃文学梦后，他又开始无聊起来。一个人待在家里太安静了。这样的日子，他就一遍一遍回忆同女记者相处的日子。在这样的回忆中，他生出一种做梦的感觉，有点儿分不清现实和幻觉了，他甚至怀疑那个善良的、天真烂漫的女记者是否真的在他的生活里出现过。

## 4

这样忙忙碌碌过了半年，在新的学年开始之际，上级通知张小影去学校上班，这意味着她的生活开始步入了正轨。

张小影被安排在那个小学做语文老师。她非常喜欢教师这份职业，她喜欢同孩子们在一起。她向校长要求做班主任，校长说她社会活动多，比较忙，以后再说吧。她确实比较忙，虽然正式上班了，但不时地有单位请她去做报告，不过同往常比少多了。社会对他们的兴趣在慢慢淡化。虽然如此，她还是很忙的。她现在知道社会上团体是何其多了，光妇女团体，除了妇联外，还有军属联谊会，护士协会，纺织女工协会，女子科技协会等等，每个团体请她去一次，就够她忙的了。校长说得对，目前她不适合当一位班主任，要耽误了学生的。

因为比以前相对空闲了些，张小影开始把更多的精力倾注到刘亚军的疾病上。事实上就是在那些马不停蹄的日子，张小影也一直在打听能使刘亚军的疾病好转、能让他重新站起来的办法。在张小影的工作本上，记录了很多她打听到的偏方。这些偏方都是中药。张小影根据偏方为刘亚军采集草药。这些草药名称古怪，张小影一辈子也没见过，有的在正式药店里还找不到，张小影因此要到乡下、到山上去找。

刘亚军知道自己的病不可能再治好，看到张小影这么辛辛苦苦给他搞来药，每次搞来药时总是一脸兴奋、满怀希望，刘亚军不忍心让张小影失望，都喝了下去。那些苦涩的药水喝下肚，刘亚军感到五脏六腑的反应相当复杂，就好像那些药水都变成了他的情感，作用在他的身体和思想里，一时酸甜苦辣同时涌上心头。很多时候，在寂静的院子里，刘亚军对着自己那颗喧哗骚动的心，安慰自己，你别骚动不安了，你还能做些什么呢？你什么也帮不了张小影，除了用吃药的方式安慰她，你无能为力，你现在差不多是个寄生虫了。刘亚军看着张小影里里外外地忙，除了心痛，也很羡慕她。忙碌的人是幸福的，人在忙碌中就不会多想，就不会痛苦。他怀疑张小影从来不想他们的未来。

张小影认认真真地上课，真诚地做报告，一个月很快就过去了。一天，校长兴冲冲把张小影叫到了办公室，温和而谦卑地叫张小影坐，并给张小影倒了一杯茶水。校长说：

"小张老师，告诉你一个好消息，我接到县里的通知，你已经成了政协委员了。下个星期，政协就要开会，到时你要参加。小张老师，祝贺你。"

张小影一时没有反应过来，当校长把祝贺的手伸过来时，她有点无所适从。她无法把自己和政协委员联系在一起。她知道政协，那是搞政治的地方（政治协商嘛），是讨论大事的地方，她哪懂政治呀。张小影说：

"不行，我恐怕不行，我可什么都讲不出来。"

校长温和地笑了笑，说："你别怕，上级叫你去你就去。政协委员一般是各界知名人士，叫你去因为你也是个名人，你是我们县最大的名人。这主要是一种政治荣誉，一种身份，这是你的光荣，也是我们学校的光荣。你不要担心，开会就是大家坐在一起，谈谈目前的大好形势，谈谈各自的生活学习情况，简单得很。你有话多说，没话就听人家说。"

张小影心里还是没底，说："我可不行，我可不行。"

校长有点急了，他说："你可以一连几个小时给人家做报告，还怕开这种会？告诉你，你是推不掉的，这说不定还是省里的意思呢。去吧，到时我们学校有什么困难，比如修个校舍需要经费时，你可以在会议上呼吁一下。"

张小影还是感到当这个政协委员有压力。她回家时，一脸沉重，若有所思，好像碰到了比治愈刘亚军的伤还困难的事。刘亚军不知道张小影出了什么事，她的表情从来没有这样严峻过。他很奇怪，张小影头脑简单，从来不深究自己处境的，再大的困难到了她身上就好像不存在一样。张小影回家后开始做饭，刘亚军在一边帮忙，张小影说，你看报纸吧。每天张小影总是把学校的报纸拿回家给刘亚军看。刘亚军说，报纸上还不是那些事。

刘亚军的目光一直盯着张小影。张小影蹲在他的对面洗一条鱼。鱼儿虽然已破了膛，但还在不停地跳动，几次从张小影的手中挣脱，然后滑入水盆子里。受伤的鱼儿在水中大口大口地喘着粗气，它吸入的水都从它的肚子里流了出来。有几滴血水溅到了张小影的脸上，她就用手臂去擦。她擦的时候，突然轻描淡写地说：

"刘亚军，我当政协委员了。"

刘亚军听到这个消息倒是十分开心。他微笑着看张小影，觉得张小影真是有趣，他还以为她碰到了什么难题呢，原来是这等好事，张小影对事物的反应总是与众不同，这是张小影可爱的地方。

"你为什么这样看着我？"张小影问。

"我为你高兴呀，张委员。"

"可我什么都不懂。"

"张委员，你放心吧，不懂我教你。"

这天，刘亚军总是逗张小影，晚上同张小影亲热时，还一遍遍叫张小影为张委员。

一个星期后，政协会议准时召开。张小影一下子适应并且喜欢上了会议的气氛。校长说的没错，参加政协会议是一件轻松而温暖的事，社会各界知名人士见到张小影都老远向她打招呼，并过来同她寒暄，表达他们的问候和敬意。他们态度温和而慈祥，把她当成自己人看，他们对她的到来所表示出来的欢迎是由衷的。她强烈地感受到政协如一个大家庭而不像一个政治场所，她把这种气氛命名为政协的气氛。

张小影每天喜气洋洋地给刘亚军带来社会各界的问候，有时还带回一束鲜花来。刘亚军开始很高兴，他和张小影是命运共同体，张小影的荣耀也就是他的荣耀，但不知为什么，几天以后，这种高兴里增添了些别样的滋味。

随着会议议程的进展，张小影忙碌起来，有时候晚上也要开会，张小影只好睡在招待所里了。张小影每天还是会抽出一点时间回家看看刘亚军，并给刘亚军准备一些吃的，往往还没说上几句话她又匆匆地走了。张小影回家时总是带着一张热气腾腾的充满了社会气息的脸，这种热气腾腾会暂时充满花房，张小影走后，这种气息便烟消云散，了无痕迹。刘亚军不由得涌上一种被冷落的感觉，特别是夜深人静时分，身边没有一个人，让他倍感寂寞。这样的夜晚，他睡不着了，他的思想跟着复杂起来。其实他也很想干点什么事，服务于社会，但组织好像把他忘记了，不安排他一个合适的工作。当然残疾抚恤金是有的，理论上说他不用工作也能养活自己了，但他还是想找一个合适的事情做。难道一辈子困在这花房里吗？难道一辈子这样倾听时间滴滴答答地流淌？谁能承受这样的孤独呢？

独处的时候，他想象张小影在政协会议上的情景，他把她的生活想得无比浮华。他想象张小影笑容满面地在人群中出没，人们包围着她，她左顾右盼，应接不暇。张小影款款而行的画面在想象里无比清晰，像电影里某个无声的慢镜头，一遍一遍在他的脑子中播放。他的孤单因此显得更为苍白、消瘦，某种自怜自艾的情感禁不住涌上心头。都是因为那只地雷，那炸弹击中的不仅仅是我的肉体，也炸断了我与这个世界的联系，那只地雷把我炸向这个世界的边缘。他的脑子里浮现当时的情景。当那片红光闪过，周围的喧哗刹那间消失了，他的身体变得灼热而轻盈，就好像他变成了一缕蒸汽，缭绕在战场上空。他当时以为自己解脱了，但他活了过来。他活过来后，那个喧哗的世界已远离了他，那爆炸声把他送入了永恒而寂静的时间之流中，从此他将体味时间的残酷。

要对抗时间，他必须找点事做。有段日子，他想自学大学课程，他还叫张小影弄了几本大学教科书来。他没看几页就泄了气，看书简直不像是在做事，看书是远离人群的劳动，而他目前最大的问题是需要人群，需要和人打交道。他想到社会上去工作。可是政府没有想到这一点，甚至连张小影也不知道他的需要。她只顾自己出风头，根本不体恤一下我的情感，就连来自社会的信息也要她来传达。刘亚军感到很屈辱，他是个男人啊，现在一切都得靠老婆。他认为他目前的状况连一个吃软饭的男人都不如。

这样的情绪日积月累，刘亚军在行为上就有所反应。当张小影抽空来看刘亚军时，刘亚军就用一种讥讽的口气说话。刘亚军说：

"张委员，你的气色不错啊。"

张小影的气色其实不好，她来回奔波挺累的。张小影不知道刘亚军是什么意思，她问刘亚军身体情况，最近有没有什么药物反应。刘亚军吃的有些药物含有激素，所以常常有些过敏反应。

刘亚军不回答张小影的问话，继续挖苦道："张委员，你这样来回奔，我没拖累你吧。"

张小影听出话里的话，她有点生气："你今天讲话怎么阴阳怪气的。"

刘亚军说："我一直都这样啊，你是不是开了几天政协会议，党的政策听得太多，就听不得我这个普通百姓的话了？"

张小影说："你什么意思嘛？"

刘亚军说："我没有什么意思。"

他们这样一来二去，就吵起嘴来。刘亚军的话说得越来越尖刻。张小影被他说得很委屈，哭了起来。张小影哭了，刘亚军还不肯放过她。刘亚军叫张小影为圣母、女强人、江青、马列主义老太太。等到刘亚军把这段日子积压的情绪发泄完了，他才觉得自己有点过分了，他开始小心劝慰张小影，并向张小影道歉。张小影边哭边说：

"你这样讽刺我是什么意思嘛，你如果不想我当政协委员，我就向县里去说，我就说我要照顾你，我不当了。"

刘亚军赶紧说："不、不，我喜欢你当，这是你应得的。我没这样想。"

"那你为什么挖苦我？"张小影很委屈。

"我其实不是在挖苦你，我在挖苦我自己。我觉得自己活得太没劲，我太寂寞了。"刘亚军解释道。

"那你说怎么办？我总不能一天二十四小时陪着你吧。"

刘亚军不再说话，呆呆地坐在轮椅上，想了半天，才说："张小影，我想找个事做，我不能这样，像一个囚犯那样关在家里。"

在刘亚军的要求下，张小影决定趁政协会议这个机会同县领导说说这个事。张小影找到陆主任，提了刘亚军想工作的要求。陆主任感到为难，他说，按国家规定，像刘亚军这样严重的残疾军人，是不能再工作了的，他的生活费以国家发的抚恤金形式解决。张小影使劲点头，表示知道。陆主任又说，这事恐怕不好办，政策上没有这样的规定，不过他答应想想办法。张小影见陆主任答应帮忙，很高兴。她想，只要陆主任肯帮忙，找个工作恐怕不是问题。她把陆主任的答复告诉了刘亚军。

政协会议结束后，生活又恢复了原样，张小影每天晚上回家睡了。刘亚军一直等待着陆主任那边的消息，他希望工作的事能尽快落实。可是很长一段日子，张小影没有带好消息回家。每天，张小影下班回家，刘亚军总是用一种期盼的探究的目光观察张小影的脸。张小影的脸除了疲乏外没别的内容。刘亚军怀疑张小影早已把他的事忘了。我这边心急如焚，她那边却无动于衷。她早应该去陆主任那里问一问的。刘亚军在心里骂张小影，真他妈是个愚蠢的女人。

在等待中，刘亚军的心境变得越来越烦躁了。四周实在太安静了，安静得让他心慌。他觉得自己像是跌入了时间的深渊之中，时间总是在安静之中呈现出它坚韧的面目，它有着永恒之心来折磨你的神经，它用细小的触角进入你身体的各个部位，让你感到它的广大与无所不在，让你的内心产生无尽的疑问。寂静，可怕的寂静。他很想抵抗这种寂静，但除了叫喊几声根本没有别的办法。他喊的时候，远处会有人驻足朝花房张望。他不希望有人注意他，他就不喊了。

他安静地坐在院子里，他似乎听到时间的声响，那是一种单调乏味的声音，这种声音一直伴随着他。他相信时间并不是无声的，时间是安静里最大的噪声，他只要想到什么，时间就会发出那声音。时间可以是隆隆的炮声，可以是闪电霹雳，还可以是晚上萦绕在身边的嗡嗡叫的蚊子，反正在他这里，时间是除了那些美妙音乐之外的任何一种声音。他很想用惊声尖叫来对抗时间无始无终的包围。

一天，因为学校没什么事，张小影提前回到了花房。花房的门留着一条缝隙，里面传来一种奇怪的声音，像是有一群狗在相互撕咬，一只汪汪吼几声，另一只狗也吼几声。张小影轻手轻脚地进屋，屋里只有一只狗，这只狗正一边吠叫，一边同刘亚军摇尾巴。另一个狗叫声是刘亚军发出的，这会儿他正一脸认真地对着那只狗叫个不停，还学狗受了委屈时那种呜呜呜的哀鸣。为了发出这种叫声，他的两腮鼓鼓的，充满了气体。那只狗看见了张小影，它像一个做错了事的孩子，可怜巴巴地看着她，舌头伸得老长，喘着某种碰到熟人才发出的暖烘烘的粗气。

刘亚军躬着身子，他大概已感到有人进了屋子，他还没来得及把满口的气放掉，头慢慢抬起来，眼珠往张小影那边转。张小影正好奇地看着他，他感到很尴尬，脸就红了。张小影见到刘亚军这般可爱的样子，咯咯咯地大笑起来，笑得眼泪都掉了下来。刘亚军没有笑，他一直阴郁地看着张小影，脸越来越黑。他突然摇动轮椅，冲向张小影，狠狠地撞了张小影一下。张小影猝不及防，被撞翻在地。张小影没有爬起来，吃惊地看着刘亚军。刘亚军眼神里有一股阴冷的杀气。那只狗呜呜叫着来和张小影亲热，张小影没好气地踢了它一脚。那只狗知趣地夹着尾巴溜走了。刘亚军由于情绪激动，胸脯起伏不停，他愤怒地吼道：

"你笑什么，有那么好笑吗？我变成一条狗你觉得有趣是吗？"

张小影见刘亚军发那么大火，泪顿时像屋顶漏了雨，一会儿不但把她的脸蛋打湿，还让她的衣襟泪影斑斑。张小影哭的样子非常令人心痛。她真的很伤心，她认为她所做的一切都是为了这个家，她为这个家付出了那么多，刘亚军应该感激她才对，到头来刘亚军却对她有敌意。她想不通刘亚军为什么会这样，这么没良心，简直是狼心狗肺。她心头发酸，哭的欲望空前强烈，只有哭泣才让她感到一点舒畅。

刘亚军见张小影哭得这么伤心，心里不由得愧疚了。毕竟，张小影不容易呀。刘亚军压抑了一下自己恶劣的心情，拿来毛巾，替张小影擦泪。

"你干什么这么凶啊。"张小影边哭边说。

"对不起啊，我心情不好嘛。"

"你同狗玩得那么开心，见到我就发火。"

"不是这样的啊，我的心情你没法体会。"

"你什么心情啊？"

"无聊啊。我感到实在太无聊啦。你不知道，你在笑我的时候我感到特别悲凉。我真不知道该做些什么。"

"你不是说要自学大学课程吗？"

"那是一时头脑发热说的话，根本行不通。"

"那你怎么办？"

"陆主任那边的事办得怎样了？我还是想到社会上去干点事。"

"我明天去陆主任那里问问看。"

## 5

陆主任告诉张小影，像刘亚军这样的情况找不到合适的工作岗位。到哪里去呢？总不能去机关工作吧，如果去机关，那机关大楼还得给他造一道残疾车车道呢。去企业也不合适，他已不能做太重的体力活。陆主任试探性地问张小影，刘亚军在门卫做来客登记及报纸信件的收发工作也许还能胜任。陆主任接着补充道，这样的话有点委屈刘亚军了，他可是一个英雄，让一个英雄做收发工作确实有点说不过去。

刘亚军听说要他做门卫，一时也有点接受不了。他认为这是那个姓陆的在整他，他不相信这么大个县城找不出一个适合他的更"高尚"的工作，姓陆的这样安排是因为不喜欢他，借机报复他。不过，一会儿刘亚军就想通了。他想，做门卫虽然

说出去不怎么好听，总比一个人待在家里无所事事强。他决定
接受这份工作。

刘亚军被安排在县劳动局当门卫。门卫室往往在办公楼的
门口，是个热闹的地方，这一点他很喜欢，他有过太长时间的
独处，这种热闹就好比身体所需的氧气，他贪婪地享用这份热
闹，感到畅快无比。每天早上，他把大门打开，然后等待他们
来上班。他很快和群众打成一片，他喜欢群众来门卫室坐。每
天下午四点多一点，邮递员都会送来信件和报纸。一会儿，各
办公室就会有人来取，有些人会在门卫坐一会儿，看一会儿报
纸。他们和刘亚军开玩笑，他们说劳动局的门卫是全中国最著
名的门卫。

因为刘亚军太有名了，所以常有孩子们贼头贼脑趴在窗口
观看他，对他指指点点的。孩子们在局门口围观，影响局里的
工作环境和人员进出，刘亚军觉得不好，他就把孩子们赶走。
孩子们把他当回事，他心里是喜欢的，所以态度比较温和，他
给孩子们一把糖，然后叫孩子们赶快离开。孩子们拿了糖就离
开了。哪知，这一招招蜂惹蝶了，孩子们听说有糖吃，每天都来，
来的人也越来越多，刘亚军没有这么多糖分给他们，所以他就
不再分糖了。这样孩子们就聚着不走了。局里的领导对此很有
意见，孩子们聚在局门口，好像一帮学生娃在游行请愿。局领
导要刘亚军好好管管。刘亚军不知怎么的，在局领导面前要摆
一下英雄的架子的，平时在群众面前他嘻嘻哈哈的，但在领导
面前，他很严肃，脸上绽着英雄的表情。那些群众见到领导都
会乖巧或谄媚地叫领导一声，刘亚军这个时候却端着架子，连

看都不看领导一眼。这次领导批评他，要他管管孩子们，他没有表示什么，一脸深沉，好像没听到领导的话。其实他听到了，领导走后，他拿出一把扫帚，去扫孩子们，他警告孩子们，再来的话就要打他们了。孩子们就跑了。

刘亚军在门卫工作没多久，就有群众偷偷告诉他，领导对他有意见。有一个副局长在私下批评刘亚军，说他像一个太上皇，副局长们自嘲，他们请了一个爷爷回来。那群众劝他，英雄架子应该到社会上去端，这里是单位，你是他们领导下的一个职工，不能端。刘亚军觉得很委屈，他没端架子啊，他对正在门卫室看报纸的群众说，你们说我有架子吗？我一个门卫，有什么架子好端呀。群众都说他这个话明显有情绪。后来局办公室的主任果然找他谈话了。办公室主任对他说，你到这里来上班，是上级的意思，是上级硬要局里接受的，当然，你来我们这里是我们局的光荣，局党委觉得你做门卫是委屈了。刘亚军没想到主任这么说，他连连摇头，说，我一点儿也不委屈，我可没有任何怨言，你看我这个样，也只能做个门卫。主任说，你这样一个态度，我们就放心了，我们干具体工作的同志，得对领导负责，对上级负责，你虽是个门卫，肩上的担子并不轻啊。

刘亚军没把这次谈话当一回事，也没多想主任的言外之意，他还是像原来一样喜欢热闹，和群众打成一片，同领导敬而远之。

经常有人到局里来办事。对来办事的人，刘亚军一脸矜持。刘亚军觉得自己虽然只不过是个门卫，也算是单位的一个门面，劳动局是堂堂政府机关，所以这个门面应该威严肃穆，不能嬉皮笑脸。刘亚军一般不同这些来访的人多说。他们问他某某科在几楼或某某人在不在时，他都言简意赅地回答。他不太关心这些人来干什么，他对他们没有好奇心。

有一天，一个男人哭着从楼梯口下来。下了楼梯，他蹲在地上掩面而泣。那是一个中年男人，衣着朴素，看上去老实本分。刘亚军知道他是个来访者，他在门卫做了登记。此人究竟出了什么事，哭得这么伤心？他的好奇心和同情心都涌了上来，他过去问那中年人为什么这么伤心，中年男人只顾哭，不回答他。刘亚军说，你不要坐在这里哭，到门卫坐一会吧，你不要急，有什么困难慢慢总可以解决的。那中年男人还是不走，刘亚军就从门卫室拿了把凳子，叫那中年男人坐。

中年男人没有拒绝，把屁股挪到了凳子上。

"我该怎么办呀，天塌下来了呀。"

"你慢慢说，慢慢说。"

中年男人给刘亚军讲了自己的遭遇。原来中年男人几年前出了工伤事故，他的一只脚被截了去（中年男人说着撩起长裤，说，大哥啊，你别看我平时走路好好的，其实我这是假肢啊，你瞧，敲起来还会发出金属声呢）。出了事故后，厂里为了平息事态，答应按国家规定给中年男人适当补偿。中年男人比较老实，他认为自己对事故的发生也有一定的责任，让国家赔钱给他不合适，他主动提出不要赔偿，只是想换一个工作岗位——他残疾了，干原来的活不能胜任了。厂领导答应了他的要求。等他养好腿伤回到厂里，才知道已被工厂开除了，理由是这起事故完全要由中年男人负全部责任（厂方再三强调，这一点是中年男人自己承认的）。根据有关规定厂方有权开除中年男人。中年男人对这一结果没有准备，他以为管人事的干部在同他开玩笑呢，后来他才明白这是真的。这样一来，连他住院治疗的医药费都没地方报销了。对此，中年男人当然不能接受，他多次找厂领导评理，还托人求情，都未有结果。后来有人给中年男人出主意，说这个事得告到劳动局，让劳动局来仲裁解决。中年男人就跑到劳动局来了。劳动局接待他的同志说，他是残疾人，他的事应该归民政局管。中年男人就去了民政局，民政局优抚科的同志却说，他的事是劳动关系，应该由劳动局管。这边说那边管，那边说这边管，他来来回回已跑了十多趟，一点进展也没有，他感到身心疲惫。因为没了工作，他已有几月没领到工资，他的爱人又是农村户口，没有任何收入，再这样下去，家里都要揭不开锅了，三个孩子（其中一个读高中，两个读初中）快要饿肚子了，他实在着急啊。当劳动局的干部再次告诉他，他的事不好办时，他满肚子委屈，步子再也迈不开了，坐在楼梯口哭泣起来。

刘亚军听得怒火满腔，天底下竟有这么不公平的事，这还是不是社会主义国家！他听完中年男人的述说，就说：

"你别哭。这事我替你同领导说说。不过，这事你也不能怪我们劳动局，主要还是你们厂领导欺人太甚。"

中年男人显然不相信一个门卫能起什么作用，他就说："兄弟，我知道你这是安慰我。我自己都失望了呀，我靠什么生活呀。"

刘亚军说："你放心，我一定把你的事办好。"

中年男人摇了摇头，站起来，走了。他边走边说：

"不是我扫你的兴，他们是不会给门卫这么大面子的。"

刘亚军看着那中年男人远去的背影，自语道，这事我一定要管，我一定要找领导反映这个事，这个事应该得到公平解决。平常他是最不愿意找领导的，不知为什么，他对领导总是有一种莫名其妙的敌意。他对陆主任就是这样，凭良心说陆主任对张小影还是挺关心的，但他就是对他没好感。这次他有必要去找领导了，如果对这样不公平的事他都无动于衷，那他不配做一个战士。他想马上到局长办公室去谈这个事，但这座办公楼没有电梯，他无法靠轮椅爬到三楼。他得等机会，局长总归要从他守着的门进出的。

这天，刘亚军一直盯着楼梯看。他好像又回到了战场，正在侦察敌人的动静，目光时刻捕捉着空气中一丝一毫的变化。群众不清楚刘亚军的心思，他们像往常一样同他开玩笑，刘亚军没有任何反应。他们不以为然地认为刘亚军这是摆英雄的臭架子了。

那个消瘦得像要被风刮倒并且有点娘娘腔的局长是在职工们都下班后出现在楼梯口的。他总是以身作则，每天到得最早去得最晚。他到办公室后不太出门办事，往往一整天坐在办公室里，不露一下面。刘亚军不知道他都在干什么，他觉得领导们都很神秘。现在，这个神秘的家伙终于出现在楼梯口了。就像猎人看到猎物出现时总是行动迅捷，他快速来到局长面前，那一刻他感到自己身轻如燕，好像不是坐在轮椅之上。由于速度太快，他差点把局长撞倒在地。局长用警觉的眼神打量着刘亚军。

"你慌慌张张的干什么？"局长用严厉的口气说。

"我想同你谈谈。"

"什么事那么急，都下班了，明天不可以谈吗？"

"不，我想今天谈。我早想同你谈了，但我不能爬楼梯，我都等了你半天了。"

局长站着，好半天没说一句话。他显然在思考刘亚军为什么找他。当领导的在谈话之前要有所准备，免得措手不及。他断定刘亚军大概想换一个工作，毕竟做一个门卫不是件体面的事。局长心里有了底后说：

"好吧，你有什么事或者有什么困难都提出来吧，你是个英雄，我们解决不了，县里也会给你解决的。"

刘亚军严肃地告诉局长，他找他不是为了个人的事，个人的事他就不找他谈了。刘亚军把那个中年男人的遭遇同局长说了一遍。

局长站在他的面前，面无表情，他一直居高临下地看着刘亚军。刘亚军因为坐在轮椅上，所以得抬头说话。刘亚军很想站起来和局长平等对话，他想，他娘的人残疾了就没有平等可言，说话时也得抬着头。不过，局长一直在仔细地聆听，这让他感到满意。他希望局长能被他的述说打动，然后帮助那个中年男人。他讲述时都有点动情了，眼眶湿润了。这大概因为他在那中年男人的身上看到了自己的处境。讲完后，他对自己流泪有点不好意思。

局长的脸上依然没有表情。他们默默地站了几分钟，局长开口了。他说：

"你反映的事我知道了，我会过问此事的。"

刘亚军每天都在等待着处理的结果。几天过去了，这事没有人提起。那个中年男人又来过局里一次。他已知道刘亚军是谁了，他是个英雄啊，他相信有英雄相帮，他的事是能解决的。他一见到刘亚军，就扑通一声跪了下来。他痛哭流涕地叫道：

"好人呀，好人呀，谢谢你了。"

刘亚军很受用，但他没把心里的舒坦表现出来，冷冷地说："不要着急，我已同我们局长谈了，你的事会解决的。"

中年男人给刘亚军下跪的事，同事们都听说了。他们还了解到刘亚军在替人打抱不平，局长因此很反感，嫌刘亚军多管闲事。局长现在不从正门上下班，每天都是后门进出。同事们就笑话刘亚军，他们说：

"嗨，大英雄，我们局长现在都怕你了。你瞧，他每天都从后门进来后门出去，像一个丫头。"

过了几天，有人告诉刘亚军，局长向上级发牢骚了，局长说劳动局不是找了个门卫，而是找了个太上皇，现在都来管他这个局长来了。来办事的人都把门卫当成青天大老爷了，还给他下跪呢。同事们对刘亚军说：

"你虽然是个英雄，但你解决不了那人的事。"

刘亚军不信这个邪。因为局长一直没有回他话，他又见不到局长，他决定爬上楼，找上门去。爬楼梯对刘亚军来说比登天还难，要让两只轮子爬上楼梯，确实是件困难的事。但世上无难事，刘亚军就是要做这种九天揽月的事。爬楼梯的时候，

正是下午三点多光景，这是这幢大楼最为安静的时刻，因为机
关里的人都有午睡的习惯，午睡过后总得有一段长长的苏醒期，
通常要到四点后机关里才会活跃起来，上下楼的人才比较频繁。
刘亚军选择这个时刻是因为他不想让人看到自己爬楼梯，他爬
楼梯的样子不会太好看。他把轮椅停在楼梯边沿，然后一只手
抚住楼梯护手，一只手摇动轮椅的转动把，轮椅开始慢慢地向
上滚动。每上一级台阶，他都会气喘吁吁一阵子，然后，继续
往上爬。没多久，他就汗流浃背了。他的脸涨得通红，眼中露
着疯狂而强烈的意志力。一个职工正从楼梯下来，见刘亚军这
个模样，惊呆了。他吼道：

"刘亚军，你这是干什么？你锻炼身体也不要爬楼梯呀，
万一失手，你要摔死的呀。"

那个人想把刘亚军推到楼下去，刘亚军却要那人把他推到
三楼局长的办公室。那人马上意识到刘亚军去干什么，局里到
处在传，说刘亚军为那个中年男人的事弄得茶饭不思了。他想，
这个人可真是个疯子。他把刘亚军推到三楼，对刘亚军说：

"你自己去吧，你可不要告诉局长是我推你上来的。"

刘亚军进入局长办公室，局长头也没抬，好像他早知道刘
亚军要来找他。

局长确已知道这事。当刘亚军独个儿在爬楼梯时，有一个
职工已向他做了汇报。局长听了，倒吸了一口冷气。他想，这
个人确实是个疯子。他在报纸上读到过这个人的报道，这个人
在战场上不把子弹当回事，是一个亡命之徒。局长为自己的机
关里有这样一个人而不安，就好像这人是埋在他身边的一枚定

时炸弹。局长不想正面同这个人冲突，正面冲突会激发这个人的斗志的。但也不能让这个人太自以为是，他得利用机会打击这个人的尊严，这是对付这种人最致命的方法。他已做了一辈子行政工作，知道怎样对付像刘亚军这样的人。

局长没等刘亚军开口，就拿起电话拨了起来。一会儿后电话拨通了，局长细声细气地说起话来，说话的内容就是关于那中年男人的事。他的声音几乎没有任何情感。一会儿，局长挂了电话。

"那人的事确实不在我们局管理范围之内。"局长没头没脑地对刘亚军说，"但你这么关心，我就看在你的面子上，给他办了。我刚才给他的工厂打了电话，他们叫他马上上班去。对方这样做完全是看我私人面子。你就叫他明天上班去吧。"

局长说完，就低头看公文，不再理睬刘亚军。整个过程局长没看刘亚军一眼，就好像他并不存在。刘亚军没开口说一句话，这个事情就这么解决了，刚才上楼时满腔的情绪没有得以发泄，他感到略有些失落。不过解决了总是好的。见没有必要再在这里待下去了，刘亚军就默默走出了局长办公室。

出了局长办公室，刘亚军又愤愤不平起来。他娘的，原来办这事这么容易，只要打一个电话就能解决的事，他却拖了这么久，这人简直毫无人性。刘亚军对局长更加反感了，这个娘娘腔，一定是个冷血动物。

整整一天，刘亚军感到很不舒服，事情虽然办成了，他却感到自己像是吃了一只苍蝇。他一般不对张小影讲机关里的事，这天吃饭的时候，他禁不住对张小影讲了这事，还破口骂了局长几句。张小影对局长的做法也很生气，她附和道：

"他怎么这样，他还是不是共产党干部？"

刘亚军说："我看着他小样儿就来气，很想教训教训他。"

张小影说："这可不能干，他究竟是个局长，你一个门卫也不要管太多闲事。"

听了这话，刘亚军很生气："这怎么叫管闲事？"

这事发生后没多久，刘亚军感到局里的气氛有点不对头，过去同他嘻嘻哈哈的群众开始不理他了，他们不再来门卫同他说话，来拿报纸时也是一脸严肃，不同他打个招呼。他对这种变化有点奇怪，后来他打听到了事情的缘由，局里刚开过一个会议，会上局长不点名批评某个特殊人物把自己置于领导之上，干预领导工作。领导还批评群众，没事老往门卫跑，以后谁上班时在门卫闲聊就扣谁的奖金。群众知道局长的这番话不是针对他们的，而是针对那个英雄的。群众学乖了，知道局长的意思是把那个人孤立起来。

刘亚军对局长的批评很生气，很想找他去理论一番，又想，人家又没点你的名，只不过是用"特殊人物"指代，如果去找他，岂不自动把自己当成特殊人物了？由于没人再同他开玩笑，刘亚军感到无聊了。不过，这种无聊同独个儿待在花房里比还是不一样，现在至少还可以看到大楼里进进出出的人群。大概是因为机关气氛变化的缘故，刘亚军开始敏感起来。当他看到人们围成一堆在悄悄说话时，他会猜疑他们可能在议论他。有时候他也会过去听他们究竟在说些什么，他们的谈话总是在他到达之前戛然而止，或索性走散。他们越是这样，他越是敏感。

刘亚军觉得这是局长的阴谋，是在打击他，他因此很愤怒。他甚至把愤怒的眼光投向了局长，但局长从来不看他一眼。

让刘亚军感到忍无可忍的事是在他上班一个月后发生的。那天，是局里领工资的日子。领工资这天，单位里总是很热闹，出纳刚从银行取人民币回来，劳资科就挤满了人。因为劳资科在一楼，所以，刘亚军也兴致勃勃地去凑热闹。这是他第一个月工资啊，他早已想好怎么花这笔钱了。他打算给张小影买一件红色的衣服。他觉得张小影穿得太朴素了，她现在把自己打扮得像一个男人，她需要用颜色去点缀一番。但是工资单上却没有他的名字。他不知这是为什么，为什么别人能领钱，而他没有。他问了会计，会计告诉他，他的情况特殊，有关问题最好去问领导。刘亚军马上意识到这是局长搞的鬼。是局长在整他。

刘亚军没领到工资，大家不免有点同情他，他们推他到了三楼，并好心地劝刘亚军要好好对局长说。"不要吵，吵没用。"他们警告他。

这是刘亚军第二次到这间办公室。办公室看上去很陈旧，却很干净，透着一股女性的气味。刘亚军反感这间办公室里的任何东西，他反感挂在报架上的报纸和各种名目繁多的文件，反感写字台上的毛笔和褐色笔盒，反感一尘不染的玻璃台板，反感桌角的抹布，反感他那双白嫩细小的手，反感他脸上的表情。刘亚军看着他，已不想同他讲任何道理了，他只想质问他。

"为什么我没有工资？"

局长还是没看他一眼，他显然早有准备，不紧不慢地说：

"这个事情我问过有关部门。你的情况确实比较特殊，照国家规定，你已经领了优抚金，共 200 元，现在你又在劳动局上班，工资加上补贴可拿 60 元。但按有关政策一个职工只能在一个地方领钱，也就是说你如果领了抚恤金，你就不能领工资，如果你要工资，就不能再领抚恤金。我们不发你工资，主要还是为了你好，毕竟抚恤金比工资要高得多。"

局长在解释时，刘亚军已怒不可遏。他想，这个娘娘腔真是个伪君子啊。局长刚说完，他就恶狠狠地说道：

"我操你娘！"

"你怎么骂人？"局长的声调一下子变得尖利起来。

刘亚军不想再好好同他说话了，他已决定不再干这劳什子的门卫了，他受够了。他对着局长吼道：

"你他娘的去死吧，我不干了总行了吧。他娘的，你搞我一个残疾人，你也太能干了。"

说完，刘亚军头也不回地走了。他从楼梯下来时，有几个职工要帮他，都被他狠狠地推开了。他的轮椅像火箭一样从楼梯冲下来。

刘亚军失去了工作。他曾经那么向往工作，但这一个月的经历让他倍感沮丧。当他一个人待在花房院子里的时候，孤独感又从心底升了起来。他偶尔会对自己的冲动感到后悔。不管怎么说，工作是消磨时间最好的方法。然而他这辈子恐怕再也没有机会去社会上工作了，他这一生的任务将是同无始无终的时间战斗。

# 第四章　虚构的生活

## 1

春天到了，天还有点冷，如果坐在太阳下就会暖和多了。刘亚军摇着轮椅来到院子里。太阳正在东边低矮的房舍之上，发出具有永恒意味的黄色光芒。大地沉寂，小城安谧，不远处小溪的潺潺声犹若一支天荒地老的歌谣。往北望去，那所简朴的小学在阳光下矗立着，张小影正在那里上课。那学校看上去有一种耀眼的光芒，他不知道它的光芒来自哪里，是太阳的反光还是学生们的虎虎生气发出的光芒，后来他相信是学生们的天真和好动使学校显得暖洋洋的，也许张小影的存在也是一个原因。

这会儿，学生们正在朗诵一首唐诗，他们稚嫩的童声像不远处的溪水那样欢畅：白日依山尽，黄河入海流，欲穷千里目，更上一层楼。他想，孩子们念这首诗时一定涨红着脸，脖子上青筋绽出。张小影为了他能在平房听到朗诵声，总是叫孩子们嗓门大一点。曾经有好几个孩子因为声音过大而喊破了嗓子，家长们却因此很高兴，他们认为读书就好像过节放鞭炮，越响亮越好，读得响记得就牢。想起张小影认真的样子，他就不禁笑出声来。

这段日子以来，只要张小影在他面前，他就忍不住要同她吵架，同她发脾气，可只要张小影远离他，他就会对张小影产生亲人般的情感。自他不再上班以来，他的脾气越来越不好了。为了对抗安静，他需要弄出点喧哗，他的坏脾气就是这喧哗的一部分。他知道这对张小影来说不公平，可他总是控制不了自己。我现在知道了，人的理智对于身体来说是多么脆弱，那炸弹的残片击中的不仅仅是我的肉体，我的精神也被准确无误击中了，我看得到我精神上那个黑色的伤口，我看得到。

"你他娘的又在想你的老婆。你一天到晚就想这档子事，当心你那玩意儿坏掉。"

是邻居汪老头在说话。现在刘亚军和这个老头已经很熟了。他一个人待在家里，如此寂寞，交友就不能要求太高，摆英雄的谱，有人同他说话已经不错了。这个老头喜欢一天到晚同他抬杠子，这点让刘亚军喜欢。这种轻微的争斗可以激活他正在沉睡的生命的一部分。汪老头的眼睛很像一对狗眼，眼珠子特别黑，几乎看不见眼白，像一只黑色的围棋子。黑色的中间有一个光点，亮光灼人，显得十分固执。如果仔细看，那光点还会聚散，当那光芒散开来时，正是他最得意的时候，就像鼻子嗅到什么好闻的东西而张开了鼻翼。刘亚军觉得汪老头的眼睛像是他第二个鼻子，有着惊人的嗅觉。

他没回头。他不回头也能猜到汪老头此刻的样子，他的脸上一定是一脸老顽童式的坏笑。他回敬道：

"一边去，这里没你的事。"

老头的手中捧着一杯茶，茶杯那黑黑的茶垢大概有一寸厚，看了都让人恶心。老头就喜欢这层茶垢，说这是几十年的精华所在。老头儿见刘亚军不理他，不屑地说：

"我是看着你可怜才同你说话的。"

刘亚军说："你还是可怜可怜自己吧，你他娘的老光棍一个，我至少还有一个老婆。"

老头说："你还不可怜！风头都让你老婆出了，你老婆到处做报告，报告她那'真情无价'，又当了个政协委员，但你捞到了什么，什么也没有，甚至连个工作也丢了。"

老头讲的是事实。

刘亚军说："是我自己不愿干。"

"你算了吧。"

院子里有一只煤炉，煤炉冒着纯绿的火苗，炉上的中药罐冒着热气。中药的气味在院子里飘荡。

"你天天吃这个东西？他娘的，你做人还有什么乐趣。"

刘亚军没理他。

汪老头很快又找到了一个话题，这回他说起了张小影。他说：

"你老婆待你还真是不错的。"

刘亚军说："你嫉妒吧。"

"你老婆现在越来越骚了，你老婆的屁股比以前大了足足三寸，你得看紧一点，说不定什么时候她给你一顶绿帽戴戴。"

"你他娘的没一句好话。"

刘亚军发现这段日子，汪老头总是盯着张小影的屁股看。他讨厌汪老头这个样子，汪老头看人的时候，两只眼睛像 X 光那样具有穿透力。

"你们哇啦哇啦叫得这么响，怎么没这样？"说着，汪老头在自己的肚子上比划了一下，做孕妇状。

刘亚军不想同汪老头谈这个。

空气中的中药味越来越浓了。中药是张小影搞来的，说是偏方。每天，张小影去上班时都要叮嘱刘亚军，一定要把药汤喝完。张小影幻想着在他身上出现奇迹，幻想着他那断了的脊椎得到恢复，但刘亚军清楚，这是绝对不可能的，就是吃遍世界上所有的中药、西药都没用，他不可能再站起来了。他不想吃药，趁没人注意的时候他把煎好的中药倒掉了。他可不想吃这种又苦又臭的玩意儿。

药已经在沸腾了，他应该快点把药倒掉，因为张小影可能会回来。她不放心刘亚军，总是抽空回来看看他。如果她回来，就会逼他马上把药喝下去。他希望汪老头从他身边走开，因为他不想汪老头知道这个事，汪老头会马上在张小影面前说漏嘴的。他可真是个破嘴。这会儿他不想同汪老头说话，他知道汪老头无聊了就会开溜的。

"你他妈的今天像个哑巴，你是不是在玩深沉？"汪老头骂了他一句后，果然走开了。

汪老头走后，刘亚军就行动起来。他端起锅子摇着轮椅向溪边走去。他得把中药倒到溪流里，这样，连气味都不会留下。

刘亚军倒完中药，回到院子里时，老头那双发亮的贼眼正意味深长地看着他。刘亚军明白他倒中药的事儿没瞒过老头儿。他有点担心老头把这事告诉张小影，所以对老头讨好地笑了笑。这时，那老头搬了一条凳子兴冲冲地走了过来。

老头坐在他身边，拍了拍他的肩，暧昧地说："老弟，你放心，我不会告诉你女人的。女人死心眼，不能让她们知道真相。老弟，我年轻的时候也是这么对付我女人的。"

总是这样，一说到女人，荤话就开张了。老头那围棋眼珠中的光亮像水波一样向四周扩散，他那满足的样子好像刚同女人睡了一觉。老头开始回忆当年他和女人之间的事情，说得十分露骨。当口不足以表达意思的时候，他就用动作。

刘亚军现在也喜欢上说这种胡话。他就和老头对吹。他们十分详细地讨论女人在性爱时的反应及男人应采取的措施。刘亚军感到很奇怪，他现在居然成了说这种话的高手，记得在部队里时，他是很不善于说这种话的，一说这种话就要脸红的，但现在他说起来毫无障碍。更让他感到奇怪的是，过去他对这种话是十分反感的，认为聊这种事无聊之极，现在他却热衷此道，谈女人几乎成了他单调生活中唯一的乐趣。他还发现，现在他满脑子都是男女之事，好像性是他人生中最大的事情。他因此和汪老头臭味相投，一拍即合。说这种笑话时，他感到时间不再以切割成细微的滴滴答答的缠人的方式呈现，时间变得像奔马一样迅捷，一天的时间转瞬即逝，仿佛从来不曾存在过一样。

刘亚军知道汪老头说的那些女人大都是虚构出来的，老头只不过是在吹牛或意淫。刘亚军也虚构一些女人，他把记忆中曾令他动心而实际上毫无瓜葛的女人都搬了出来，把她们虚构到自己的怀中。这种大话很醉人，令人有一种像是喝了茅台一样的晕眩感和满足感。到目前为止，在刘亚军的口水下，他已经和一个排的女人睡过觉了。

一个早上很快过去了，张小影快回来了，刘亚军从吹牛的快感中回到了现实。他担心汪老头把倒中药的事告诉张小影，就警告道：

"汪老头，你可千万不能把这事告诉张小影，否则她会伤心死的。"

## 2

社会不再像原来那样时刻关注他们了。张小影终于回到了日常生活，相对有了更多的时间和空间，她自然而然把照顾刘亚军当成最重要的工作。除了一日三餐及料理刘亚军的生活起居外，张小影还要给刘亚军的下半身按摩一个小时，这是她每天的功课。她这么做是因为她坚信刘亚军的病是能治愈的，她不能让刘亚军下半身的肌肉萎缩，她必须确保刘亚军站起来的那天他的肌肉有足够的力量。每次，当她的双手触碰他僵硬的双腿时，她的心里会涌出自我感动来——一种献身的满足感。献身是社会给她确立的形象，全国人民都把她当成了圣母。外界的反应就是一面镜子，在这面镜子里，张小影照出自己离公众要求的还相差甚远，为了更接近于那个公众形象，张小影一直在严格要求自己。

说实在的，张小影已经迷恋上了那个社会赋予她的形象了。她喜欢抛头露面，到处演讲，喜欢给人签名，同人合影，喜欢所到之处，鲜花掌声。在那种场合，她的内心充满了美好的情感，她觉得社会光明，人心良善，她被呵护在这个世界合起来的温暖的掌心里。

令她感到奇怪的是，这种友善往往来自陌生的人群。在她工作的学校，情况却有点特别。同事们对她都非常客气，这客气中却有生分的意思。特别是她当上政协委员后，大家对她更客气了，还稍稍带着一点敌意。学校里有一个叫肖元龙的体育老师对她的态度非常特别，每次见到她，脸上总是挂着亲昵的笑容，显得随和而热情（张小影确实感到他身上有股子吸引人的温暖的男性气味），但他说起话来却总是带着刺。每次，张小影做报告或开政协会议回来，肖元龙要是碰到她就会说，嗬，议员回来啦；或说，嗬，圣母又到哪里布道去了。

在学校里，那个人高马大的女教师林乔妹对张小影最友善。她大大咧咧的，看上去心肠很好。刚到学校上班那阵子，林乔妹曾用骄傲的口吻告诉过张小影，肖元龙是一个作家，在省内的一家文学杂志发表过一篇小说和三首诗歌。在这个年代，几乎每个年轻人都做着文学梦，张小影虽然算不上文学青年，但对作家还是会油然升起崇敬之感的。林乔妹还告诉张小影，肖元龙这个人特别孩子气，喜欢乱说话，如果听到不好听的，千万不要介意。

"别看他乱说一气，心肠不错的，喜欢帮助人。"林乔妹说。

从林乔妹那里张小影了解到，肖元龙原本是语文老师，可他上课老是自说自话修改教材，他认为教材中政治术语太多，假话太多，搞得小学生一个个都像政治家，不会说人话，简直可怕。林乔妹说，肖元龙最见不得的就是假话，他有句名言，政治就是谎言，他讨厌说谎的人。肖元龙在课堂上教孩子们一些诗词，据说还是爱情诗，孩子们个个都会背。但统一考试时，学生成绩一塌糊涂。校长很生气，要肖元龙回到正常轨道上来。肖元龙的头发很长，比女教师林乔妹还要长，校长决定从肖元龙的头发入手，命令肖元龙马上剪掉，否则就开除他。肖元龙自认为是个作家，坚决不把头发剪掉。最后校长没有开除他，而是让他去做体育老师。肖元龙骂了校长三天，没有办法，只好屈尊去教孩子们体育。肖元龙做体育老师后一点没有受罚的感觉，他甚至喜欢上做体育老师了。体育课时，他常带孩子们去附近的山上玩，同孩子们玩比一本正经地教那没用的劳什子语文要有意思得多。校长对肖元龙也没有办法，只好让他放任自流了，反正教体育教不坏孩子。

肖元龙三十多岁了，还是个单身汉，他就住在学校的宿舍里。虽然校长不喜欢肖元龙，但学校里的老师，特别是女教师都比较喜欢肖元龙。肖元龙身上某种孩子式的无耻还是挺迷人的。张小影发现林乔妹和其他女老师常进出肖元龙的宿舍，据说她们是在听肖元龙谈文学。她们还给肖元龙洗点衣服，那往往是放学或星期天的时候。肖元龙的宿舍里没有自来水，衣服需要到食堂边那只用来洗碗的槽子里洗涤。有一回，张小影还看到林乔妹洗衣服时，肖元龙摸了摸她的头发，说谢谢。张小影都觉得不好意思了，他们俩却没事一样，对她笑笑。张小影感到很奇怪，林乔妹是结了婚的人，留在学校替肖元龙洗衣服，她丈夫难道没意见吗？林乔妹可能是太崇拜肖元龙了，她似乎在刻意让人知道她和肖元龙不同寻常的关系。这一定同她虚荣的个性有关。不过这用不着奇怪，崇拜作家是这个时代的风气。后来张小影了解到林乔妹的丈夫也是个文学爱好者，立志做一个作家，正在向肖元龙学习写小说呢。林乔妹洗衣服时，肖元龙坐在一边看书，他不时抬起头来看林乔妹，目光相碰，相视一笑。

张小影对肖元龙充满了好奇，她很想像别的女教师那样去听肖元龙谈文学什么的，可想起肖元龙见到她时那副看透一切的居高临下的坏笑，就打消了这个念头。

有一天，林乔妹对张小影说，这个星期天，肖元龙组织文学社的社员去城外郊游，问张小影想不想去。张小影知道肖元龙常常组织这样的活动，她有点动心了。刘亚军前阵子做过文学梦，如果刘亚军真想写作的话，免不了要请教肖元龙的，认识他们也不是件坏事情。

张小影说："我又不懂文学。"

林乔妹说："主要是一起玩玩，认识几个人。你是名人，文学社的人都想认识你，他们老是同我说起你。"

张小影说："他们会在乎我？"

林乔妹说："他们对你可好奇了，他们老分析你。"

张小影说："他们怎么分析我？"

林乔妹说："他们人很好，都很友善的。"

张小影想，他们如果都像肖元龙那样我可受不了。不过她还是打算去玩玩，如果她拒绝邀请，他们会说她摆名人架子的。反正有林乔妹在，即使她同他们无法对话，同林乔妹总还可以说说的，那样也可以隐藏自己的笨拙。

星期天，张小影一早来到文化馆大门前等候肖元龙他们——这是集合的地点。一会儿，来了一个男人，见到张小影就同她握手，并自我介绍说他是肖元龙的学生，是文化馆的干部。男人给了张小影几本油印刊物，上面刊登的是文学社社员的作品，肖元龙是刊物的顾问。张小影猜想文学社大概是这个人组织的。过了一会儿，文学社的人陆续到了。文化馆前像开了锅，他们一脸兴奋，有强烈的表达欲，热气腾腾的话语从这些人的嘴中飞迸而出。张小影站在一边仔细倾听他们对话的内容。她不认识他们，很难融入其中，不知怎么的，她在他们面前有自卑感。肖元龙和林乔妹还没来，她问身边的人，肖元龙林乔妹怎么还不来，他们今天去不去？那人说他俩要去的。她这才放心下来。

肖元龙和林乔妹最晚到来。肖元龙一到，几个女社员就围了过去，她们像蝴蝶那样在肖元龙周围飞舞。她们笑着，尖叫着，要惩罚迟到的肖元龙。她们说：

"肖老师，你说好准时到的，到头来你自己倒是迟到了，让我们等了十多分钟。"

肖元龙指着林乔妹说："是她太懒，起不了床，让我等着。"

张小影听了这话，脸红了。她觉得这话很暧昧。她观察社员们的反应，他们像没事一样。一会儿，一帮人向郊外出发。
他们是骑自行车去的。

小城的西边是群山。一会儿，一行人就到了山边。那个文
化馆的干部把带来的干粮从自行车后座卸下来，自行车被抛在
山脚下。那干部把干粮分成三袋，叫三个男同胞拿着。这些干
粮要到山上去吃的，这就是所谓野餐的内容。然后他们开始爬
山。爬了没多久，肖元龙就说口渴，要喝酒。那文化馆干部说，
你这身体，没有酒精就没力气。于是拿出三瓶老白干，分给三
个男人。这时，一个头发很长，看上去一脸绝望的女孩也嚷着
要喝。林乔妹说，你们别给她喝，她一沾酒就控制不住，要喝
醉的。但谁也挡不住这个女孩，她把文化馆干部的老白干抢了
去。林乔妹对张小影说，这女孩等会儿就要发酒疯。

肖元龙一边爬山，一边大口大口喝酒。他的脸上有了豪气，
他对大家说，他昨晚写了一首诗。一帮人嚷着要他朗诵。肖元
龙说好，就站到一个比大家更高的位置，他喝了一口酒，开始
酝酿情绪。一会儿，他的脸开始变得忧伤，他朗诵道：

我在黑夜中，
听到吉他绷断了琴弦，
对面的站牌下那个人在等谁？
我的思念里空无一个人。
……

朗诵完后，肖元龙站在那里，一脸满足的笑容，他的眼睛

眯成了一条线，脸上的每一条皱纹都仿佛在自我得意。他显然在为自己写出这样一首诗歌而自我喝彩。一会儿，他睁开眼睛，问道：

"牛皮吧？"

一帮人鼓掌起哄："肖老师，你思念里真的空无一人吗？有人要痛苦的哟。"

大家都嘎嘎嘎地笑出声来。肖元龙说："谁呀，谁会痛苦呀。"

那些女社员都哧哧笑了。

林乔妹是个仗义的人，整个爬山过程她一直陪在张小影身边。张小影想，如果不是为了陪她，林乔妹肯定会跟在肖元龙背后的。

爬到半山腰的时候，出现了情况，那个一脸绝望的女孩突然躺在地上大笑起来。那女孩笑过之后，对肖元龙说：

"肖老师，我走不动了，你背背我。"

林乔妹见状，不以为然地说："我早说过，她准喝醉。你瞧，她又发酒疯。"

肖元龙于是就背着那女孩上山。林乔妹不以为然地说：

"他就是想做绅士，瞧，他那么瘦，还逞能，就是背不动了还要装出轻松自如的样子。男人就是这种德性。"

女孩趴在肖元龙背上咯咯咯地笑个不停，她的笑声仿佛震得整座山都抖动了起来。张小影怀疑这个女孩真的喝醉了。肖元龙背上女孩子后跑得比刚才还快，他路过张小影身边时，还同张小影开玩笑：

"张老师你累不累呀，累的话也找个男的背你吧，他们可都愿意背你的呀。"

林乔妹骂道："肖元龙，你过分了，张老师是个正经人，不要乱开玩笑。"

张小影红着脸说："没事的。"

抵达山顶的时候差不多已是中午，他们找了一块平地，把干粮拿出来，开始喝酒吃饭。肖元龙整个上午都在喝酒，没有停过，张小影惊奇于他的酒量。那个一脸绝望的女孩这会儿特别活跃，她走到每一个人身边，对着他们的耳朵悄悄说话。她说一句，听的人就露出意味深长的笑容。张小影不知道他们在议论什么，因为这个女孩没到她的耳边嘀咕。这会儿，他们看着张小影，眼睛亮晶晶的，像黑暗中的猫眼，一闪一闪的，看上去很真诚，但在真诚的底部是好奇和怀疑。张小影感觉到了，某种对她不利的气氛正在弥漫。这时，肖元龙一脸坏笑地说话了。他说：

"张老师，他们平时老说你，他们有好些问题要同你探讨呢。"

这帮人突然安静下来，刚才的活跃消失了，他们像是要探讨什么重大事件似的，一脸严肃。好一阵子，谁也没有说话，他们仿佛一时不知从何说起。

"张老师，你看过《查泰莱夫人的情人》吗？"那个女孩突然问道。

他们没想到女孩子这么直截了当提问，她显然借了点儿酒劲。一帮人都神经质地笑出声来。有人说：

"张老师一定没看过。这可是禁书，张老师这样的圣母怎么会看过呢。"

张小影不知如何是好。她没看过《查泰莱夫人的情人》，她不清楚他们在讲些什么，但她感到他们似乎在向她挑衅，向某种思想挑衅，她还感到他们谈论的话题似乎同性有关。想到他们在谈性，她有点晕眩。

这时，那个一脸绝望的女孩子嬉皮笑脸地站起来说："张小影老师，我听过你的报告，不客气地说，你的报告假、大、空！这是我最大的感受。我们的肖老师也认为你这种东西是虚假的神圣，不人道。"

"嗨，你们不要这样同张小影说话。"林乔妹打断了那女孩，"你不要笑话张小影，她可是个老实人。"

那女孩说："我们对张小影同志完全是善意的。我们肖老师只要一说起张小影就会浩叹不止，肖老师对不对？她这不是生活，是受苦受难啊。张老师啊，人生苦短，我们应该从一切不人道的束缚中解放出来。我们要爱情，同时我们也应正视我们的天然欲望，包括性爱。"

张小影被眼前发生的事弄懵了。他们果然在谈这事，这个女人竟赤裸裸地谈性爱。她一定没结过婚，可她谈这个，她都知道个什么呀。张小影当然听说过诗人们都很风流，难道只要一贴上诗人标签就可以如此厚颜无耻吗？

张小影感到非常委屈，她要流泪了，难以在这里待下去了。她掩着脸向山下跑去。林乔妹追上来，抓住了她的手臂。林乔妹说：

"张小影，你不要生气，他们都是为你好。"

周围闹哄哄的。张小影不明白他们为什么这个样子，这样对待她。他们有什么权力给她开一个批斗会？不过她明白他们的意思，他们认为她的选择是错误的，他们有责任来解放她。我听不懂他们说的什么异化之类，但他们针对什么我是明白的，他们所说的一切是建立在我和刘亚军没有性这一前提上的。我当然不能谈这个事，难道我告诉他们我和刘亚军是怎么完成性爱的？我可说不出来。我还没有那么无耻来着。

林乔妹拉着张小影的手说："对不起，对不起，我不知道他们这样同你说话。你不要介意，他们平时这样说惯了。一定是肖元龙搞的鬼，是他让我把你叫来的，没想到他们原来想做你的思想工作。"

张小影听林乔妹这样说，眼中有寒光闪过。她想起来了，刚才她求援的目光投向肖元龙时，肖元龙似笑非笑地看着她，眼中充满了冷漠和残酷。她突然明白原来这一切是一个圈套。

张小影说："我不能原谅肖元龙，他没权力这样对待我。"

林乔妹慌了，说："你不要生他的气，他这人孩子气，比较任性，他心是好的，他觉得你被政府利用了，牺牲得有点不值得。"

张小影摇摇头："我不能原谅他。"说完，张小影独自向山下跑去。

有一天，张小影收到一本通过邮局寄来的书，书名叫《查泰莱夫人的情人》，是繁体字版本的，可能是香港或台湾出版的。她不知道这本书讲了什么，她看了几页就吓着了。她猜想这本书一定是那个该死的文学社寄来的，也有可能是肖元龙寄来的。

林乔妹说肖元龙有不少社会上看不到的书。这本书让她深感屈辱。我和刘亚军有没有性管他们什么事？他们真是有毛病的人，多管闲事，一群变态狂。张小影没把这本书看完，她把书锁在办公室的抽屉里面。她不想刘亚军看到这本书。

这事让她受到很深的伤害。这件事以后，她不再把社会想得无比美好了，她长了点心眼，开始猜度人们藏在笑脸下面的想法。她发现其中隐含的内容比她想象的要复杂得多。她本来以为社会是一个一个单位，一群一群人，应该是明明白白的，现在她才知道组成社会的原来是一些隐隐约约的看不见的东西，有时候是一个眼神，有时候是一种表情，有时候是话里有话，有时候是嘻嘻哈哈。他们总是用那种怀疑的眼光看我，就好像我是一个没有正常情感的人，好像我是一幅贴在墙上的夸张的漫画。他们探究的眼神直指我的下身，就好像我的下身深藏着这个社会全部的秘密。

这事也让她反思自己这一年来的行为。她认为自己确实也有虚伪的一面。她其实同公众认为的那个张小影有很大的距离。我是有点儿假模假样的，这都是因为我说了太多冠冕堂皇的话的缘故，那些话比面具更容易隐藏我的真实面目。她照镜子时发现自己的脸上有人们所说的城府，原来的那张单纯的脸只能到过去的照片里去寻找了。不过，这怪不得我，我变成这个样子连我自己都没有想到，我无法控制我变成这个样子。她感到有一种看不见的力量把她带到一个陌生的地方，要把她塑造成一个完美的人。不过，她暗自较劲，虽然她目前还做不到完美，但她会努力的，她一直在努力呀。

她更严厉地要求自己了。这是她唯一的出路，也是对那些人最好的反击。她下决心，她必须做得像报告中的那个圣母一样好，这样，就没人有权力嘲笑她了，包括肖元龙。

## 3

那些学生都拖着鼻涕走了。这个春天气候变化无常，得流感的孩子特别多，上课时孩子们老是打喷嚏，那此起彼伏的咳嗽声如同一台发动了的柴油机。张小影只好提高嗓门，因此感到有些累人。学生像一群鸭子那样挤出教室时，张小影在第一排的课桌上坐了一会儿。她担心自己也感冒了，她可不能病倒，她病倒了，一切就乱套了，谁照顾刘亚军呀。她从包里找了一颗感冒药，吃了下去，就算是预防吧。要是有一天她真的病了该怎么办呢，家里那一大堆事谁来干啊。她歇了口气，就站起身，往家里赶，还有好多事等着她呢。

从学校骑自行车回家只需要十五分钟。张小影已在回家的路上，自行车兜里都是中草药。她低着头，目不斜视，她专心和执着的样子就好像她正奔赴一个伟大的目标。一会儿，张小影到了家。刘亚军坐在院子里，正在观察围墙上的什么东西。她猜想，他大概在看一群蚂蚁搬家。他说过他喜欢看蚂蚁搬家。他的样子就像一个游手好闲的公子哥。刘亚军确实越来越无聊了，他一直说要自学写作，但很少付诸行动，也不看书，连张小影替他借来的小说都懒得看。他说，看这种书，爱啊恨的，心里烦。

"你干什么呢？"

"没什么。"刘亚军的脸红了，他不喜欢张小影见到他无聊的样子。他推着轮椅向花房走来。

"药吃了吧？"

"吃了。"刘亚军回答得十分干脆。但他神情警觉，担心张小影知道真相。

"干吗这样看我，你没事吧？"

"没事。"

"这一天，都干了些什么？"

"想你。"

虽然张小影知道这只是甜言蜜语，不能当真的，不过她还是很高兴。张小影开始烧带来的中药。刘亚军发现其中有一块像牛粪，张小影解释说是野蘑菇，还说这个偏方是一个住在山里面的老中医配的，这老中医解放前还是一个道士呢。刘亚军这才知道张小影今天又跑到山里去了，想起过不了多久要吃这些看上去像牛粪之类的东西，刘亚军一阵恶心，内心悲凉。他很想阻止张小影熬药，但他知道阻止不了，张小影的某些固执己见，很难改变。"她这是在折磨我啊！"他叹道。不过他知道她在这方面的专横来自她内心的希望。她的心里一直有希望，所以就是最累最苦也不畏惧。

一会儿，中药的薰香弥漫开来。张小影脸上露出满足的笑容。

药熬熟还需要一段时间。张小影见缝插针要给刘亚军按摩。

刘亚军只好躺在床上，他真不想张小影按摩他那僵硬的双腿，肌肉萎缩就萎缩吧，他这辈子不会用得着这腿上的肌肉了。只是张小影不这样想，她相信这双脚有朝一日会站立起来，会走路。往往在她按摩时，她想象自己站在远处看着这一幕，心里会生出某种奉献的快感。她全身心地投入，一会儿鼻子渗出几滴调皮的汗滴，这让她看起来更加固执。

刘亚军却感到深切的悲哀，这一切是多么荒谬，他明知道这么做一点用都没有，却不能去阻止她，因为这样做无异于砸碎她的希望，那可能是更为残酷的事情。她真是个傻女人，她一直就是个傻女人，她总是自找苦吃。刘亚军常常含着泪水这样自言自语。

"臭，真他娘的臭，你们这不是在熬药，这是在污染空气。做你们的邻居真是倒霉，想闻一点新鲜空气都困难。"

是邻居汪老头的声音。他人很矮小，嗓音却十分洪亮。他的声音听上去像一只高音喇叭。汪老头带着他洪亮的声音，穿过院子，穿过客厅来到刘亚军和张小影的卧室。见张小影正在给刘亚军按摩，他撇了撇嘴，说：

"刘亚军，你前世积了什么德呀，娶了这么好的老婆。"

"去，去，一边去，别胡说八道。"刘亚军说。

"我胡说什么了？我又没说什么。"汪老头一脸讥讽地说，"我要是说出来，你老婆一定会气死的。"

"你别乱说噢。"刘亚军知道汪老头话里的话，他紧张起来。

"什么事呀，这么神秘。"张小影说。

"没，没什么事，别听他的，他他娘的没事干就嚼舌头。"

刘亚军说。

"我嚼什么舌头了？"汪老头见刘亚军这么说他，很生气，他责问刘亚军，"我又没有说出来，我嚼什么舌头了？"

"你们有什么事瞒着我呀？"张小影急了。

"我说出来你要吐血的，我不能说。"汪老头说。

"你出去，你出去。你他娘的搞什么搞，这里没你的事。"刘亚军骂道。

"我还不想待着呢。"汪老头向屋外走，一脸不屑，"你老婆是个笨蛋，算你福气好，娶了个笨女人。只有像你老婆这样的笨女人才会相信你还能治好。"

听了汪老头的话，张小影很生气，她想追出去评理，但刘亚军拉住了她。刘亚军说：

"算了算了，这老头嘴巴臭，比你的中药还臭，你找他会惹一肚子气的。"

"你们俩整天待在一起，不知道你们在搞什么鬼。"张小影突然发火了，"他不是好东西，你也好不到哪里去。"

"嗨，我可没有得罪你。你不要不讲道理。"

"他这样说我，你也不帮我说话。"

"我不是骂过他了吗？"

"你少同汪老头这样的人待在一起，我看到他就烦。"

"我不同他待在一起，同谁待在一起？我还能同谁待在一起？"刘亚军的火气也上来了。

他们争吵起来。他们常常为一些小事争吵。当然这一点也不奇怪，他们刚认识那会儿就吵架。吵架几乎是他们的一种生活方式。不过同过去不一样的是，这段日子以来，张小影比以前霸道了许多，刘亚军虽然火气比较大，但最后他总是让着张小影。

刘亚军说："好了，好了，别生气了，他就是这样的人，你生气犯不着。"

## 4

张小影总觉得那天汪老头话中有话，决定弄个明白。一天，汪老头在桥头和人说话，张小影把他叫到一边，问他那天的话是什么意思。老头开始不肯说，后来经不住张小影的软泡硬磨，就把刘亚军倒药的事情说了出来。他说完就后悔了，他叮嘱道，你可不要说是我告诉你的啊。这时，张小影已气得什么也听不进去了。

张小影是多么失望啊。她嫁给了他，为此受了那么多的误解，吃了那么多苦，可他竟然这样对待她。为了搞这些中药，她付出了多少精力呀，刘亚军竟然倒掉了。她不想再对刘亚军说一句话。她的双眼布满了绝望。

刘亚军不知道她为什么这个样子，就问她出了什么事。她没理睬他。她不声不响地烧菜做饭，不声不响地扫地洗衣，不声不响地服侍他。由于她的沉默不语，花房一片死寂，没了一点人气。为了制造点家庭气氛，刘亚军独自唱起歌曲，都是些刚刚流行起来的清新悦耳的台湾校园歌曲，他唱着唱着，不但没有热闹的感觉，心头反而涌出彻骨的孤独感。这样冷战了两天，刘亚军就生气了。搞什么搞？有话好好说呀，这样算什么样子，家不像个家，她干么这样呀？老子都这个样子了，她还这样对待我！我他娘的为了这个国家差点把命都搭进去了，她没权这样对待我！刘亚军那狂躁的脾性又上来了。前阵子和张小影吵，他还是尽量控制自己不至于太火暴，这次，他不再忍了，恶劣的情绪像高潮时的精液控制不住要喷发而出。他先是吼，你不死不活干什么呀，有话快说嘛！张小影不说，眼眶泛红，眼神绝望。接着刘亚军说，你是不是不想同我过了呀，明说嘛，不想过离婚嘛，我说过不会缠着你的。张小影还是不吭声，眼角已有泪光。刘亚军的眼中露出了凶光，他的手颤抖起来，他愤怒地拍了一下桌子，然后握紧拳头砸向墙上的一面镜子，镜子一下子被砸得粉碎，他的手也被玻璃碎片刺得鲜血直流。你他娘的说不说？你他娘的这样折磨我究竟想干什么？他摇着车子冲到她身边，伸手抓住她的头发，吼，你说呀！这时刘亚军感到一股力量从他抓着的头发上传导过来，她想挣脱他，她不顾头发被抓下来的危险在挣脱，他感受到了这种力量里包含的决绝。他突然恐慌了，也很心痛她，当即放了手，然后双手抱着她的头，大声地哭了起来。为什么为什么，你为什么要这样呀？这时，她也哇地哭出声来，她用拳头砸他的头他的身子，她说，你为什么不喝药，为什么？你知道我为了这些药托过多少人啊。刘亚军这才知道张小影绝望的原因。一定是汪老头把这事说出去了，这老头他娘的就是嘴碎。

　　刘亚军愣掉了，他后悔刚才的粗暴，他立在那里不知如何是好。

张小影满面是泪，她说："你打呀，你打死我呀，你打死我谁照顾你呀。"

又说："你愣着干什么，你打呀。你不打是不是？那好，我走，我这就离开你。"

张小影踉踉跄跄地向院子外走去。

来到街上，她又有点儿茫然。她是不可能离开他的。即使她真的想离开，她也没有这样的力量。她可是个新闻人物，现在又是个政治人物，更何况她根本就不想离开他。她没地方可以去，在这小城她没有一个可以倾诉心情的朋友。她想了想，决定去学校的办公室清静一会儿。当她向学校走去时，她平静了许多，她已经原谅了刘亚军的粗暴了，她向来不会记刘亚军的恨的。

学校处在小城的西北角，放学后这里总是非常安静。张小影来到学校时，发现肖元龙在食堂外的水龙头边擦身子。虽然肖元龙这个人有点儿自作聪明，张小影也不能原谅他的所作所为，奇怪的是她不怎么讨厌他，觉得他也不失可爱的一面，只要当面吹捧他几句，他就会喜形于色，高兴得找不着北。她没法同肖元龙这样的人生气。这会儿，肖元龙的上身光着，下身吊着一条棉质短裤，正拿着水龙头淋浴。因为天冷，肖元龙的身体被刺激得红红的。张小影没想到肖元龙的身体竟这么结实，她原本以为肖元龙是比较瘦弱的。他的双腿上面布满了毛，那些毛长长的，黑绒绒的，透着强劲而粗野的力量。她正犹豫着是不是进办公室，肖元龙看见了她，他的脸上刹那挂上狡猾的坏笑。他总是用这种油滑的同时隐含着挑战的腔调对付她。张小影觉得他这种挑战式的嘲笑中还包含某种把想她拉下水的亲昵感，这让她不适，她低着头迅速走进了办公室。

进入办公室，张小影呼吸依旧急促。她不自觉地站在窗前，向那边张望。肖元龙仿佛知道她正瞧着他，动作变得更加夸张。她想，他虽然还算结实但也算不上肌肉发达，他这样夸张让人恶心。她就气鼓鼓地坐下来，努力平静自己，可肖元龙那毛茸茸的腿总是在她眼前晃动。要是刘亚军也拥有这样一双具有生命力的腿那该多好啊。想起刘亚军伤残而僵硬的腿，张小影突然感到愧疚，她不该同他怄气，她的脾气越来越坏了，她不应该和刘亚军这样的病人吵。刘亚军确实也不争气，他总是认为自己不会再站起来了，对自己一点信心也没有。他还欺骗她，对她阳奉阴违，把她千辛万苦搞来的中药倒掉。不知为什么，此刻想起他来，心中涌出的是满腔的爱怜，她想马上回到刘亚军身边。她是一个急性子的人，她当即站起来走出办公室。

她习惯性地向食堂边望去，看到林乔妹正在替肖元龙擦背。林乔妹人高马大，力气也大，她每擦一下都会让肖元龙的腰弯一下，就好像肖元龙是一支弹簧，正在她手里做着机械震动。肖元龙的背部被林乔妹擦得通红，同肖元龙白嫩的手臂形成明显的对照。肖元龙大概被林乔妹这样擦着很痛快，她每擦一下他都要快活地叫一声。张小影见此情景脸就红了。她低着头逃也似地向学校大门口走去。这时，身后传来林乔妹的声音：

"嗨，张老师，快来看，肖元龙背上有一只鸡蛋大的瘤。"

张小影想，林乔妹真是个不要脸的女人，放荡得不知道遮掩了。她假装什么也没听到,匆匆走了。身后的笑声像气浪似的向她压迫过来,好像气浪中有一双有力的手,把她推得跟跟跄跄的。她觉得她狼狈逃走的样子,像一个被人驱赶出来的不受欢迎的人。真是奇怪啊,林乔妹竟敢这么放肆。张小影对肖元龙和林乔妹的关系充满了好奇。

回到家里,张小影就和刘亚军和好了。是刘亚军先向张小影认错的,然后他们抱着哭了一会儿。哭在他们的生活中是一件经常发生的事,在哭泣的时候他们体验到了某种甜蜜的情感和生存的乐趣。接着,他们就上了床。每次吵架后,他们都会上床。这种时候他们会把他们的结合看成一种宿命,并从宿命中迸发出无穷的热情,身体的快感和内心的情感波澜交融在一起,把他们身上的尘埃洗刷得一干二净。

一会儿,他们就平静了。张小影望着横梁上的一张蜘蛛网发呆。张小影是个爱清洁的人,她每天都会把房间打扫一遍,蜘蛛网居然出现在她的眼皮底下。刘亚军问:

"你想什么呢?"

张小影犹豫了一下,说:"告诉你一件事,是我刚才在学校里碰到的。"

"什么事啊?"

张小影就把林乔妹给肖元龙擦背的事说了一遍。她说的时候,刘亚军竟然呼吸急促起来。他的呼吸在她的耳边被放大,就好像那声音中有一个放大器,把她的耳朵都震痛了。她还嗅到了他呼吸中那种熟悉的气息,那种像是阳光下的枯草散发出来的陈旧的气息,这气息像一只只看不见的虫子,钻入了她的肌肤，直钻到她的心头。他今天似乎特别激动，她猜这同她刚才讲的内容有关，肖元龙同林乔妹可能存在的暧昧关系使他兴奋。张小影是敏感的，她感受到进入她体内的内容，她感到一些闪光的令人晕眩的颜色从他的身体传导到她的身体里，她还感到自己的身体像一个气球那样在张开、放大，然后飘向天空，她因此进入空前的激情之中，情不自禁地高叫起来。

他们平静地躺在床上。张小影的眼睛闪闪发亮，就好像这会儿她的眼睛里钻进了两只萤火虫。张小影一边体味着身体里快感的余波，一边又控制不住想起肖元龙和林乔妹在一起的那一幕。她看了看闭着双眼的刘亚军，问：

"嗨，你说肖元龙和林乔妹究竟有没有关系？"

见刘亚军没吭声，张小影又说："我猜他们一定有关系的，你说呢？"

"不说这个了好不好。"

"为什么？我总感到他们的关系很奇怪。"

刘亚军似乎有点不高兴，他粗暴地打断了她，他说："有什么可奇怪的。他娘的，这世界就是这样不公平。"

刘亚军看上去显得痛苦而忧伤，脸上还有一种愤愤不平的表情。

## 5

发生了那次倒药的事之后，张小影对刘亚军的生活进行了反思。她认为刘亚军同社会接触太少了，自从有了那次令人沮丧的门卫经历后，刘亚军一直不愿在社会上露面。他也不去结交朋友，除了去街头走一走外，整天待在院子里。邻居汪老头成了他唯一的社会关系。张小影讨厌汪老头，觉得汪老头是这世界上最无聊的人，他的过剩精力似乎是专门用来干无聊之事的。老头儿每天站在桥头看女人，眼睛黏糊糊的，好像恨不得把路过的女人粘住。每次，张小影碰见汪老头就会感到浑身难受。张小影对刘亚军整天和汪老头混在一块感到心痛，和这样无聊的人在一起，不无聊的人也会变得极度无聊的。刘亚军这样也太对不起自己的身份了，他可是个英雄呀。现在这个英雄在干些什么呀，除了吃喝拉撒，似乎只会胡思乱想。让张小影感到为难的是她不能禁止刘亚军和汪老头交往，如果她这么做，他们非得大闹一场不可，到头来还让汪老头看笑话。

这样的生活对刘亚军肯定是不好的。刘亚军脸上的阴气越来越重了，这一方面是他不太出门的缘故，另一方面肯定同他脱离社会是有关系的。他脸上缺少那种来自社会的尘土飞扬的气息。张小影回到家，会问他一天都在干什么，刘亚军知道张小影不喜欢他和汪老头玩，所以就说，他在冥想。还说，他发现一个人独处是可以培养想象力的，他的想象力比以前活跃多了。他这样说也是实话，他确实常常一个人胡乱想象。张小影问他在想些什么，他就说他在虚构生活。有时候他会说想性事。近段日子以来，刘亚军对性十分敏感，他越来越沉溺此道了。张小影觉得这很不正常，这也是他脱离社会的结果，他实在没事可做，就只好做这个。刘亚军身上似乎存在那么一个深黑的

空洞，他正像寄居生物那样向这个黑洞钻。刘亚军这样独处与
幻想肯定是不好的、不健康的，再这样下去，他的思想会出问
题的。他得找点事做啊。只是张小影实在想不出他还能干什么，
他如果到社会上做事也只会添乱子。

张小影没有别的办法，她唯一能替他做的就是快些找到治
愈他的偏方。如果刘亚军能站起来，一切问题就都解决了。

一天，张小影去一所乡村中学演讲，她没有忘记向当地的
人打听药方。接待她的那位中学老师告诉张小影，这个村庄里
有一个男人，因为在山上采石，被爆炸的石块击中了腰，有好
长一段日子站不起来，后来吃了一点中药就痊愈了。那位教师
领着张小影去见那位男人。男人下地去了，男人的妻子倒是在。
那女人一脸和善，长得白白胖胖的，很诚实的样子。女人不知
道张小影是谁，听说张小影的丈夫断了腰，眼泪就流了下来。
她握着张小影的手说：

"妹子，你不要着急，我帮你去采药。"

张小影连忙说："不用不用，你只要告诉我药名，我可以
到店里去买的。"

"傻妹子啊，这种药店里是没有的呀。傻妹子，你可知道
我为了找到这药吃过多少苦呀。我几乎跑遍了这里所有的山
呀。"女人一脸真诚。

张小影说："真的吗？是什么药呀，怎么药店里也没有？"

女人摇摇头："我叫不出名称，但我认得出来。这药很灵的，
我那死鬼吃了一个月，就从轮椅里站起来啦。"

听女人这么说，张小影满怀憧憬，想到刘亚军可能从轮椅

上站起来，她感到自己都要飞起来了。

女人进山去采药的时候，张小影一直跟在她后面。女人多次叫她不要跟随，因为山非常陡峭，不容易爬。张小影一定要跟着，好像不跟着女人就表明她心不诚，药效就会大打折扣。后来，她们爬到了一块峭壁前，女人要沿着峭壁攀缘上去。因为峭壁太陡，这次张小影再没有胆量跟着攀登了。女人对张小影说，治病的药就在上面。说完，女人就身轻如燕地往上爬去。张小影感到很奇怪，这个女人这么胖，爬起峭壁来却像一只猴子。一会儿，那女人只剩下一个白点了。张小影抬眼望去，峭壁把天空割出一条锯齿形的边线来。

"就是这种药，这么细小，一点不起眼，但很灵光的，你拿去吧。"

张小影接过药，连连表示感谢。张小影看着这药，很平常的样子，就像一棵随处可见的杂草。张小影把这几棵杂草看得比自己的生命还重，拿出一只早已准备好的塑料袋，把药装好，然后放进自己的包里面。

女人掸去了身上的尘土，对张小影说："跟我走吧。"

女人不是往村子里走，而是走向另一个山头。张小影不知道这是为什么，问她是不是还要采药？女人说，不是，是去求菩萨，这药一定要求过菩萨才灵光的。张小影就停住了脚步，原来女人是领她去拜菩萨的，她可是个典型人物，干这种事似乎不合适。女人见她不走，就问她怎么了。张小影说，这是迷信。女人说，阿弥陀佛，你这个傻妹子，我们这菩萨是很灵光的，你求什么就会应验什么。这药一定要求过菩萨后服用才有效。傻妹子啊，告诉你一个事，你就会相信了。前年，公社书记说烧香拜佛是搞封建迷信，就把这庙里的菩萨掷到了河里，结果马上就报应了呀，他考上国防科技大学的儿子没几个月就生白血病死了。我们的菩萨是很灵的呀。张小影被这女人说得很惊恐，她担心自己如果不去拜菩萨，药效真的会没有。她决定去拜一拜。张小影来到庙里，有很多杂念，她担心被人认出来，这会有损于她的形象。她进去时一直低着头。到了菩萨前面，那女人回过头来，要张小影下跪。张小影红着脸，极度不安地跪了下来。那女人要张小影许一个愿。女人在边上轻轻地说，菩萨，可怜可怜这个傻妹子吧，让他老公站起来吧，否则她这辈子就完了。

张小影因为找药求佛，奔波了一天，回到城里已是傍晚。因为搞到了新的草药，她非常激动，几乎是跑着进花房的。她叫了刘亚军几声，没有应答。刘亚军不在花房。刘亚军去哪里了？因为想刘亚军早点知道她搞到的良药，她就出门去找。

刘亚军在桥脚下，又和汪老头混在了一块。张小影也奇怪，他们整天在一起说个没完，怎么有那么多话儿说？张小影对此很好奇，她想弄明白他们一天到晚鬼鬼祟祟的究竟在说什么。张小影不声不响向桥墩靠近。他们说话时表情暧昧，口水横流，就好像他们说的事非常香甜可口。刘亚军和汪老头一直在神经质地笑，特别是汪老头，笑得都抚住了肚子。她站住倾听。

"那女记者真他娘的嫩，你没占到她便宜吧？"

"傻瓜才没碰她呢。她崇拜我，随我怎么干。"

"我差不多有点看不起你了，刘亚军，那女的走后，瞧你那样儿，失魂落魄的，像个大情圣，我想想都恶心。"

"你他娘的是吃不到葡萄，心里发酸。"

……

张小影听了他们的对话，无地自容，脸火燎燎地发烧，就好像有人打了她几个耳光。她长这么大，从来没有听过这么下流的话，她感到极其难受。她知道刘亚军是在吹牛，他都瘫痪了的人怎么可能同人家大城市来的女记者有什么关系呢。那女记者曾给过他那么美好的友谊，他竟然还要用这种方式编排她，侮辱她。张小影是多么失望啊，这种失望简直比知道刘亚军倒掉药来得更甚。她无法想象刘亚军会变得这么厚颜无耻，会说出这种不要脸面的话。他可是个英雄啊，他可是个出现在报纸上面、心灵无比美好的军人呀，他怎么能用这种粗俗的语言侮辱女性。如果说倒掉中药只不过是说明他一贯的孩子气，那么说这种粗俗的话说明他已彻底地堕落了，无可救药了。我辛辛苦苦在外面替他找药，为他奔波，而他却满足于说下流话，这样的人即使治好了病又有什么用呢。刘亚军从前可不是这样的啊，他为什么会变成这样的呢？她感到不可理解。她决定同刘亚军好好谈谈。

张小影黑着脸坐在客厅里，等着刘亚军回家。刘亚军刚进门，她就劈头盖脑地责问：

"为什么要这样吹牛？为什么？"

刘亚军开始没反应过来，当他意识到张小影在说什么时，脸红了。

"你的脸还会红呀，这么下流的话都说得出来，还脸红，你别演戏了。"

刘亚军见张小影话说得那么尖刻，不悦了："我只不过嘴上说说，你生什么气呀。男人嘛，免不了会吹吹牛的。"

张小影不放过他："我不生气，我是替你感到难为情。你那样子简直不是一个人，是畜生。"

刘亚军生气了，他提高了嗓门："你想我去干什么？我都这样了我还能干什么？我总得把时间打发过去吧？我他娘的又不能像肖元龙那样玩一个又一个女人。如果我健康，我也会的，我也会碰到很多女人，去爱她们，操她们。我现在也就是想一想说一说而已。我看着桥上走上走下的女人，看着她们的嘴唇、乳房和臀部，我只能流口水。"

"刘亚军，你太无耻了。"张小影哭了。

"我只不过是虚构一番，意淫一番罢了，你有什么可以大惊小怪的。"

"刘亚军，你真不是人，你为什么要这样吹牛，为什么要这么虚构呢？你太无耻了。"

刘亚军尖刻地说："你以为你的生活才是真实的生活？你以为你真的像报上说的是个圣母？你也一样过着虚构的生活，我们都过着虚构的生活。无什么耻呀。"

# 第五章　一个孩子的诞生

## 1

张小影总是想方设法搞来一些偏方给刘亚军服用。刘亚军服用后感到哪里都不对头，因此苦不堪言。他想，如果哪一位民间医生说狗屎也可以治他的病，张小影大概也会强迫他吃下去的。

一天，张小影又弄来一剂草药。张小影说，这剂草药熬成的汤不是用来喝的，而是用来洗浴的，对保持腿部肌肉的活力有好处。刘亚军想，幸好不是喝的。

张小影已经在熬药了，她的脸上带着一种谦卑的希望，就好像正在熬的草药是她的救世主。不过她的这希望正在日益磨损，她的目光里已有了一丝绝望阴翳。一会儿，浓烈的草药气味就散发开来。吸到这种气味，刘亚军内心充满了悲凉。他总觉得某种绝望之气会从大把大把的西药、苦涩的中药汤中升腾而起，弥漫在房间里，继而注入他视野之内的一切事物之上。他感到胸闷，就好像这无处不在的绝望已吞噬了空气中的氧分，他需得拼命呼吸才能维持生命似的。当然,这种像雾一样的绝望也只出现在某些特定的时候,出现在她又找到一种救治他双腿的药而她的内心充满了希望的时候。这种时候毕竟不多,否则刘亚军恐怕是无法忍受这种轻飘飘的同时又仿佛有无穷重量的像煤一样黑的绝望的。当他明白自己的悲哀来自她的希望时,他就忍不住想把她的希望打碎。他就说一些粗俗的话。粗俗也许是他唯一的也是最为有效的抵抗手段。

中药很快就煎熬好了,草药冒着黄色的气体(也许不是黄的,只不过在他的想象里那应该是黄色的),味儿充满强烈的刺激性,就好像锅里煮的不是草药而是硫黄。他不住地咳嗽起来。张小影的双眼也被草药刺激得流下泪来。汪老头闻到气味,又在门外嚷嚷起来。刘亚军和张小影都没理睬他。张小影挂着泪眼,对刘亚军意味深长地笑了笑。那笑让刘亚军感到辛酸。他差点也要掉泪了。

张小影把锅里的汤和渣都倒入浴盆中。棕黄色的药水在热水中迅速扩散,整盆水像雷雨天的云层那样翻滚,浴盆看上去像一个变幻莫测的袖珍天空。刘亚军想,如今他的天空也就只有那么大一点点了。

刘亚军在张小影的帮助下进入了浴盆,温暖的水迅速包围了他依旧敏感的上半身,更加强烈的气味蹿入他的肺部,吸入的气体像鞭炮那样在胸口爆炸,他仿佛听到肺部在痛苦地尖叫。他屏住呼吸,把整个头浸到药水中。他再次浮出药水时,双眼通红,早已泪流满面。张小影没有发现,药水沾在他的脸、双臂和身体之上,他的身子上就像涂了一层棕黄色的油漆,看上去像一个黑白混血儿。

这是张小影最满足的时候，她得意地看着刘亚军泡浴，像一个整天做白日梦的准艺术家，刘亚军就是她正在构思的伟大作品。刘亚军不想让自己的情感太泛滥，变得没法控制，看到张小影这个样子，就忍不住粗鲁地说：

"看什么，我身上这层东西可不是金子，倒有点像屎。"

也许是因为刘亚军这句话，也许是张小影自己也有这种感觉，一股恶心的感觉突然从她的胸腔中升腾而起，没有一点预兆，却来势汹涌，就好像她的头顶突然出现一个超过地球引力的力量，要吸走她肚子里的东西。她捂住嘴，把头埋进大便器，不住地呕吐起来。

"你怎么了？你生病了吗？"

"没事，只是有点恶心，一会儿就会好的。"

她在呕吐的间隙同他说，声音含混不清。她什么也没呕出来，胸腔中那些东西仿佛有着自己的主意，怎么也不肯出来。她感到很难受。她想，她可能真的病了。她定了定神，拿来一块毛巾，开始替刘亚军擦洗。

"可能是草药气味熏的。"她安慰刘亚军。

"是呀，你看你站在旁边都恶心成这个样子，我泡在浴盆里多痛苦啊。你这是在折磨我。"

"为了治病，总得吃点苦的。"

"张小影，你还是饶了我吧。"

## 2

这几天，虽然没有激烈的反应，但恶心的感觉一直蛰伏在张小影的腹部、胸腔和喉头。她以为没事了，可就在她毫无准备的时候，恶心感就会袭击她。过了三天，在上课的时候，看到一个孩子拖着鼻涕，突然想吐了，她不得不停止讲课，屏住呼吸遏制住肚子里蠢蠢欲动不断上升的东西。她那样子就好像突然噎了食。学生们奇怪地看着她。

和她同一办公室的林乔妹也注意到了张小影的情况，她看见张小影总是捂着嘴冲向厕所，回来时，她的眼睛总是红红的，脸色苍白。

林乔妹问她是不是病了？林乔妹是个热心肠的人，这热情有时候虽然有点过火，但不能否认她身上有一股温暖人心的力量。当她这样关切地问张小影时，张小影会不自觉地被这股子热力迷惑，觉得如果不诚实告诉她就会对不起她。张小影说，我不知怎么了，这几天老是恶心，胃有点不舒服。林乔妹问，有没有去医院看过？张小影说，没有，我想马上会好的，可今天反应反而强烈了。林乔妹说，还是去医院看看吧。这样，我现在没课，我陪你去医院吧。说着，林乔妹就穿上外套，就好像她的建议是一道命令，张小影去医院不容置疑。张小影也只好穿外套。

来到医院，林乔妹根本不让张小影动手，她办妥了一切手续。然后她陪张小影去医生那儿。张小影只说了个开头，医生就冷漠地打断了她，问她有没有结婚。张小影感到奇怪，这个医生居然不认识她。她点了点头。医生叫她去化验。化验结束后，林乔妹叫张小影坐在休息室里等候，自己风风火火地跑去拿化验结果。

张小影坐在休息室里。医院里到处都是人，比百货公司还要拥挤，但医院比百货公司安静多了，这里有一种威严的东西，就好像这里连接着另一个神秘的世界，人们只要一走进这里，就会不自觉地凝神屏气，充满敬畏。张小影坐在那里，内心一片茫然，她觉得自己正置身某个虚无之境，周围的一切像是不存在似的。她已经隐约感到发生了什么事，只是她还不想用语言说出来，就好像只要她说出来，这事儿就会变成一件危险品，会把她炸伤。所以她就不去想它，这使她看上去十分麻木。她坐着一动不动，像是在椅子上生了根似的。有一些病人认识她，他们都用奇怪的眼神打量她。他们大概以为是她的男人患病了，脸上流露出些许的关切和同情。

林乔妹出现在张小影面前时，她那两只本来就大的眼睛睁得像铜铃，眼神里跳荡着迷惑、兴奋及想把事情弄个明白的好奇心。她的样子仿佛在说，她原以为张小影只不过是一块贫瘠的荒芜之地，不料在这块荒地上发现了贮量丰富的油田。张小影觉得林乔妹这会儿的眼睛就像一只目标明确的勘探器。林乔妹的目光落在张小影的肚子上，张小影的肚子马上隐隐作痛，她下意识地抚住了自己的肚子。

林乔妹的手也伸了过来。她夸张而意味深长地说：

"你有孩子了。"

张小影没有吃惊，就好像她在几年前就知道了这个结果。在林乔妹告诉她的一刹那，张小影突然变得宁静如水，一种温柔的情感从心底升腾而起，让她的全身发胀。但她没有让自己的情感表露出来。

"怎么，你不高兴？"

"没有。"

"你怎么啦？"

"没事。这是个意外。"她自言自语道。

"什么意外？"林乔妹的勘探器对准她的内心，就好像那里藏着一个惊人的桃色事件。

"我们没想到会有孩子。"

"这孩子是刘亚军的吗？"林乔妹用一种开玩笑的口吻问。

"你什么意思？"张小影的脸就红了。

"真的是他的？"

"那你说是谁的？"

"我怎么知道。"

张小影不想再同林乔妹说话了。林乔妹总是这样，她以为自己乱搞别人也乱搞。不过林乔妹陪她来医院她还是挺感激的。在张小影沉默时，林乔妹一直在一旁喋喋不休。她说她也很想要一个孩子，但就是怀不了。她霸道地说，她一定要做这个孩子的干妈，就这样说定了。然后她又说自己的肚子："我怎么就怀不上呢？就好像我的子宫是石头做的，寸草不生。"她自我解嘲。什么事到林乔妹身上都会变得乐呵呵的。"可医生说我那里很正常。"她不可思议地摇摇头，又叹气道，"我就是怀个野种也愿意呀。"听到这话，张小影的脸又红了。林乔妹显然话里有话。

分手的时候张小影对林乔妹说："我的事暂时不要说出去啊。"

林乔妹意味深长地点点头，就好像这会儿她已确信这孩子不是刘亚军的。

# 3

张小影没有把自己怀孕的消息告诉刘亚军。张小影还没有想好怎样处置这个孩子，是要还是不要。张小影很清楚，如果要这个孩子，那么她除了照顾刘亚军还得承担抚养小孩的重任，她不能指望刘亚军能帮上什么忙。现在已经够累了，有了小孩不知会累成什么样子。另外，她还得考虑旁人对她怀孕之事的看法，她清楚，她的肚子一旦凸出来，一定会遭至人们怀疑的目光，以为她偷了哪一个汉子。这是最令她悲哀的，人们从来就不会想到刘亚军还有性能力。那样的眼光可以把人杀死，还有口难辩。其次，张小影不知道刘亚军对此事的想法，她猜测刘亚军不会想要一个孩子。刘亚军从来不想明天，他好像随时准备着这个家庭的崩溃，这一点令她十分伤心。

张小影做了一个梦，在梦里她把自己怀孕的事告诉刘亚军。刘亚军的反应非常激烈，他说他不要这个孩子，他们的生活够苦了，他不想要一个孩子来这世上受苦，他要她马上流产。在梦中，她护着肚子，泣不成声。她醒来时，早已泪湿衣襟。

这段日子，张小影老是想这事。张小影对自己怀孕之事感到疑惑，她想不明白这个孩子是怎么怀上的，他们可是有措施的呀。她感到生命真是神秘，好像这个生命不是经过受孕而得，这个生命来自冥冥之中的上帝。

张小影决定，在还没有想好怎样处置之前暂不告诉刘亚军，如果不要这孩子，那她不会让刘亚军知道这事，免得给刘亚军增添痛苦。她习惯于自己承担一切，尽量不给刘亚军添烦恼。

肖元龙忽然对张小影亲近起来。一次，学校到了一批教材，老师们都出去搬，张小影当然也去了。她正搬着一捆教材往回走时，肖元龙从她后面赶了上来，拍了拍她的肩，要她放下。张小影感到奇怪，肖元龙可从来没有这样热心过。肖元龙一把从她怀里夺过那捆书，然后自己捧着进了教研室。他还回头告诉她不要再搬了。张小影感到肩头有一种异样而陌生的东西，好像肖元龙的手这会儿还停留在那里。也许是因为习惯了那个讽刺挖苦的肖元龙，所以这会儿肖元龙突然变得这么有人情味她有点不适应，不过她猜到肖元龙为什么这么对待她了，一定是林乔妹把她怀孕这事告诉了他。她的脸就红了。一定是这样的，他们本来把她当成圣人，所以对她敬而远之，现在因为她怀孕了，他们才知道张小影也有普通人的生活，所以他们就对她亲热起来。当然张小影还猜到林乔妹一定和肖元龙有更暧昧的讨论，因为他们自己就是那种暧昧的人，所以希望别人也像他们那样暧昧，他们对同类当然会有一种异乎寻常的热情。

恶心的感觉一段日子后就消失了，肚子也很平静，身体同以往没什么两样，她有点怀疑自己是不是真的怀孕了，医生的检查可能出了差错。这样，关于要不要这个孩子的问题就在张小影的脑子里淡化了。倒是林乔妹似乎比她本人还要关心肚子里的孩子，她老是在没人的时候抚摸张小影的肚子，就好像肚中的孩子没有爹，而她打算当孩子的爹似的。林乔妹还买一些好吃的东西给张小影吃。她说，这不是给你吃的噢，这可是给我干儿子吃的。林乔妹还关心刘亚军的情况，她总是问张小影有没有同刘亚军讲过这事儿。张小影就摇摇头，说，我这几天一点反应也没有，是不是怀孕还不一定呢。林乔妹说，你得同他讲啊，你总不能一辈子瞒着他。张小影看上去木木的，没吭声。林乔妹脸上又露出那种意味深长的笑容，说，张小影，你挺能的。张小影明白她话里的话，不过她没理她。

怀孕的事是确凿无疑的，张小影的肚子微微隆起来了。她想，她得赶快做决定了，再不做决定刘亚军就会发现她肚子的变化了。又拖了一段日子，有一天傍晚，张小影正站在操场边看孩子们玩耍。不知为什么，知道自己怀孕了后她喜欢看孩子们在操场上跑来跑去，他们虽然常常拖着鼻涕，但他们是多么有活力啊。就在这时，她突然感到自己的身体里有什么东西动了一下。一种异样的感觉在全身弥漫开来，她的嘴巴就张开了，仿佛她刚才是在说话，这会儿她的嘴形正停留在某个音节上。她的耳朵也竖了起来，正在努力倾听某个遥远的声音，就好像在遥远的某处正有大事发生——一场地震或两列火车相撞。大概是因为她的思想集中于某处，她的眼神突然失去了内容，刚才活蹦乱跳的孩子们皆成了虚像。四周一片安静。她在仔细辨析那声音，那声音不在远处，不在身边，而是在她的身体里。那声音消失了，但她分明感到其余韵还在身体里回荡。她在等待那声音再次响起。没错，在她的肚子里，有一样东西跳动了，那跳动的声音像雷一样轰隆隆地传来，她感到血流淌得空前的欢畅，就好像血液受到了什么刺激，她的身体在这一刻被激活了。有一种想流泪的温柔从她心头升起，同时到来的是一种保护欲，这种欲望此刻完全把她的肚子覆盖了。就是从这一刻起，她感到自己已是一个母亲了。也是在这一刻，她打定主意，她将生下这个孩子。

晚上，刘亚军和张小影都躺下了。熄了灯的房间很暗，四周一片寂静，只有一些虫子发出单调而悠长的鸣叫声。张小影抚着自己的肚子，打算同刘亚军谈自己怀孕的事。她感到自己这会儿像是置身于某个深渊里，内心有一丝恐惧。她对刘亚军的反应没有任何把握。她侧身看了看刘亚军，虽然什么也看不见，但她知道刘亚军闭着眼睛。她不知从哪里说起。

她做了一个深呼吸，然后艰难地说："我怀孕了。"

刘亚军没有反应。她感到他的眼睛睁开了。他没动一下。她的呼吸很急促，耐心等待他的回答。

过了好久（也许只有一分钟，但在她的感觉里这一分钟无比漫长），他的手伸了过来。她感到这双手像是穿越了几个世纪。他的手落在她放在肚子上的手上，一会儿，他的手钻入她的手下，来回抚摸。他一直这样摸着，没有吭声。时光好像在此刻凝滞不动了。

"什么时候怀上的？多久了？"

"有四个月了。"

她感到他的手抖动了一下。又过了好久，他问：

"是谁的？"

世上没有比这更令她心寒的声音了。她的心头一酸，眼泪就汹涌而出。她愤怒地把他的手从她的肚子上移去，然后侧过身子，不再理刘亚军。她没想到刘亚军也像他们那样怀疑她。别人有这种看法倒也罢了，刘亚军这样让她感到一种无处诉说的悲哀。

"你不要哭。"刘亚军冷冷地说，"你为什么现在才告诉我？"

"我一直没想好要不要这个孩子。"

"为什么？"

"害怕。"她带着哭腔说。

"怕什么？"

"你知道他们看到我肚子大了会有什么反应吗？"

刘亚军知道他们的反应，他们从来就怀疑他能使张小影怀孕。

"就为这个？"

"我想起他们会用怀疑的眼光看我的肚子，我就害怕。"

刘亚军陷入沉思。他其实老早就感到张小影肚子在变大，他还以为这是发胖造成的，没想到张小影怀孕了。怀孕真是一件神秘的事，你根本没有感觉，却在对方的肚子里留下了你的种。怀孕这件事一点也不真实，就好像你根本没努力过，却结出了丰硕的果实。他感到生命的诞生原来跟男人是没有关系的，至少在感觉上是没有关系的。生命就好像来自某个虚幻世界。

"真是我的？"

"那你说是谁的？"

"可我每次都是加套的呀。"

"我怎么知道。"

刘亚军的手又伸了过来，他的手在她的肚子上来回游动。她感到他变得温柔了。她想，他已经相信了她。她却哭得更厉害了，心中的委屈比刚才还甚。

"不要哭了好不好。"

她还在哭。她的哭声源源不断，纠缠不清。刘亚军听了感到心痛。他的手依旧在她肚子上抚摸。

又过了一会儿，刘亚军说："你打算怎么办？"他的声音像是从水底浮上来似的。

"什么怎么办？"她敏感地听出了这问题中的指向，她想，就在刚才的沉默中，刘亚军有了自己的想法。

"这孩子要吗？"

"你说呢？"

"……还是不要吧。你忙得过来吗？"

"刘亚军，你这个人心肠怎么那么狠，这是你的孩子呀。"

"你凶什么。你理智一点。"

"我不管，我要生下他。"

"你生下他谁来养？"

张小影默默流泪。

"明天我陪你去医院，打掉他。"

张小影只顾哭，没再理睬刘亚军。刘亚军也哭了，他吼道：

"我不想让我儿子来这个世上受苦。你应该知道的，这个孩子会同我们一样苦命。"

张小影决定不再说一句话，不再从床上爬起来，除非刘亚军改变主意。这一夜，他们俩虽然躺在同一张床上，但他们好像处在两个星球上，彼此完全隔开了。这一夜，张小影没睡着，她不能原谅刘亚军的残忍，一直流着泪水。

天刚亮，刘亚军就起床了。他也一夜没睡。他光着身子坐在轮椅上，独自来到院子里。一会儿，他又回到张小影的旁边。张小影背对着他，他用手推了推张小影，然后说：

"你说得对，我们应该要这个孩子。"

张小影的眼泪流得更欢畅了。

## 4

张小影的肚子越来越大了，走路都有点吃力了。她总是低着头，从人们驻足观望的视线中匆匆而过，就好像她干了见不得人的事。

她清楚小城人对她有什么样的看法。

肚子明显凸出以后，张小影突然变得很脆弱。以前她碰到什么事都是默默承受，现在她只要感觉稍有不对，就会向刘亚军诉说。

一直以来，刘亚军都感受到来自外界的多疑的眼光，他原以为张小影这方面特别迟钝，似乎感受不到外界给予她什么伤害。看来他错了，这段日子张小影特别敏感，甚至比他还要敏感，就好像她原本没有的感受系统终于长了出来。她感受到的伤害很抽象，往往只是一个眼神或一个暗示——当然有时候是赤裸裸的语言。有一次，她去参加政协会议，回来时脸色苍白，刘亚军问她出了什么事，她却哇地哭了出来。她说，那些政协委员碰到她连笑也不同她笑一下，他们的脸上充满了正义感，好像她犯了什么错。他们就用这种无声的语言审判她，连那个原本对他们很客气的陆主任这回也不再同她打招呼。他们为什么这样呀！她哭得像个没有主张的孩子。刘亚军听了很生气，他感到这世界像是处处在同他作对。他娘的，他们犯着谁了！

又有一次，张小影待在教研室里，其他老师站在走廊上晒太阳说笑话。现在她喜欢独自待在教研室里。通常这时候，她的耳朵竖得高高的，捕捉空气中传来的可能同她有关的话语。走廊的笑声此起彼伏，在张小影听来就好像是射向她的枪林弹雨。她心烦意乱，呼吸急促。她告诉自己不要太敏感。她试图放松一些，开始做深呼吸。就在这时，窗外传来一个高亢的声音，是林乔妹发出的：“……不要问谁的，这孩子是我的，我就是孩子的爹……”又传来一阵七嘴八舌的声音：“林乔妹，你想变性呀。”“林乔妹，那你肚子里的孩子是不是我的呀。”“有本事你让我怀呀。”张小影实在听不下去了，她从教研室冲了出来，像一只受伤的乌鸦一样跑向自己的家。她同刘亚军说了这事，刘亚军气得想操起家伙去学校算账。张小影连忙拦住他，说，你找谁呀，他们也许根本不在说我呢，也许是我多心呢。又说，我现在是不是不太正常？刘亚军黑着脸没吭声。

一天晚上，张小影推了推刘亚军的身子，说："我想给爸妈写一封信，告诉他们我怀孕了，他们一定会高兴的。"

"你想他们了？"

"想，这几天只要一睡下就想。"

"你想写就写吧。"

"我有一年多没见到他们了，不知道他们好不好。"

"你爹一定还在为你伤心。"

"我确实伤透了他的心。他那时赶到学校里来的样子，很古怪也很吓人。"

"我理解他，他一定觉得你是这世上最傻的姑娘。"

"我大概是有点傻吧，你说呢？"

"我一直说你很傻啊。"

"我写信给他们，他们会理我们吗？"

"我不知道。"

"我爸说他这辈子不想再见到我。"

"你试一试吧。"

"其实我爸最喜欢的是我，虽然我和爸老是发生冲突。这几天我老是想着以前惹爸生气的事，想得我心里发酸。"

"我说你也不要多想了，你想写信就写吧。我们睡觉吧。"

刘亚军的心情也很复杂，看着张小影肚子一天天大起来，他有一种茫然之感。他无法想象多出一个孩子后生活会变成什么样。不过，有时候他也想，也许有个孩子也不错，也许因为有了孩子他虚无的明天会变得充实起来。然而当他听到一些流言后，他的心里就会涌出一些明确的烦恼，他发现自己也变得多疑起来。

他总是听到各种各样的流言。只要他摇着轮椅在街头转一圈，那些流言就会像空气一样包围着他。有人说张小影的肚子里的孩子是县里的某个领导的；有人说那孩子是肖元龙的（因为他一直是个风流的情种，他们说林乔妹这个婊子如果会生养的话肖元龙早已让她怀上一千次了）；也有人竟然说那孩子是汪老头的。听到这些传言，刘亚军的肺都冒出烟来。刘亚军总是告诫自己不要听信这种无稽之谈。他对自己说，他们就是这样的无聊的人，怀疑就是他们的人生目标，为了这个目标他们可以不顾事实，远离真相。毫无疑问这孩子是我的。这孩子是谁的，我最清楚。

刘亚军发现这些流言的散布和传播同汪老头有关。汪老头对张小影怀孕这事的议论似乎比谁都活跃。刘亚军感到很奇怪，汪老头应该知道的呀，他是听到他们做爱的呀。他干么要这样造谣呢？是不是他这样喋喋不休才找到做人的感觉呢？他越来越讨厌汪老头了。汪老头他娘的总是在人群中胡诌，就好像他这辈子的使命就是不停地说话，不停地吹牛，不停地造谣，好像他担心一旦他不说话，这世界就不会发出任何声音，会寂静得可怕。刘亚军决定警告一下汪老头。

一天，汪老头从外面回来，刘亚军把他堵在了院子的门框里。汪老头看到刘亚军脸色惨白，有点胆怯了。他同刘亚军笑了笑，说：

"有什么事吗？"

"你他娘的可不可以闭上你的臭嘴。"

"怎么啦？"

"你心里明白我说的是什么意思。你他娘的不要到处哇啦哇啦的，少给我放屁。"

"你发什么神经。"

汪老头一把推开了刘亚军，一脸不屑地朝自己屋子里走去。他一边走一边自言自语：

"他竟敢来管我的舌头，没有人可以管我的舌头，就是共产党也管不着我。他竟叫我少放屁，我就是真的放屁他也管不着。"

刘亚军看着汪老头的背影，气不打一处来，他吼道：

"你如果再乱放屁，我他娘的割了你的舌头。"

生活就是这样不顺心，这世界一切与我无关了，却处处与我作对。好像我已经不是人，只不过是一堆狗屎，他们可以随便向我吐唾沫。他们的唾沫加起来可以把我淹死。

他竖起耳朵在街上走着，他的耳朵变得异常灵敏，他甚至凭周围的声音就可辨认道路和建筑。他觉得自己变成了一只蝙蝠。他过去时，整个街区就会突然安静下来，就好像他是一台吸收声音的机器。街上的人群像一棵棵树，一动不动，他们的头却像向日葵，向着他转。他们的眼神隐藏着某种不可言说的兴奋。

有一天，刘亚军听到空气中又传来汪老头牛皮哄哄的声音。他的声音是多么臭，就像牛粪那样臭。刘亚军被这臭气憋得面红耳赤。我警告过他的，他竟还敢乱说。刘亚军现在异常冷静，他知道自己该怎么行动。他摇着轮椅回到自己的家里，从桌子上拿了一把水果刀藏在怀里。当他拿起水果刀时，依旧是冷静的，他感到心脏的跳动都变慢了。他摇车向对面的街头奔去，轮椅跑得飞快，车轮嗞嗞作响，风儿迎面扑向他，他的头发和衣服都被吹了起来。他感到自己就像在飞。当他冲向人群时，无声无息，几乎没人发现他，直到水果刀插入汪老头的肚子里，他们才意识到他的存在。人群发出一阵尖叫。

一把水果刀插入了汪老头的肚里，汪老头的双手扶住了它。他吃惊地张着嘴巴，看着刘亚军，不发出任何声音，就好像汪老头原本翻云覆雨的舌头这会儿已像小鸟那样从他的嘴中飞了出去。

## 5

关于英雄的神话在刘亚军的刀子刺入汪老头的肚子时彻底地瓦解了。小城人不再认为他们有多高尚，关于他们的美好故事在人们的头脑中慢慢淡去了，他们曾经享有的社会地位和政治特权也在渐渐丧失。他们越来越像小城的普通百姓——偶尔也会行凶滋事的普通一员。

张小影已不再去上班，她在家里等待分娩日子的来临。分娩就在这几天了。

这些日子，张小影想得最多的就是自己的父母。父母最终也没来看她，她感到非常伤心。爸爸妈妈啊，你们为什么不来看我呢？你们马上要成为外公外婆了呀。她感到很悲哀，内心深处深深叹息。

"刘亚军，我有点害怕，要是我妈在身边就好了。"

"你害怕什么？"

"我一点经验也没有。"

"医生会告诉你怎么做的。"

"可我还是怕。"

这样说话的时候，她看到自己眼前出现了家乡的景象：一个池塘，一堵城墙，一座石桥。往事越来越清晰，她看到作为小孩的自己在这些场景中蹿来蹿去。

"是不是他们没收到信呢？"

"不会的吧，没收到的话会退回来的。"

"也许我真的太让他们伤心了。"

"我早就说过，你是个倒霉的女人。"

晚上，张小影的肚子突然痛了起来。她以为忍一会儿就会好的。她睁着眼，看着房间里的一切。房间非常黑暗。黑暗有着巨大的吞噬功能，她觉得自己像是在黑暗的肚子或子宫里。身边的刘亚军睡得很沉，他的鼾声急促而粗糙，好像此刻他正在生谁的气。张小影觉得肚子越来越痛了，她感到了子宫的蠕动，同时下身有了排泄感。她想，不好，大约要生了。她紧张起来。

"刘亚军，你醒醒，你醒醒呀。"

刘亚军突然停住了鼾声，然后，开亮了灯。张小影正抚着肚子像一条上岸的鱼一样在喘着粗气，因为害怕，她不由自主地哭出声来。

"你怎么啦，你为什么在哭？"

"快快，我快不行啦，快送我去医院。"

"你会走路吗？"

"我不行了，找辆平板车吧。"

"到哪里去找，我又不能拉。"

"你快去找肖元龙，叫他想想办法。"

刘亚军实在不喜欢那人插手他们的私人生活，但现在这种情况，实在没有办法了。刘亚军把隔壁汪老头叫了起来，让他赶到学校去叫肖元龙。虽然刘亚军刺了汪老头一刀，但汪老头不记仇，伤好后还和刘亚军在一块儿吹牛。汪老头本质上是个热心人，他披上衣服飞快地向学校奔去。一会儿，他消失在黑暗中，狗叫声此起彼伏。刘亚军回到屋里，叫张小影不要担心。张小影的头上挂着豆大的汗珠。

门外又响起了一阵狗叫声，接着，肖元龙急匆匆赶到。他身后跟着林乔妹和林乔妹的丈夫。肖元龙进屋后二话不说就抱起张小影，连招呼也不同刘亚军打一个。刘亚军见状心里很不舒服。他想，他娘的，这个人怎么这个样子，就好像张小影是他什么人似的，真他娘的。汪老头的脸上又露出自作聪明的表情，他意味深长地同刘亚军笑了笑。刘亚军黑着脸，白了汪老头一眼。汪老头见刘亚军眼中有杀气，就不笑了。林乔妹在一旁安慰张小影。肖元龙把张小影放到板车上，林乔妹替张小影盖了一条毯子。林乔妹的丈夫推着板车向小城唯一的那家大医院奔去。众人跟着，一路小跑。

张小影送进产房后，刘亚军就让汪老头回家了。他本来也想让林乔妹他们走的，但怕万一有什么事，就没让他们走。刘亚军也没主动同他们交流，他和他们保持着距离。

刘亚军坐在轮椅上，内心忐忑。他不是担心张小影生产顺利与否，进了医院，就没什么好怕的了，女人生孩子不是一件危险的事情。他不安是因为他还没有做好做父亲的准备。他无法想象自己成为一个父亲。他也想象不出未来的孩子是什么样子，不知道性别、个性、样貌，在孩子出世前，这一切都无从想象。B超是做过的，但医生不肯告诉婴儿的性别。要说刘亚军有幻想，那也是一团不成形的东西，就像烟雾一样，不着边际。如果说刘亚军不可避免要做父亲的话，他更希望有个女儿。这会儿，那团烟雾又从他的脑海中升了起来，他试图捕捉到一些什么。他希望未来的孩子不管是男是女都要像他。

晚上，医院灯光通明，非常安静，只有产房发出此起彼伏的喊叫声，这些喊叫声被巨大的寂静覆盖后，听上去显得有些神秘。刘亚军的视线投向窗外，医院散发的光芒被无边的黑暗包围。他觉得夜晚的寂静好像是从遥远的地方、那黑暗的深处传过来的。医院的大门不断有人进进出出。

"请问，张小影是不是在这里生孩子？"耳边突然出现一个怯生生的苍老的女声。

刘亚军迅速转过头去，只看了一眼就知道她是谁了。那个老女人虽然肥胖，他依然从那张苍老的脸上看到张小影的影子。她的眼睛，她那单纯而善良的秉性，虽然在岁月之河中有所磨损，确实和张小影很相像。老女人显然也认出了他，正朝他走过来。

"你来了。张小影这几天老惦记你们。"

女人的眼眶一下子泛红,一会儿眼泪像破壳的果汁那样渗了出来。她赶紧把眼泪擦去。

"小影还好吧?"

"没事,进了医院就没事了。"

"进去多久了?"

"有一个小时了。"

"还没好吗?"

"医生说还得等一等。"

"你们还好吧?"

"还好。"

这是他们第一次见面,刘亚军感到无话可说。也许这同他内心深处拒斥张小影的父母有关。女人也有些茫然无措的样子,她的脸上布满了焦灼,一遍一遍往手术室那边瞧。

"你们这地方可不好走,我到省城已是傍晚,来你们这地方已没班车了。我是搭了一辆卡车来的。"女人没话找话地说。

"这地方偏僻。"

"我本该早点来看你们的,但她爹一直不发话。昨天他才突然提起小影生孩子的事,我就赶来了。我去过你们住的地方了,你的邻居,一个老头儿,人很热心的,他告诉我张小影进了医院,我就急着赶来了。"

"噢。"

又是无话。沉默也让刘亚军感到压抑,他说:

"您坐了一天的车，累了吧？要不您先回家睡一觉？张小影送到医院里了，没关系的。"

"我怎么会睡得着。"女人突然提高了嗓子，她好像心中压着无名之火。

林乔妹弄明白了这老女人是谁了，她高兴地走了过来，用一种好像几百年前就熟识了的口吻说：

"妈，你可来了，小影这几天可天天念着你们。"

听到这句话，女人又想掉泪了。

刘亚军不再吭声了，他不停地抬头看钟。张小影进去已有一个多小时了，怎么还没完呢？他竖耳倾听手术室的叫喊声，试图辨认出哪一个是张小影的。但这些声音都走了形，让人无法辨识。

## 6

孩子终于生下来了，是个男孩。

孩子躺在病房的育婴篮里面，安详地睡着了。刘亚军专注地观察着孩子。他无法接受这个孩子，这个感觉在见到婴儿的一刹那就产生了。当时，他看着护士从产房里抱着婴儿出来，婴儿正在无辜哭叫，一种拒绝的情感就在他心里浮现了。此刻，他看孩子的眼神是冷静的有距离感的，他的身上有一种拒人千里的冷漠。他长时间这样看着孩子，就好像孩子身上写着他的前生，表明了来处。一个多小时后，他依旧不能接受这个孩子，无法认同这个孩子。他甚至有点讨厌这个孩子。孩子的脸红红的，像一只粗糙的红萝卜，脸孔浮肿，特别是眼睛周围，肿得更厉害，像一只馒头一样向外凸，把眼睛严严实实地藏了起来。偶尔婴儿的眼帘会开启一条缝，刘亚军看到婴儿的眼珠亮得惊人，那光亮似乎有看透一切的意思，让他心虚——当然这只是刘亚军非常主观的感觉。婴儿的鼻子塌塌的，两只鼻翼很大，鼻翼一开一合的样子看起来有点儿贪婪。婴儿的脸型是方方的，孩子的眉毛有点混乱，孩子脸上有一种早熟的苦相。孩子的头发卷曲。

这一小时中，刘亚军都在辨认这个孩子，他希望从孩子身上找到自己的影子。他什么也没有找到。那些流言开始在刘亚军心头起作用了，那些传言以不屈不挠的方式进入刘亚军的脑海，变成一种折磨人的幻觉。这些幻觉就像那些追腥逐臭的苍蝇，轰隆隆地袭击他。这一刻他才意识到，他虽然最终同意张小影把这个孩子生下来，内心深处依旧是抗拒的，只不过他没有清晰地意识到这种抗拒。

张小影怀孕的时候，他比以往更疯狂地和张小影过性生活，张小影越是担心肚子里的孩子，他就越激烈。现在他明白这行为有着自己的逻辑，他的潜意识里是想通过这种方式使张小影流产。但这个苦命的孩子还是出生了。他是个什么样的孩子呀？他来自哪里呢？刘亚军越想越痛苦。他开始相反方向的联想和寻找，试图从婴儿身上找到别的男人的影子，比如那个好色的肖元龙、陆主任或别的什么人。他没有找到。这真是一个来路不明的孩子，好像同这世界没一点儿联系，同他也没有任何关系。

张小影刚才消耗了太多的力气，她从产房被推出来的时候已沉沉地睡了去。这会儿她醒来了，当她见到母亲，她都高兴坏了。她一边笑一边流泪，那样子令人心酸。她已差不多有两年没见到母亲了，这两年发生了多少事情啊。在怀孕的日子里，她快承受不了生活的重压了，很想有一个依靠，她自然想起自己的父母亲。她知道父母对她有多么失望。

"我早就想来看你了。"母亲说，"我接到你的信就想来看你，但你爹一直没有表态。你知道，自从你们好上后老头子不许再提起你，你真是伤透了他的心。我每天想你呀，但又不知怎么办，这次是老头子提醒我来看你的呢。"

这些话又勾起了张小影的一肚子温暖而酸楚的情感，她问："爸为什么不来看我呢？"

"他哪放得下架子。"

"爸爸还好吧？"

"你爹这个人啊！"母亲叹了口气，说，"他一身的臭架子。因为你的事，他被贬到校办厂当厂长，后来小厂要搞承包，他不敢承包，结果被别人包走了，他连厂长都当不了了，只当一个伙计。可他那个架子呀，比原先当校长时还大，新上任的厂长就给他穿小鞋。你爸爸的脾气是越来越古怪了。"

"爸爸应该去教书的呀。"

"他从厂长位置下来后，领导叫他去教书的，但他不愿意再做教师，好像是同谁在赌气似的，不知道他是怎么想的。他这是自己折磨自己。"

"是我害了他，爸一定不会原谅我了。"

"其实爸最惦记的还是你，这个我知道。"

刘亚军看到张小影和母亲一把鼻涕一把眼泪的样子，甚是反感。他觉得她们的眼泪就是对他的指责，她们的眼泪表明罪过的源头就在他这里。他一直反感张小影的父亲，虽然他们从没见过面，但刘亚军看过他的照片，他觉得张小影的父亲就是那种特别愚蠢的人——这一点很像张小影。他总是把我们想象得很坏，就好像张小影跟了我苦海无边，无从超度。我最反感的就是他这种自作聪明的样子。

刘亚军的内心涌出一种强烈的愤懑情绪，这种情绪让他讨厌眼前的一切。他不想在这个病房里待下去了，如果有可能，他也不想在这个世界待下去了。一切都是那样令人失望，他一点也不喜欢这个世界。他昂着头，向病房外走去。他知道这行为或多或少有点儿突兀，张小影一定带着探究的眼神看着他。他没回头，好像他正在同什么人作战，他一边走一边自语道：

"我不喜欢她们一家，我也不喜欢这个孩子，我没法接受这个孩子。"

刘亚军感到自己的未来变得更加虚无了。

# 第六章　情色作料

## 1

出院后，张小影的母亲留了下来。见张小影既要照顾刘亚军又要照顾孩子，张小影的母亲就不忍离去。她匆匆回了一趟家，同老头通了气，又回来照顾孩子了。

家里一下子多出了两个人，尘世的烟火气骤然增浓了。现在，这个家看起来真的像一户普通人家了，张小影母亲的叫喊声，孩子的哭声，张小影幸福的儿歌声，在花房此起彼伏，充满了世俗的喧闹和自得其乐。张小影看上去比以前胖多了，也比以前喜庆了几分，成了一个充满喜悦的小女人。

刘亚军突然觉得自己变成了一个局外人。张小影把所有的心思都放在了儿子身上，不再关心他了。她已不再幻想把他治愈了。这让他感到解脱，同时也有一种淡淡的不再受重视的失落。他依旧没法喜欢这个孩子，他曾努力地想接受他，但他越是努力，内心深处的拒斥就越强烈，他总是和孩子保持一定距离，甚至不抱一抱孩子。当张小影为孩子某个好玩的表情而咋咋呼呼地要同他分享时，他也只是冷冷地附和一下。

"你看孩子的眼神怪怪的。"张小影有一天突然说。

"没有啊。"刘亚军没承认，但他的目光闪烁地投向了远处。

"我们有儿子了，你应该高兴的呀。你瞧，儿子多像你呀。"

"别瞎说，这孩子可一点也不像我，也不像你。"

"你什么意思？"

"没什么意思。"他用一种仿佛什么都明白的口吻说，"这是事实。"

"我总觉得你有点古怪。"

刘亚军不再理睬张小影。

她们在家里忙乎的时候，刘亚军就上街去逛。他喜欢轮椅冲下坡去的感觉。风迎面向他吹来，把他的头发、衣服高高吹起，他的整个身体、肌肤都仿佛被风裹挟，他会产生一种飞翔的感觉。他希望自己真的能飞起来，一头撞向远处深邃的天幕。这时候，他是绝不会动用刹车的，即使迎面开来一辆汽车，有相撞的危险，他也不会刹车。他的这种举动常常吓得那些驾驶员大汗淋漓。许多人都说刘亚军是一个疯子。

刘亚军是个疾病缠身的人，没玩多久，他便感到十分疲劳，脸失去血色，哈欠不断，动作开始变得迟缓。这时，沮丧会悄悄地降临到他的心头。他这辈子不会再有什么奇迹发生了，他不可能再有令他"飞"起来的事可做了，除了做爱——他越来越迷恋性了，这几乎成了他活着的唯一乐趣。他这辈子早已从一个高高飘扬的白日梦里坠落了下来，成为一摊什么都不是的狗屎。他这辈子注定是一个失败者。

他无精打采，轮子在慢慢转动，他漠然地打量着街道两边。这是个变化迅捷的年头，人们像是被突然激活了，变着法儿追求新奇的事物。街上整日闹哄哄的，商店里放着软绵绵的流行歌曲，那些时髦小伙喜欢戴一副硕大无比的几乎能把半个脸掩盖的墨镜，看上去像一只大熊猫，姑娘们的裙子越来越短，她们洁白的大腿耀人眼目。看着这些姑娘们，刘亚军的心头升起不平和愤怒。如果我他妈的没有残疾，我也能像他们那样穿着牛仔裤展示我的健硕，我也能搂着这些白白嫩嫩的姑娘们招摇过市。我的好日子还没有来临，下身却变成了木头，老天啊，多么不公啊。他的眼睛不由得红了，他恨不得冲到那些花枝招展的女人面前对她们施暴。

刘亚军进入了一条小巷。有一天，他发现这条巷子里摆放着一些封面艳丽的杂志。那些封面女郎真他娘的风骚啊，封面上的内容介绍也很露骨，让人血脉贲涨。他买过一本，令他失望的是这些杂志并没有过分的性描写，根本刺激不了感官。他就不再掏钱购买了，可他还是会不由自主往这条小巷转。他是去看那些封面女郎的，那些封面女郎会给他一些瑰色梦想。有时候，他觉得自己这样有点儿阴暗，他克制自己不朝这儿跑，然而每次来到街上，他总是会慢慢靠近这条小巷，好像这条小巷才是他来街头的终极目标。那些店主正在看他，他从来不看他们，他可不想认识他们——陌生才让人感到安全。那些店主的脸对他来说就像街道两边的一棵树或一扇门窗，或是挂在墙上随风飘荡的一张图画，他把他们排除在视觉之外。

就在这个时候，一个瘦子拉住了他的轮椅把手，一阵暖烘烘的气流向他的头部冲来。刘亚军抬头看那人的脸，那人的脸上挂着意味深长的笑容。那人脸颊的肌肉抖动了一下，然后从怀里掏出一本书，给刘亚军看。看到封面，刘亚军就感到血液轰隆隆往脑门上冲，把他的意识驱赶得无影无踪。那个瘦子在给他讲这本书的内容，他还翻到其中的一页要刘亚军看。那些文字像虫子一样在他眼前飞来飞去，他闭眼摇了摇头，好像唯此眼前的虫子才能被赶跑，他才能看得真切。虫子的下面，果然藏着无穷的欲望，他看到女人们衣不蔽体，她们的双乳、屁股和大腿夸张地呈现着。他不由得咽了一口口水，掏钱买了这本书。然后，他像一只被猫追逐的老鼠，逃离了这条小巷。

## 2

刘亚军和孩子保持着一定的距离。他的目光从不停留在孩子的身上，就好像孩子身上有着强烈的光芒，会把他的双眼刺痛。他尽量装得好像这个家里没有孩子，因此，他的行事方式依旧和孩子没出生前一样。

他当然也没有找到做父亲的感觉。有时候，听到张小影在教孩子喊爸爸，他会感到浑身别扭，就好像这对他来说是一种羞辱。

刘亚军现在唯一感兴趣的就是和张小影做爱。与往昔不同的是，刘亚军现在在做这件事时有一种狠巴巴的劲头，好像他对这事怀有刻骨仇恨。他变得比以前放肆了许多，现在，他只要想起这件事，就不管张小影在干什么事，他都要做。只要张小影的母亲不在，他就会拖着张小影上床。一次，张小影的母亲抱着孩子出门了，刘亚军就想要张小影。张小影说，现在是白天，怎么能做这种事。刘亚军说，我就喜欢白天做。张小影说，母亲来了怎么办？

张小影意识到了刘亚军的变化，刘亚军似乎在向某个可怕的地方发展，但她不知道其中的原因。她隐约感到他的变化同他们的儿子出生有关，这其中存在着怎样的逻辑关系，她并不清楚，也猜不出来。她只好假装什么都不知道，假装一切还是原来那样。她在刻意回避这个问题，好像她回避它，它就会不存在或自动消失了。她把所有的精力都倾注到孩子身上。老天呀，我可从来没想过我还会有一个孩子，感谢你给我一个儿子，生活虽然不那么令人满意，但我有了一个儿子，我已经够满足了。

对于刘亚军频繁的性要求，她都尽量满足他。哪怕是白天，哪怕她听到儿子正在外婆的怀里号哭，她都会尽量令刘亚军快乐。她想，对刘亚军来说，这是他生活的全部了，他以此证明自己还活着——不管这种证明是多么可悲，但她理解。她没想过刘亚军怎么会如此贪恋这玩意儿，简直乐此不疲。在她这里这事做多了实在有点单调，要是刘亚军没有要求，她简直懒得想起这档子事，这真是天底下最累人的事儿。

这会儿，刘亚军躺在床上，张小影照例在刘亚军的上面。她闭着眼睛不停地在蠕动。他进入的时候，她感到自己很干燥，她有点儿痛。一会儿，她才有了感觉。她动作得更激越了点，但他制止了她，他的眼中露出孩子似的光亮，然后露出暧昧的笑容。他说出了他的想法，他希望玩一点新鲜的。但她坚决不同意，她认为这是变态。刚才好不容易才得到的感觉一下子消失了，她拉起床单把自己的身体护住。

这时，响起了敲门声。接着，传来孩子奶声奶气的啼哭。张小影触电似的从床上弹起来，慌张地说，他们回来了。她红着脸准备穿衣服，但刘亚军又把她按下了。刘亚军的双臂是多么有力，他的手像一把钳子，牢牢地把张小影控制在他的身上。

敲门声又响了，孩子的啼哭越来越尖利。张小影的母亲有点不耐烦了，她吼道：

"开门呀，孩子要吃奶了。"

刘亚军似乎知道张小影要回话，用手捂住了她的嘴。同时，他又强硬地进入了她的身体，示意她运动。这时，张小影的心思早已不在这儿，她机械地动着，耳朵一直听着门外的动静。孩子一直在哭。张小影想象着孩子哭泣的模样：孩子的眼睛闭着，他的鼻翼长得很大，正在辨别乳房的方向，好像他凭贪婪的鼻翼就可以吸食到她的奶水。她的下身这会儿完全麻木了，她感到那儿成了她的多余部分。这时她突然感到屈辱，眼泪忍不住流了下来。

完事后，她迅速穿好衣服，向门外奔去，她甚至没有把胸护起来，开门的一刹那，她的半个乳房还留在外面。儿子本能地抓住了乳房，发出"呵呵呵"的声音，浑身还打着快乐的哆嗦。在孩子的小嘴含着张小影的乳头时，一股强烈的快感像潮水一样在她的身体里奔腾，内心深处涌起无限的温柔。

张小影的母亲黑着脸，他们让她在门外站了这么久，她感到很气愤。她不知道他们瞒着她在捣什么鬼。她好奇地来到房间，看了一眼躺在床上的刘亚军。刘亚军得意而古怪地向她微笑。张小影母亲的脸一下子涨得通红。

## 3

刘亚军对性的迷恋让张小影感到害怕。刘亚军是一个病人啊，他是不应该这样折腾的呀。张小影担心这样下去刘亚军会出现不良的后果。张小影想让刘亚军节制一点。刘亚军这段时间拒绝同她做任何交流，他好像只活在自己的世界里，别人只不过是他招之即来挥之即去的东西。每次刘亚军有要求——他总是在她毫无情绪的时候提出这种要求，张小影真想拒绝他，但最终还是忍着应付他。她知道她如果不答应，他会暴跳如雷的。刘亚军的脾气是越来越怪了。有时候，张小影很想同刘亚军好好吵一架，但念着她母亲在身边，就压制了这种念头。她不想让母亲无端地担心。

张小影觉得男女之间的这档子事是一个深重的负担，她越来越享受不到其中的乐趣了。刘亚军不知餍足的背后似乎隐藏着一种恐惧，他似乎不像以前那样好了，在她身上停留的时间越来越短了。有时候她也努力想享受那久违的高潮，但总是在她感觉来临的时候，他就草草收了场。奇怪的是越是这样，他越热衷于此道，好像他在努力地证明着什么。

　　终于有一天，刘亚军完全失败了。那是晚上，张小影忙碌
了一天，正打算睡去的时候，刘亚军的手像一条冰冷的蛇，悄
然伸向她的身子，在她的身子上游弋。随着他的手在她的肌肤
上的滑动，她的身体上出现了一块一块的鸡皮。她不由得打了
一个寒战。她仇恨这双手以及隐藏在这双手下的欲望，这双手
就像吸血鬼，就算她已苍白无力，也不肯放过她。张小影闭上
双眼木然躺在床上，眼中有一种灼痛感，那是一种想流泪但实
在无泪可流的干涩的感觉。她的脸上出现了刘亚军灼热的呼吸
声，呼吸中带着一股空洞的中药味——长期服药使刘亚军的体
腺都带着药味，连他换洗的衣服也常常有一股怪味。她想，他
的精液大概也带着这种气味吧。因为张小影没动，刘亚军就蠕
动自己的身体，好不容易才爬到张小影的身上，已是满头大汗。
她想，他这样蠕动一定非常费劲。他的气息越来越急促，他的
汗水也流得越来越欢，好像他的身体是一条潜在的溪流。张小
影感到他和她接触部位的肌肤完全被汗水浸湿。他虽然这么激
动，但他的下身没有什么动静，他那个地方依旧冰冷地柔软着。
她不能理解，别的地方都在冒火，但最需要冒火的地方却像冬
天挂在屋檐的冰柱子。这时，刘亚军的手伸向那冰柱子，他的
手在上面不停地运动，好像这样运动那地方就会变成一座火山。
张小影睁开了眼，她看到刘亚军神色慌张，眼中有深深的惊恐。
他的手还在运动，他的思想完全集中到了那个地方，但无济于
事。他终于哭出声来，像一个闯下大祸的孩子那样哭出声来。
他说，我怎么啦，我怎么啦，怎么会这样，怎么会……这时，
他的整个身子变得冰凉，身上的汗水全部收了回去，他俯伏在

她的身上不住地颤抖。张小影有些可怜他，一把抱住他。她知道刚才发生的事对他来说是多么致命的打击。但不知怎么的，她心里反倒有点儿高兴。她想，也许从此以后他可以放过她了。

这天晚上，刘亚军没有睡着。他嗅到夜晚的气息正从一种暖洋洋的浑浊转向清冽的新鲜，时光在这种浑浊到清新的转变中缓慢流逝。这天晚上，他的听觉也特别灵敏，他听到街巷深处行人的走动声，他还听到另一个房间里，张小影母亲在梦呓，午夜时分孩子莫名其妙地哭泣起来，这些声音以一种异常真切的方式传入他的耳膜，好像今夜这些声音都有了金属的特质，显得坚硬而锐利。不知过了多久，附近村庄传来鸡叫声。听到鸡叫声，他不禁打了一个激灵。新的一天马上就要来临了，对他来说，即将到来的一天肯定会同以往不一样，因为他的生命中最重要的东西、让他感到自己活着的东西消失了。

他不甘心，他想在新的一天到来前证明自己。他弄醒了正熟睡中的张小影，他想再试一次。他感到他所有的希望、荣誉、尊严——如果他还有这些情感的话，都在此一举。他还是失败了。张小影的眼中充满了怜悯。他受不了这眼神，这眼神让他感到屈辱。

这世界变得更加阴暗了。战场上，他从那片红光中活过来时，他有一种奇怪的感觉，觉得自己被那枚炸弹轰炸到了时间之外，他进入某个永恒的时刻之中。那时候，他能感到这世界某缕稀薄的阳光，而这缕稀薄的阳光是同张小影那样的女性联系在一起的。可现在，连这缕阳光也消失了，他进入了某个阴森的隧道，只觉得所有一切暗无天日。其实这个世界依旧阳光灿烂，田野和山峦满眼都是绿色，天空中依旧飞翔着惊心鸣叫的群鸟，只是他现在已看不见这些事物，一切被他内心的黑暗吞没了。他的头脑中只想着自己的根本能够恢复，对他来说，性就是一切，是他在世唯一的依凭，性对他而言如一个溺水孩子见到的最后一根救命稻草。

他开始阅读那本早已被他翻烂了的黄书。因为他太熟悉这本书的内容，他没有一点儿激动。他新买了几本，他在书本中飞扬跋扈，看得欲念升腾，但他的根本没有一点儿生息。有几次，他看得激动时，缠着张小影求欢，结果还是以失败告终。

4

学校在县城的西南面，张小影在学校里能够看到自己的家，但回家的路却并不近，因为需要在城里绕一个弯儿。如果张小影的自行车坏了，她会沿着田野弯弯曲曲的小路回家，这样就可以少走不少路程。从田野向城里望去，小城掩映在一片葱郁之中——这确实是一座美丽的小城。走在田野中，她的思绪会随着她的记忆而变得遥远起来。她从小就喜欢田野，喜欢看农家孩子挽着裤脚管在小河中抓鱼，喜欢看农人们在水田里插秧，喜欢看那些羊啊牛啊的牲畜在田野里跑来跑去（但她不敢接近这些动物，她对它们是又爱又怕），她还喜欢看那些蝴蝶啊蜜蜂啊的小昆虫在花瓣上飞翔……她经常想象自己的孩子就是那些小鱼小虾小牛小羊蜜蜂蝴蝶，这种联想让她产生了美妙的情感。回到家她就会拿这些小动物的名字称呼孩子。当她叫孩子小鱼小虾时，刘亚军会投来奇怪的目光。有时候，她会在路上采一些野花回家。小城人没有这个习惯，不过他们见怪不怪，一个愿意嫁给瘫痪男人的女人做出什么事来都不会令人奇怪。刘亚军对此却不理解，他不尊重她的这个爱好，在张小影不在家时，他会把花朵扔掉，好像这些花朵对他是一种莫名的威胁。

更多的时候，张小影是骑自行车回家的。骑在自行车上，她总是埋着头，向城西的家里赶。张小影发现，人在走路的时候往往会有一种闲庭信步的感觉，但骑在自行车上，人就会目标明确，显得匆匆忙忙，就好像这种机械也有意志，或者它有着无意中改变人的意志的能力。

这天，张小影回家时很伤心。有人告诉她，刘亚军经常光顾那条臭名昭著的黄色小巷。她虽然当场驳斥了那个告诉她的人，但她心里判断刘亚军完全有可能去那里的。他是个侦察兵，这个社会上发生的事都逃不过他的眼睛，他甚至在战场上还去偷看女人。他就喜欢这玩意儿。他们也算个公众人物，刘亚军的行为传出去的话，多丢脸面啊。一切同她当初想的不一样，当初她可没想到刘亚军会变成这个样子。她当初为什么喜欢他呢？其实没有什么理由，就是因为见到他感到亲近。也许还有另一个原因，他与众不同的性格，令人着迷。但他太与众不同了，他竟然不顾颜面去黄色小街。她为他的行为感到耻辱。不过，她决定不责问刘亚军，刘亚军够可怜的了，她不想再让他难堪。她听说上级已下了通知，要对社会丑恶现象实行"严打"，她相信过不了多久，那条小巷上的交易就会消失的。

　　有一群人正围在法院的一张布告前议论纷纷。张小影平常对这种布告没什么兴趣，可这天，她眼角的余光无意中瞥见布告上的名字，这个名字她很熟悉，她决定下车去看一看。她果然认识他们，布告上的犯罪分子就是那个文学社的成员，他们犯了流氓罪。布告上讲，他们男女关系极其混乱，男女青年赤身裸体地在河里混游，他们甚至群奸群宿，特别是首犯×××，用文学的幌子诱骗女青年，致使十余名女青年怀孕堕胎。看到这儿，张小影倒吸了一口冷气。这些人她都认识啊，竟然都被抓到牢里去了。她没想到"严打"打到他们头上。她突然想到了肖元龙，他是个作家，是文学社的顾问，他一定同这个事有瓜葛的，他可是个风流鬼。她不知道这个事对肖元龙会有什么影响。

　　晚上睡下后，张小影想起布告栏上的事。老实说，那事儿是有点刺激性的，张小影看了后满脑子都是他们搞流氓的画面。

　　"嗨，刘亚军，你睡着了吗？"

　　"没呢。"

　　"刘亚军，我告诉你一个事。"

　　"什么事？"

　　张小影就述说了文学社流氓案。也许是因为太长时间没有性爱了，张小影讲这个案子时，感到嗓门有点紧张，发出的声音竟有些肉感了。张小影自己都感到自己的声音有点异样。她的身体苏醒过来，她听到了体内的浪涛，在这种浪涛的冲击下，她的身体完全打开了。她尽力压抑自己。这时，她听到刘亚军的喘息声，她向他投去渴望的一瞥，他在黑暗中表情复杂。一会儿，他把她的手捏住，移到他的下体。

"你看，我好了，它起来了呢。"

张小影有点儿晕。她停止了讲述，爬到他的身上。她感到一种新鲜的饱满的陌生的感觉包裹着她的身体。她已经很久没有做爱了，对这种充实的感觉她都有点儿陌生了。刘亚军抚摸着她，引导着她运动。

刘亚军说："你继续讲啊，他们是怎样在河里游泳的。"

张小影也不知道他们是怎样在河里游泳的。可是在这种气氛中，她情不自禁地说：

"那些女人都脱光了衣服。"

"他们有没有和男人拥抱？"

"男人们抱着她们游泳。"

当她疲劳而满足地从他身上下来时，她发现刘亚军泪流满面。他把脸埋在她的胸口，哭得如一个对母亲感恩的孩子。张小影的心中升起久违的温柔情怀。

刘亚军非常看重这次成功。他期待着再次成功，不过他没有十分的把握，内心充满了恐惧。他必须好好准备下一次，他必须让下一次成功。如果再失败，也许他将会永远失败。他要做到万无一失。他清楚这次成功的关键，是语言以及语言营造的画面的刺激，他才如此兴奋。他感到语言将会把他从黑暗无边的痛苦中解救出来。他们以前做爱总是在静默中进行的，在没有语言的交流的情况下做爱，他们也许根本没有合为一体。问题皆源于此。只要在做爱时她能不停地表述，他就会再次成功。他坚信这一点。

第二天，张小影走在阳光下，想起昨晚的情景，她感到非常害羞。她居然也会说下流话了。她不知刘亚军会怎么看她，他一定会把她当成骚妇的。也许他会更加多疑，会幻想她在外面偷人。她想，她还是应该在他面前保持淑女风范。

有一天，当刘亚军把一本封面肉感的书交到她手里时，她感到既害羞又吃惊。开始她没搞清刘亚军的意思，后来她弄明白，刘亚军让她看这些书是要她在床上讲给他听，她当场拒绝了他。她决不会干这样下流的事的。刘亚军好像料到她会拒绝，并不吃惊，而是锲而不舍地纠缠她。他显出可怜巴巴的样子，就像一个饥饿的婴儿渴望母亲的双乳。她想，如果他的双脚没瘫的话，他会在她面前跪下来。她就有点犹豫了。她想，不管怎么说，他是个可怜的人，这是他最感兴趣的东西了，也许应该满足他。几天以后，她接受了他的书。

情色故事使两具身体充满了活力，他们又如愿以偿地成功了。不容否认那是一种让人放松的甘美的感觉，她当然也喜欢。一段日子下来，她讲述这些故事不再感到障碍，她能够非常从容地讲述了，并且在讲述的过程中不时加入自己的创造。现在这种方式已成了她的习惯，如果不讲述，她自己也会毫无感觉。有时候她甚至感到她不是因为刘亚军才达到高潮的，她是被自己的言词激发而抵达高潮的。

刘亚军也会讲述这种故事。他在这方面比张小影要有天分得多。他曾经在汪老头面前讲过不少这种故事，他曾经把认识和不认识的女人都讲到了他的怀里。他那会儿已经体验到讲述这种故事所产生的快乐和满足感。讲述具有多么神奇的力量啊！人在那种气氛中是什么话都说得出口的，刘亚军讲得很放肆。刘亚军还是像从前一样喜欢把他认识的人编入他的故事。有一天，刘亚军用肖元龙和林乔妹做素材进行想象和虚构。张小影显得比任何一次都要激动，简直是激情澎湃。刘亚军敏感地觉察到这同他讲述肖元龙有关，是他把肖元龙讲述成了性爱的主角才让她如此动情。刘亚军不由得心中充满嫉妒。他觉得自己已窥见了张小影深藏着的秘密，那个肖元龙也许是张小影的性幻想对象。他睁开眼睛，用一种酸溜溜的又恶狠狠的眼神打量张小影。张小影闭着眼睛正在佳境之中。

## 5

这种方式延续了一段时期，刘亚军又出现了问题，他又不行了。他努力了几次都没有成功，他预感到他可能将永远不行了。

当刘亚军对自己彻底失望的时候，另一种幻觉开始折磨他。他认为张小影现在已经是个骚货。她已能讲那些情色故事了，她不是个骚货又是个什么！现在我不能满足她了，我就不信她会憋得住。他想起他讲述肖元龙时她床上的反应，他疑心他们也许早已就媾合了。他娘的，如果他们越规，他一定会捉住他们，然后杀死他们。他只要醒着，想的几乎都是这些乱七八糟的事。

幻想具有生殖能力，幻想会生出新的幻想，幻想上面可以建立新的幻想，最后整个世界会变得虚无缥缈，只留下幻想本身。当幻想成为唯一的存在时，幻想就变成一切，变成了一个不容置疑的事实。刘亚军的念头越来越疯狂，甚至儿子的来历在他的幻想里也变得可疑起来。虽然也有人说这孩子像他，他却不这么认为，他觉得这孩子没有一点像他的。如果是他的孩子怎么会一点都不像呢？他的结论是：这不是他的孩子，而是张小影偷情的产物。只是他还没有研究清楚这孩子是谁的种。他看不出这孩子像他认识的哪一个人。他开始翻张小影的包，试图从张小影的电话本、笔记簿、名片上发现蛛丝马迹。他什么也没有发现。有一天，刘亚军从张小影的一本书里翻出一张政协委员的集体合影，他像得到宝贝似的仔细研究起来。他还是没有找到一张同孩子相像的脸。

张小影觉得刘亚军变得越来越陌生了。从他那张仿佛看破了尘世或者自以为洞察一切的脸上，从那双迷乱得如针一般能把人的肌肤扎痛的眼神中，张小影嗅到了一种危险的气息。这气息一直像影子一样追随在她的左右。这段日子，她总觉得有人跟踪着她。不过，她把这种感觉当成是自己疑神疑鬼的结果。我怎么也疑神疑鬼呢？怎么也像刘亚军一样多疑呢？大概是刘亚军近来反常的举动影响了我心情的缘故。

在学校里，张小影会和林乔妹谈论她的儿子。现在最让她高兴的一件事就是谈论儿子。她谈起儿子来没完没了，可以从儿子的眼神、微笑、哭泣、某个坏习惯、大小便的颜色、新近长出来的牙齿，一直谈到儿子美好的未来。一天，她这样滔滔不绝时，林乔妹老是往窗外看。张小影感到奇怪，林乔妹因自己没有小孩，她是非常喜欢听张小影谈儿子的，今天怎么心不在焉了呢？张小影不管林乔妹的态度，继续述说。一会儿，林乔妹打断了她。

林乔妹说："小影，你老公最近没事吧？"

张小影说："应该没事吧？他怎么了？"

林乔妹说："他近来老在学校外转，样子鬼鬼祟祟的。他好像在盯你的梢，你瞧，刚才他站在窗口看你呢。"

张小影向窗外望去，果真发现刘亚军远去的背影。

林乔妹又说："你没发现刘亚军跟踪你吗？其实好多人看到刘亚军在跟踪你。他们说，你在街头走时，不远处一定会见到你老公。你没发现吗？"

张小影本能地摇摇头，说："我没发现。"

张小影在心里倒吸了一口冷气，她已相信他们讲的是真的，因为这种说法同她最近的感觉完全吻合。

这之后，张小影上街办事或去看望朋友，都会不时回头张望。他们说得没错，刘亚军确实在跟踪她。她感到不可理解。他究竟想干什么？他为什么会变成这个样子？她在心里绝望地设问。也许是因为她把心思放到儿子身上而对他有所忽略造成的。她就尽量把刘亚军照顾得更周到。但刘亚军依旧跟踪她。她走在街头时，耳朵总是飞向几百米之后的地方，她听到车轮嗞嗞转动的声音。那声音听来单调，却透出无耻和某种疯狂的固执。她觉得这会儿刘亚军就像一条随时准备向她攻击的响尾蛇。那声音是多么令人烦躁，她很想回过头去责问他为什么要这样，然而她忍住了。她想，也许还是不要点破他的好，他要跟着就让他跟着吧。他曾是个侦察兵，干这种事是他的专长。

也许过段日子他会感到无聊的，他无聊了就不会再跟着她了。

后来她意识到，他这样跟踪她的根本原因不是她忽略他，而是他不信任她。老天啊，他为什么会变成这个样子呢？我可从来没有对不起他过，我甚至连想都没有想过这种事，可他为什么要怀疑我呢？她还是不想点破他。她想，让他怀疑她检验她探究她吧，当他几多尝试而未发现她的背叛时，他就会信任她的，那时候他就会平静了。

又过了一段日子，张小影发现刘亚军不但没有放弃跟踪，反而变本加厉了。他跟踪的时间越来越长，有时，甚至在她上课的时候，他都会在教室的窗外徘徊。张小影绝望地想，他这是干什么，难道他还担心我跟我的学生发生关系吗？他们可还是小学生啊。她得同他好好谈谈了。

谈话是在床上进行的。张小影无法面对面同他谈这个话题。她觉得关灯后在黑暗中谈比较好。现在他们几乎不接触身体了。他们俩都感到彼此的身体像冰块一样寒冷。张小影知道刘亚军还没有睡着。这阵子刘亚军的睡眠状况很差。

"你为什么要跟踪我？"张小影终于艰难地说出了这句话。

有好阵子，刘亚军一动也不动，没有发出任何声息，甚至连呼吸也消失了。好久，空气中传来一个瓮声瓮气的声音，这声音有种尽力在控制什么的那种干巴巴的虚空，由于控制不住因而显得有点失真。

"我害怕。"

张小影心头一阵颤抖。她握住刘亚军的手，问：

"为什么？"

"我控制不住自己的幻想。我坐在房间里，就要幻想你……"

"你不相信我？"

"我不知道。我整天胡思乱想，脑子安静不下来。"

"你多想了。你看我多忙啊，又要照顾儿子，又要照顾你，我哪有心思想那种事。"

"我平静的时候也这样想，可独自待着的时候还是情不自禁朝那方面想。"

"是不是因为我现在待你不够好？"

"不、不、不，你待我够好了，你是个好心肠的女人。"

"那你为什么要这样？是不是你没休息好的缘故？这段日子你的睡眠不太好。"

刘亚军突然哭了起来，他绝望地叫喊道："你是不会理解的。你不知道我有多害怕，我独自待着的时候，我的心头就会发慌。我知道我早已被这个世界抛弃了，我只有你了，我害怕又被你抛弃。我害怕……"

张小影听得心头发酸，她抱住了刘亚军的头。刘亚军伏在她的怀里哭得无比软弱。张小影也跟着哭了起来。张小影哭的时候感到浑身畅快，哭泣的时候，一直紧绷着的神经放松了。哭泣的时候，横亘在他们之间的冰雪慢慢消融了，房间里又有了那种温暖人心的气息，他们又找回了那种相濡以沫的感觉。张小影一边哭一边说：

"我不会的，我不会的，我会一辈子照顾你的，你要相信我……"

"我相信你……"

　　情感的宣泄带给他们身心的平静和充实。张小影想，他们终于有了交流，一切都是因为缺乏交流的缘故。她决定以后要多多同刘亚军沟通。

　　这天晚上，张小影想得很多。她回顾了他们的婚姻，她确实吃了很多苦，但她没有什么可抱怨的。现在的生活比她原先想象的要好，她原本从来没有想过他们会有一个孩子，可老天赐给了她一个儿子，让她拥有做母亲的快乐。她没有什么可抱怨的。一切都会过去，一切都会好起来的。儿子会长大成人，会成为一个顶天立地的男子汉。刘亚军虽然现在不喜欢孩子，但他总有一天会为儿子骄傲的。

　　我没有什么可抱怨的，这一切都是我自己选择的结果。我第一次见到他就知道我将把一生交给这个人，我将一辈子照顾这个人。我知道他们虽然把我当成真情无价的典型，可其实他们根本不能理解我的行为。甚至我自己也理解不了。那时候我的内心充斥着自我感动，令我义无反顾。如果一定要问我这是为什么，那我只能说这一切是上天的安排，是上天安排我去照顾这个人。这是我的命，我逃也逃不走的。我现在相信在这天地之间，在那些山川河流、生生不息的草木之中一定有一些我们无法破译的指令，这个指令作用到了我的头上，我于是选择了这样的命运。一切自有安排。

　　张小影以为他们之间的问题得到了解决，可第二天，当张小影出门的时候，她还是发现刘亚军在用不信任的眼光看她，她意识到事情并没有她想象的那样简单。

　　果然，过了几天，刘亚军又开始跟踪她了。更令她不安的

是刘亚军现在变得明目张胆了。有一天，张小影和一个男老师
交谈时，刘亚军突然出现在她的面前，脸上挂着那种自作聪明
的嘲笑。张小影如果去县里开会，她每天都会接到几个莫名其
妙的电话，她呼喊半天，对方却沉默不语。张小影猜到打电话
的人是刘亚军。

张小影盼望着刘亚军能平静下来，不再受那毫无来由的幻
想的折磨。但刘亚军的行为还在朝疯狂的方向发展。有一天，
张小影从田野里采来几支野花。刘亚军见了后，指桑骂槐起来。

"啊，又是一个春天到了，花儿发骚了，人恐怕也发骚了吧。"

张小影第一次听到刘亚军用这种污言秽语侮辱她。她感到
无力和沮丧，眼中一下子溢满了泪水。

# 第七章　爱与恨同等强烈

## 1

刘亚军坐在院子里，等待着张小影回家。近来，张小影总是很晚回来，这让刘亚军感到不踏实。儿子在不远处的小溪里玩。儿子已经8岁了，他摇摇摆摆的样子已经像一个小男人了。时光确实过得很快，几年的时间说过去了就过去了。

张小影的母亲早已回老家了，现在儿子一般由张小影带着去学校，这样张小影可以照顾他。有时候儿子会提早从学校回来。儿子回来后不进院子，他总是和刘亚军保持着距离。儿子不声不响独个儿在溪水中玩，捉一些小鱼或蝌蚪，等待张小影下班，然后一起回花房。

儿子长得越来越像刘亚军了。两年前，张小影给儿子理了一个小平头，当他们从理发室回来时，刘亚军有一种恍然如梦的感觉，好像那一刻有一个更小的刘亚军从他身上分离出去来到了张小影身边。儿子高而平直的额头，那脸型，那硬质的短发，几乎同刘亚军一模一样。这一刻，刘亚军才明确地相信，这孩子确实是他的骨肉。他感到奇怪，这个发现是那么突然，为什么以前就没有发现呢？难道是他的主观改造了他的眼光？当他确认这孩子是自己所生时，心头涌出一股柔软的情感。但一切为时已晚，他发现他根本没法接近儿子。儿子时刻在提防着他，就好像他时刻担心着刘亚军会给他莫名的伤害。儿子十分惧怕他，有一回他把手搭在儿子肩上时，儿子的身体颤抖起来。对儿子的这种反应，刘亚军不知怎么办，他沮丧地发现他到现在都没有学会做一个父亲。他不知道这孩子脑子里在想什么，他很难同儿子交流，当他单独同儿子在一块时，虽然他不着边际地说了很多，可儿子总是忐忑不安。这样努力了几次后，他对儿子产生了一种愤怒的情感，他开始讨厌儿子这种闷屁模样。只有在他和张小影吵架时，儿子才会对他产生一点儿情感反应。那时候，儿子会毫不犹豫地站在母亲这一边，并用仇恨而惊恐的眼光盯着刘亚军。刘亚军对此很不高兴，他对儿子有了一种复杂的情感。

这个院子看上去大不如从前了。院子的围墙斑驳龟裂，黑乎乎的就好像被火烤过一样。花房也因为年久失修而变得破旧了。花房东边的屋子已没了人住，因为汪老头死了。汪老头死得很突然，死的那天晚上他喝了不少酒，在院子里还唱了一段戏（他死前那阵子特别兴奋，精力充沛，看上去像有使不完的劲），但第二天他再也没有爬起来。他在床上安详地睡死了，看上去没有一点儿痛苦。这些年，刘亚军最大的感受是：一个人活得越久，就越会感到世事无常。

世事无常啊。这几年，这个国家的变化实在太大了。现在

什么东西最牛？是经济。现在这个国家的每个人都在想着如何
发财致富。这个社会早已有了关于英雄的新的标准了，他们就
是那些一夜暴富的人。而刘亚军他们早已悄悄退出了历史舞台
了，除了亲朋好友，几乎没有人记得那场战争中的牺牲者和英
雄了。张小影也不再是政协委员，很自然就不是了，没有什么
人为的痕迹，是这个社会气氛不再适合她参与政治了。发生的
这一切就好像马克思所说的完全是社会发展的客观规律使然。

刘亚军现在都不敢上街了。街上到处是五颜六色的商品，
这些商品令他显得苍白无力，他总觉得那些商品在嘲笑他的寒
酸。对这个国家的大多数人来说，生活正在变得越来越好，但
刘亚军和张小影的情形恰恰相反，他们的生活越来越拮据了。
政府每月发放给刘亚军的抚恤金在八年前是一个大数目，足以
让他们过上相对富裕的生活，由于近几年物价飞涨，抚恤金却
没有增加，这笔钱刚够他们日常开销。生活就是这样，他娘的
没有公平可言。

要用钱的地方越来越多。这个夏天过后，儿子将成为一个
小学生。张小影一直在为儿子上学的事操心。她想让孩子上好
一点的学校，但上好学校要交纳一大笔赞助费，可她和刘亚军
的积蓄早已用完了。

天快黑了，张小影还没有回家。刘亚军在心里骂道，他娘
的，她现在越来越神出鬼没了。她现在脾气可大了，动不动就
要骂我，好像我欠了她一屁股的债似的。她辱骂我的样子像一
个真正的泼妇。要说欠债，也许我确实欠了她，凭良心说，她
这一辈子不跟我的话一定会过得更好。但刘亚军也不是好惹的，

他认为她没有权力这样对待他，因此他们老是为一丁点的小事吵架，甚至彼此动手。自从他们不睡在同一张床上以来，张小影的身体突然间变得坚硬了，就好像她的身体里面埋上了钢筋，变得好斗了，她总是在刘亚军面前肆意发泄她身体里面的愤怒，起初刘亚军还让着她，后来他也就不客气了。他们俩老是纠缠在一起，那样子就像一对连体婴儿，看上去还有那么一点相亲相爱又相互仇恨的味道。他们虽然扭打，但谁也不真正打伤对方，最多也就是起点乌青或擦伤点表皮，直到他们筋疲力尽，然后搂抱在一起相互流泪。只有在那种时候，刘亚军混浊而喧嚣的情感才会平息一点。

刘亚军摇着轮椅朝小溪边走去。儿子在认真而投入地捉小鱼，天色已完全黑了，儿子像是被黑暗融化，成为模模糊糊的一团。刘亚军希望儿子能发现自己已在岸边，但儿子一直没看刘亚军一眼。他的视线投向很多个方向，就是不投向刘亚军这边。

刘亚军问："捉到什么了？"

儿子的身体静止了片刻，又开始忙他自己的事了。他没把头抬起来，他也没回话。

刘亚军又问："你妈呢？"

儿子把手伸进了一个石洞里，大概他发现洞里面藏着小鱼或虾米。

儿子假装没听见，没同他说话。刘亚军见儿子不死不活的样子，一股无名的怒火就涌上心头。他的目光锐利地盯着儿子，俯身从岸边捡起一块石头，他很想砸向儿子。他想象石块落入水中溅起巨大水花的情景。最终他还是忍住了。

他向学校方向望，学校已淹没在黑灰色的天幕中。他决定去一趟学校看看张小影究竟在干什么。

2

肖元龙最终也没有成为一个作家。这八年当中，他没发表过任何作品。那次他在省级杂志上发表作品就像是他的一次早泄，虽然也有快感，但过后留给他的是满怀的沮丧和失落。当然他不会甘心，他一直在努力。他写了大量的稿件，但这些稿件没有发表的机会。他对那些投寄往全国各地但一无消息的稿件有着许多心痛的比喻：春天的时候，他把稿件比喻成樱花，在他身边时，它们艳丽饱满，一旦离开了他，它们就马上枯萎了（这个比喻隐藏着一种自怜自怨的情怀）；在冬天的时候，他把稿件比作落地成泥的雪花（也许他只能想得出这种常用意象），他觉得稿件的命运就像这些洁白的天使落入凡间的命运。每当这种时候，他的心中充满了哀伤和不平。人生是多么不公，多么荒谬！他认为一定是什么地方出了差错，让他这些心血之作成为樱花或雪的命运。

肖元龙现在几乎不同人交往了。过去同他交往密切、还同他闹出不少闲言碎语的林乔妹，因为她丈夫调往省城，离开了这个学校。他依旧单身，住在学校的宿舍里。他还在教体育。这个学校的校长已换了几任，但哪一任校长都不喜欢他。他的脸上因此有一种倒霉相，眼睛也变得贼溜溜的了。同事们大都不尊敬他，连那些学生也要欺侮他。在体育课他若训斥学生，那么在半夜时分，他宿舍的屋顶就会片瓦不留。他感到世态炎凉，觉得自己就像那位在人世间倍受煎熬的曹雪芹，心中有一种旷远而悲壮的情怀。

但是有一个人，肖元龙还是喜欢交往的，这个人就是张小影。这里面既有一种同病相怜的心态，又有一种至少可以在张小影面前保持些许优越感的心理。同张小影比，他受的苦算得了什么呢？张小影面对的才是大苦难。

他一直在观察张小影，张小影表面上没有大的变化，那张故作严肃的脸会不时流露出一丝天真来，但他还是洞察到张小影平静表象下蕴藏着的激烈冲突。张小影在单位里很克制，给人埋头于教育事业的形象。她在教育上确实很卖力，她教的班在全县统考中总是名列前茅。但教育上的成功掩盖不了她内心巨大的失落感。谁能不失落呢？她失去的太多了，政治地位的消失，经济上的拮据，生活的劳苦，谁遭遇这一切都会不平的。每次见到张小影，不知怎么的，肖元龙会涌出一种帮助她的冲动，哪怕是资助她一点儿钱也好。但他知道张小影是不会接受的，张小影在肖元龙面前，总是端着架子，好像她现在还是个名人，还是个政协委员。不过，肖元龙一点也不生气，他生很多人的气，但不会生张小影的气。

肖元龙没有成为一个成功的作家，但他还是拥有高出一般人的洞察力的。一天，他不由自主来到花房。他一直对张小影和刘亚军的生活很好奇，对他们近十年的婚姻生活充满了窥视欲。他们的婚姻看起来好像比正常男女还要牢不可破，这是多么神奇！

这天，肖元龙在花房附近，在隐蔽的角落，目睹了刘亚军和张小影相互扭打的情景。那是一种奇怪的扭打，两具原本没有生气的肉体在那一刻好像被什么东西激活了，显得激情澎湃。他看见了一个完全陌生的张小影，这个张小影任性、固执、粗野、蓬勃。这个发现让肖元龙久久没法平静，他从这个场景中体味到张小影身体的不满足感。她这是在发泄啊！就是在这一刻，他有一种窥见真相的快感，同时心里充满了对张小影的同情。

一个灵感在肖元龙回家的路上降临了。在灵感降临时他停住了脚步，然后他突然加快了步伐。以前怎么没有想到呢？张小影就是一个好题材呀，她的身上可以挖掘的东西实在太多了太丰富了。他要采访她，把她写出来。那一定会是一个动人的故事。他已经想象到全国人民读这个故事泪流满面的情景了。

然而，事情没有那么简单，他找了张小影几次，张小影只给他冷笑。张小影在他面前常常像一扇密不透风的门窗。但肖元龙认准了这个题材，他不管张小影同不同意都打算写。张小影不肯接受采访也没关系，他是个作家，他可以想象和虚构。他很快写完了张小影的故事，像往常那样誊抄了三份，投寄到不同的报刊或杂志编辑部，然后耐心地等待回应。这次等待他比以往任何时候都要来得平静。以往的等待是心浮气躁的，这回，他有一种宁静如水的感觉。

肖元龙没有等到编辑部的回应，却等来了张小影。

那是一个夕阳如血的黄昏，老师和学生们早已离去，与孩子相伴的那份喧哗不复存在，人去楼空后的校园相当寂静。肖元龙以为学校里只有他一个人了，他独自在校园里散步，心里面有一种自怜自艾的情感，仿佛全世界只跳着他那颗寂寞的心。这时，张小影出现在他面前。

"听说你在写我？"

"是的，我已经写好了。"

"他们说你已投了稿？"

"是的。"

"没有我签名，他们是不会发你的文章的。我接待过很多记者，我知道其中的规矩。"

肖元龙没弄明白张小影找他的目的。他注意到张小影的脸上并没有往日的嘲弄，看起来很认真，很坚定，难道她想阻止他发表吗？张小影要求给她看一看他写的稿子。他问，你为什么要看？她说，你不是写我吗？我得看一下，我会给你提供素材的。他明白的，她终于答应接受他的采访了。

第二天，她找到肖元龙，她直截了当地说："你写得不好。你这是瞎写。不过你写的东西还有一点基础，我打算让你写写我。已经好久没有人采访我们了，人们已把我们忘记了。我们现在生活得不好，我希望人们能再度对我们感兴趣。如果你要写，你就要好好采访我，照我说的写。"

张小影的话有点咄咄逼人，很刺耳，肖元龙感到不舒服。不过他没有介意，如果换了别人这样说，他早已用更加刻薄的话语回骂过去了，但他对张小影是宽容的。

肖元龙意识到张小影这段日子都在考虑这事。她想借此改变自己的处境。她的生活实在太难了。如果他写的文章真的对她有帮助，他求之不得。他希望自己的文章能感动全国人民，使全国人民再次想起他们。

肖元龙说："我尽力而为吧。"

"希望你好好写，照我的要求写。你知道全国人民会对我的故事感兴趣，你写好了你就会成大名的，而不是像现在这样倒霉。"

张小影说话这么不客气，肖元龙还是有点受伤的。他在受伤的时候，往往没什么攻击性，他讷讷地说：

"好吧，我好好写，但你必须说真话啊，那种假话套话我可写不来。"

"可以。不过，你要写我是有条件的。我了解过行情，像我这样的名人故事还是深受读者欢迎的，你如果写得好你可以赚到不少钱。那钱就你去赚吧，我没意见，但你必须先付我一笔钱，算我接受采访应得的报酬吧。我提这个要求也不是敲你竹杠，因为我需要这笔钱，我儿子要上小学了。现在一切都是市场经济，要想到好一点的学校去读书，必须赞助一笔钱给他们，否则没门。可我和刘亚军早已没有积蓄了。"

关于给钱这事，肖元龙爽快地答应了。他想，他就是不采访她，也愿意出这笔钱。她实在过得太苦了，他愿意帮助她。

接下来的一段日子，肖元龙和张小影详谈了几次。肖元龙虽然觉得张小影并没有完全说出真相，可还是认为她谈得比较坦率的，他掌握了不少好材料，他相信凭这些材料，他完全可以写一部出色的长篇报告文学。

肖元龙很快就把文章写了出来。写好文章的那一刻，他显得神采飞扬。这是一次酣畅淋漓的写作，他有一种在天上飞的美妙体验，比以往任何一次都有快感。那一刻，他觉得自己不但有一个天才的脑子，而且连身体也好像一下子长出了肌肉，变得年轻了，有力量了。他兴致勃勃地把文章交给张小影。令他扫兴的是张小影读完后并不满意。张小影说：

"你写的不是我。我不是这样的，你得重写。"

"你不懂得写作是怎么回事。写作不可能同现实一模一样，写作来自现实但必须高于现实，写作是对现实的高度概括。"

"你这不是高于现实，你把我写得太坏了。你以为你满肚子坏水，我也像你一样坏？你这是小人之心度君子之腹。"

"你以为你真的是圣母？"

"但也比你写的好过一百倍。"

没办法，肖元龙只得修改。他试图弄清楚张小影关于自己形象的原则，但张小影自己也没法说清楚。她说不清把自己塑造成一个什么样的人，她只知道肖元龙写的不是她想要的。在修改时，肖元龙再没有尝到飞翔的感觉。他想，他娘的张小影比政府还政府，政府给你创作自由，张小影却对我指手画脚。

肖元龙改出第三稿，张小影还不满意。她已经不再指望肖元龙了，索性自己修改。肖元龙看到张小影把他的稿子改得一塌糊涂，非常沮丧。虽然，他确实想帮助张小影，但他对作品也有文学上的要求，他希望写出一部有思想深度的、能经得起历史检验的作品。看到张小影修改后的稿子，他觉得自己像被狠狠地强奸了一次。

张小影拿着她自己修改的稿子正在滔滔不绝地对他表达意见。她一边说一边恶狠狠地看着肖元龙那张无精打采哈欠连连的脸，好像她恨不得把他那不开窍的脑壳打开，把她全部的愿望注入到他的脑子里。那一刻，肖元龙觉得自己像一个白痴。他认为自己应该是能说会道的，但在张小影面前他只有做听众的份。此刻，张小影有着过去讲台上一样的庄严表情，她嘴上说出的道理都硬邦邦的，像金光闪闪的真理，霸气十足。在她这样的气势面前，他只能疲软，他觉得就算拥有天地之道，他也只能倾听。

慢慢的，肖元龙对张小影这样指手画脚反感了。他一向对那些冠冕堂皇的官方语言极为讨厌，张小影竟然让他写上这样的话，这简直是对他的羞辱。他已决定不再修改他的文章，不但不修改，他还将恢复最初那一稿。让张小影见鬼去了，让她在圣人的幻觉中意淫吧，我才不管她同不同意呢，这是我的作品又不是她的。

就在这时，肖元龙房间的门被撞开了。肖元龙抬头往门外看，刘亚军正气喘吁吁地停在门边，他的头上有红红的一块，肖元龙猜想他刚才是用头把门撞开的。刘亚军脸上展露着那种既猥琐又得意洋洋的笑容，就好像他发现了一个惊天秘密，而这秘密早在他预料之中。

刘亚军用讥讽的语气说："你家也不想回了？你是不是把这当成你的家了？"

"刘亚军，你想干什么？"

张小影说着站了起来，冲向刘亚军。她推了刘亚军一把，她本想把刘亚军推出屋外的，但由于用力太猛，轮椅被推倒了，刘亚军的头重重地撞在屋子外的石级上，那撞击声清脆有力，犹如一只瓷质水壶坠落在地的碎裂声。

刘亚军闭着眼睛痛苦地躺在那里，一会儿，讥讽慢慢地从刚才的痛苦中钻了出来，布满那张日惭苍白的脸。张小影见状，扑了过去，当她扶住刘亚军的肩，想把刘亚军扶起来时，刘亚军伸手给了她两个耳光。耳光清脆响亮，就像房间里刚刚放了几个鞭炮。张小影的眼中一下子涌出愤怒，这愤怒来得非常迅捷、汹涌，就好像愤怒就躲在她的眼球后面，随时准备着发泄出来。张小影不顾肖元龙的存在，伸出手去抓刘亚军的头发。两个人谁也不肯罢休，纠缠在一起。

肖元龙见此情景，非常吃惊。他感到，他们的打闹中有一些他不能理解的东西，有一些比他写出的更加深刻的东西，但究竟是什么，他不明白。这会儿，他们在地上滚，刘亚军的下半身笨拙，可他的上半身十分灵活，他整个身子好像被分成了两部分。张小影的身体变得越来越柔软，她在地上滚就像是一团面粉。他们纠缠了一会儿，张小影的手摸到了一种热乎乎的东西，她把手缩了回来，她发现手中全是血，她这才知道他的后脑勺在流血。见到血，张小影一把抱住了刘亚军，哇地哭出声来。刘亚军不以为然地说：

"哭什么？我还没死呢。"

一会儿，张小影推着刘亚军向花房走去。他们俩已经彻底地平静了。肖元龙看着他们远去的背景，突然有了写作的方向。

## 3

儿子上学的赞助费一直没有着落。张小影没有办法，给父母写了一封信。信的内容当然是儿子的上学问题。在那封信里，张小影谈了他们面临的经济问题。虽然她没好意思提出向父母借钱，但这样的用意无疑是她写这封信的目的。

张小影本来不想写这封信的。写这封信表明父亲多年前是正确的，她的选择完全错误。她写信时，也曾想起过刘亚军的父亲。刘亚军的父亲只在他们结婚时来过，后来一直没有来看过他们，连他们有了孩子都没来过。这当然同刘亚军的态度是有关系的。刘亚军在家里从来不提起父亲，也从来不同他联系，好像他在这世上早已没了任何亲人。张小影早已了解了他的家庭情况，她知道他对他父亲的所作所为一直不能原谅。据刘亚军说，他的父亲是一个自私鬼，除了自己快活不会替别人着想，他一辈子只想着和女人们乱搞，甚至多次带女人到家里来。他的母亲为此自杀了。刘亚军还有一个兄弟，在母亲自杀后，出于不满，离家出走，至今下落不明，据说去了新疆。刘亚军曾去新疆找过他，但一无所获。当时，刘亚军也不想待在家里，就参军去了。没想到参军不久，南边发生了战争，于是他就上了前线。

张小影的父亲收到她的信后来探望他们了。

她对父亲的到来还是有些吃惊。不过后来她想，她和父亲的冲突已经过去了十年，他的愤怒也应该淡然了。她知道父亲疼她，她想，这十年来，父亲一定惦记着她，就像她老是惦记着父亲一样。

那天，张小影正在院子里晒被面、床单之类的东西，这时，她看到有一个熟悉的身姿朝花房走来。她的身体比她的思想更早意识到那个人是谁。她僵立在那儿，她的身体里涌出久违的女儿般的情感，那是一种想让自己变小，甚至进入母亲子宫的愿望。父亲的背完全驼了，走路时弓着身子，原本脸上刀刻般的皱纹现在显得柔软了，松弛了，脸上的胡子有点杂乱，好像上面沾着一些残羹剩菜——这当然是错觉。父亲老了，也萎靡了，甚至他脚下的影子都有点儿萎缩了。她站在那里一动不动，心头涌出的情感像旋涡一样把她搅昏了头。她不知如何面对父亲，她和父亲已有十年没见面了，很奇怪，她见到父亲没有任何陌生感，好像父亲天生就是这样的。

"哭什么呀。"父亲已站在她前面，打量着张小影，他的那双眼还如从前一样锐利。

张小影这才意识到自己在流泪，她赶紧把眼泪擦去，说："爸，你怎么来啦？"

"我来看看我外孙。"

孩子正在不远处的一条石凳子上面玩。那条石凳上画有一张象棋棋盘。儿子虽然只有8岁，但在下棋方面很有点儿天赋。他常常不声不响看老头儿们下棋，冷不丁会说出一步棋让老头们吓一跳。这会儿，孩子正用一种好奇的目光看着来人。张小影向孩子招了招手，让孩子过来。

张小影让孩子叫外公，孩子表情严肃，没叫。张小影说："这孩子，快叫呀，他是你外公。"

这时，父亲蹲下身来，仔细端详孩子，他的眼睛里慢慢涌出一丝亮晶晶的东西。他一把抱住孩子，说："孩子，外公来看你来了，外公来看你来了。"

张小影没想到父亲会这么激动。在他的记忆里，父亲是不容易流露情感的。她想，这也许是因为父亲老了的缘故。父亲确实老了，现在他看上去好像比原来小了一圈。张小影心里又难受起来。

刘亚军一直没有从屋子里出来。刘亚军一定知道谁来了，刘亚军总是这样，只要院子里出现一个什么人，他都会急于想弄明白来者是谁。张小影知道刘亚军对她父亲没有什么好感，她担心这两个男人见了面又闹什么不愉快。都过去十年了，父亲已原谅了我们，我们不应该再惹老人家生气了。

看得出来，父亲喜欢孩子。他现在坐在他带来的行李袋上在和孩子交谈。孩子好像也喜欢这位初次见面的外公。张小影感到奇怪，这个孩子一般不容易同生人接近的，但现在，这一老一小看上去一点生疏感也没有。张小影见父亲这会儿的注意力都在孩子身上，抽身向屋子里走去。

刘亚军在客厅中。张小影乍一见刘亚军，竟然感到陌生。刘亚军这会儿比平时要精神得多，他穿了一件八成新的军服，脸上的胡子也被刮得光光的了——他平时不注意自己的外表的。张小影有一种恍然如梦的感觉，好像从前那个帅气的刘亚军又回来了。张小影想，刘亚军这是在等待父亲呢。

"父亲来看我们来了，你出去迎接他一下吧。"

刘亚军脸红了，他可能在为自己的打扮难为情。他说：

"好吧。"

张小影推着刘亚军出了花房。

"爸，进屋吧，亚军等你好久了呢。"

张小影感到父亲的身子硬了一下。他没有回头看刘亚军，就好像压根儿没听见张小影的话。他和小孩说了几句，然后站起来，一手拿着他的行李，一手牵着孩子。孩子警觉地看着刘亚军，但老头始终没有看刘亚军一眼，好像刘亚军并不存在。刘亚军的脸色一下子难看起来。

张小影推了推刘亚军的背，说："快叫爸呀。"

刘亚军没开腔，他突然转动自己的轮椅，进了自己的房间。张小影发现父亲的脸色一下子黑了。

父亲在花房住了下来。虽然两个男人之间关系有点紧张，但基本上相安无事。张小影感到父亲其实对刘亚军也没有什么看法了，只是放不下架子而已。父亲似乎对刘亚军不叫他一声爸耿耿于怀。他对张小影说：

"我把女儿养大嫁给他，他却连爹也不叫我一声，还给我看脸色，好像我欠他什么似的。"

父亲从孩子身上找到了乐趣。他不断地从孩子身上发现令他惊喜的天分。孩子的棋艺竟然超过了他——老头儿自以为棋艺不错的，他觉得不可思议，差不多认为孩子是一个天才了。父亲像一个孩子一样把类似这样的事告诉张小影。有一天，他神秘地对张小影说，这孩子了不得，他识字了呢，他还没读过书，他就识字了呢。张小影当然知道孩子识字了，因为她总把孩子带到学校里去，她上课的时候，孩子就安静地坐在后排，他不声不响，但实际上正在开动脑子学习呢。父亲说，他要培养这个孩子，他一定要把他培养成才。有一次，父亲还半开玩笑地说，他要把外孙子带走，问张小影舍不舍得。张小影笑着说，有什么舍不得的，只要孩子愿意去，他们没意见。张小影见父亲和孩子这么有缘，很高兴。

父亲一天到晚和孩子玩，看他的劲儿，好像要在花房长住下去似的。


## 4


一天，张小影下班回家时一脸兴奋，脸上有种难得一见的红晕，眼中放射出梦幻般的光芒——那是一种兴奋过度后才有的病态的光芒，强烈而灼人，因而让人惧怕。张小影回到家，就把刘亚军叫到卧室，迫不及待地说，她得到一个可靠的消息，因为国家形势的需要，有关部门又要宣传他们了。张小影说："他们要我们准备好，续讲我们真情无价的故事。他们说，我们这几年默默奉献，党和人民是记着我们的，他们要我们把这几年的生活报告给人们。"刘亚军听到这个消息，一时有点反应不过来，觉得张小影讲的事情像天方夜谭。现在谁还信这个？现在你同人们讲真情无价，他们会酸倒牙的，现在的人除了实利不相信任何东西。当局为什么会突然记起他们呢？难道又要发生战争了？刘亚军觉得现在发生战争的可能性几乎没有，除了同台湾吵吵嚷嚷外，没有即刻的战争危险啊，我们同苏联的关系都解冻了。刘亚军有点儿怀疑这事的真实性。

"你不是开玩笑吧？"

"是真的，谁骗你呀。"

"是不是又要打仗了？"

"你怎么会想到打仗。"

"我觉得没理由再宣传我们呀？谁告诉你的？"

"陆书记的秘书。你知道吗？那个接我们来的陆主任已当了县委副书记，他秘书亲口同我说的，他说陆书记过几天还要接见我们呢。"

"他干么要接见我们？"

"说是中央的指示，还说同天安门刚出过事有关。中央号召全国人民在新的形势下要发扬革命优良传统。陆书记也认为现在社会风气不好，物欲横流，需要英雄人物的崇高精神教育群众。"

刘亚军总觉得这个事有点儿不对头，他一时也判断不了什么地方出了差错。张小影已把这个消息当回事了，她很兴奋，好像整个身子着了火一样。这种兴奋一定消耗了她很多能量，没多久，张小影的眼眶深陷下去了，嘴唇也干巴巴的。张小影做饭时，不时意味深长地看若有所思的刘亚军。吃饭时，她也是喜气洋洋。张小影的父亲问她是不是有什么好消息。张小影只是笑，没回答。张青松也没再问下去。

张小影的兴奋延绵不绝，像万里长城那样绵长。睡觉的时候，张小影还哼着甜蜜的小曲，像一个正进入角色的戏子。因为张小影的父亲在，刘亚军的房间腾出来给他住了，刘亚军和张小影又住在了一起。夜已很深了，但张小影怎么也睡不着。也许是受到张小影的感染，也许是刘亚军心里也一样盼着这样的事出现，他开始有点相信这个消息了。他对张小影说，你睡不着的话，我们说说话吧。张小影听了这话一骨碌爬了起来。

张小影又开始滔滔不绝起来，今天她的话头特别丰富，就好像她的身体里隐藏着一个无比丰富的语言宝藏。她开始翻箱倒柜，一件一件试穿衣服。她说，她得为领导的接见做些准备。她每穿上一件，都要问刘亚军合不合适。这个社会已经变得很时尚了，但张小影一直都很朴素，她有限的几件衣服的式样都很古板，要么是工作制服，要么是套装，这些衣服穿在张小影身上使她看起来像生活在旧时代。当张小影询问刘亚军时，刘亚军总是不置可否，或微笑或轻轻摇头。张小影不气馁，她终于找出了一件裙子。她一时有点惊奇，她居然有一件裙子。后来，她想起来了，这是她为结婚准备的裙子。没错，这条蓝色细花白底子的裙子是她结婚时置的唯一的服装。她似乎从来没有穿过它。

由于这件裙子的触发，往事开始浮现，她记起了因为这条裙子，刘亚军同陆主任发生过不愉快。那会儿，这个小城是多么土气啊，他们以为她穿上裙子就成了一个小资产阶级，他们认为她这样一个当代圣母应该是个装在套子里的人。时代的发展多么迅速，当年大家都认真对待的事现在看来都成了笑话。

张小影穿上这条裙子，站在镜子面前。这几年来，她从来没有这么仔细地看过自己，镜子里的自己让她感到陌生了，她已经找不到过去那个穿裙子的自己了，她老了，已像一个中年妇女了。她把目光投向刘亚军，那是一种探寻的目光，她希望刘亚军这时候有一些积极的反馈，希望听到刘亚军的赞美。从前刘亚军可是非常会赞美人的。不知从什么时候起刘亚军不再赞美她了。这都是因为生活太严峻的缘故。

"我穿上这套衣服怎么样？"

"我记得这是用我的抚恤金买的。我当时叫你多买几件，但你很节约，只买了这一件。"

"你记得那么清楚啊。"

"那会儿，我们特别傻。"

"那时，陆主任还不让我穿这衣服呢。这回我要穿着这衣服去见他，他也许会想起当年的事情呢。"张小影好像沉浸在某个梦境之中。

"他们当官的早把这种事忘了。"

他们开始回忆过去的生活。刘亚军觉得生活真是很奇怪，过去的艰辛、磨难，回忆起来竟充满了美好和温暖。生活就是这么怪，不管日子过得多么艰难，依旧会有美好的回忆。

第二天，张小影开始关注自己的仪表了，她仔细地梳了头，穿上了八成新的套装，还抹了点口红，上班去了。张小影这种难得的快乐情绪感染了刘亚军，他也开始浮想联翩了。他不自觉地等待、盼望着那即将到来的接见，等待着他们再次受到人们的关注。这让他感到自己好像是个死去之后重新活过来的人，周围的世界突然变得焕然一新。他开始思考在再次到来的机会前自己如何表现。他肯定不会像过去那样了，那时候他从来不在乎自己是个英雄，也不把自己当成一个英雄。如今经过了这一系列的事后，他发现自己在乎这个称号。这个称号曾经给他带来了一切，他需要这一切，需要这一切重新回来。他需要鲜花和掌声。只有失去了，才会觉得宝贵。他的心里充满了憧憬，感到这一切如一个美梦。

他也像张小影那样为接见做准备。他甚至准备了要同领导说的话，那都是些他曾经不齿的冠冕堂皇的话，这些话就像放出去的卫星，离地面或者离他的真实的内心相去十万八千里。他想，从此后，如果有机会让他开口，他一定要说得让领导满意，他不会再随心所欲、胡言乱语了。他还想到穿什么衣服去见领导，他认为穿一件新军装是最为合适的。他不知道家里还有没有新军装。他不想让张小影知道他做着准备，打算自己找找看。他花了不少力气，才从一只放在床底下的破皮箱里找到了一件军装。他穿在身上，发现自己一下子变得神采奕奕。

也许是由于心情好的缘故，张小影从周围同事的眼神中解读出别样的意味。她想，他们一定知道她和刘亚军又将引人注目，他们一定在背后议论这件事。张小影就想把同事们的反应告诉刘亚军，于是抽空回了一趟家。回家时，她发现刘亚军穿着一件新军装，正在照镜子。刘亚军见到张小影脸就红了，好像他正在做什么见不得人的事。见刘亚军也在准备接见的事，张小影很高兴。她帮刘亚军扣好了纽扣，然后说：

"这也许是我们最后一次机会了，你可要好好把握。如果叫你做报告可不能像过去那样了。"

肖元龙把张小影近来的一举一动都看在了眼里。他为张小影悲哀。那是个不经意的玩笑呀，可张小影当真了。那天，他的一个朋友到他这里来喝酒，张小影正好有事来找肖元龙。这位朋友平时喜欢恶作剧，他听肖元龙说过张小影想再度引起关注，正在叫肖元龙写报告文学，所以他灵机一动，开起玩笑来，他称自己是县委陆书记的秘书，他告诉张小影县委正打算再次大张旗鼓地宣传他们，县委书记还将接见他们云云。他还讲了为何再次宣传他们的时代背景，说得有理明据。张小影听了这些话一下子愣住了，人木木的，好像灵魂出了窍。看到这情形，肖元龙想，坏了，张小影信以为真了。这个死心眼女人就是太轻信。这几天，他一直在观察张小影，张小影总是很兴奋，兴奋得有些癫狂了，她满心期盼的样子，好像整个世界都将属于她似的。肖元龙于心不忍，很想告诉她真相，却不知如何开口。因为想不出办法，他找到那位朋友，狠狠骂了他一通。他说，你看，玩笑开大了是不是，弄不好要出人命的。朋友说，我只听说过人有得花痴的，没想到人还有对政治这么痴迷的。

张小影每天都很兴奋，但传说中的接见一直没有到来。刘亚军心中那种不踏实感又涌上心头。他隐约感到这事有点悬。现在这样一个时代氛围，再发动宣传机器宣传他们好像不太可能。这几天，他都在观察张小影，虽然她依旧兴奋，但眼中明显有了一层焦灼。也许她自己也感到这事的不可能了，只是不想承认罢了。刘亚军觉得不能再这样欺骗自己了，他打算把事情弄个清楚。

一天，睡觉的时候，他装作轻描淡写地问："接见的事真是陆书记的秘书告诉你的？"

"是的。"

"你是在哪里见到这位秘书的？"

"在肖元龙那里。"

"什么？"刘亚军的心沉了一下。

张小影就把过程说了一遍。

听到张小影的述说，刘亚军感到自己的心在滴血，一种受人愚弄的恶劣情绪涌上心头，他狠狠地给了张小影一耳光。他懒得再同她说一句话。他在心里骂道：他娘的，她真是个蠢女人，只有蠢女人才会相信这件事。这个蠢女人，这么简单的道理都不知道，任何一位领导的秘书都不会和肖元龙这样的人交朋友的。他们在骗她，愚弄她，她都不知道。他娘的，害得他这几天也跟着自作多情，蠢蠢欲动。这样的人除了给她耳光还有什么可说的。

## 5

"不要以为我乐而忘返，不要以为我只知道同外孙子玩，其实我时刻注意着你们。"张青松和外孙待在一起时，他这样自言自语。

这十年来，张青松只要一闲下来就会想念女儿。他不知道他们是怎样生活的，实在无法想象。他猜想女儿一定会十分操劳，只要闭上眼睛，眼前就会出现张小影忙碌的样子。同那个残疾人生活不忙碌才怪呢。这十年中，只要想起自己的女儿，他就会心痛。他本来以为时间会让他忘记一切，事实上，他的思念和牵挂反而越来越强烈了。特别是他退休以后，对女儿的思念像潮水一样涌上心头。他觉得自己过去对女儿真是太残忍了一点，在女儿最需要家庭支持的时候，他狠心地把她拒之门外了。想起这些事，张青松感到非常心酸。

张青松收到女儿的信后就来了。他早就想过来看看了。他知道女儿这几年经济状况不好，生活有点窘迫，其他方面，他没有任何概念。他想看看女儿的真实生活，清苦一点没什么了不起的，只要他们生活得幸福就好。他希望见到张小影和刘亚军的生活是恩爱的。

当他来到花房，他还是感到失望。他们的生活比他想象的要艰难得多。在没来之前，花房给他的想象还是比较明亮的，有一种洁白、干净、宽畅的感觉，但当他来到这里，他发现花房同他原来想象的正好相反，看上去有点阴暗、潮湿，因为屋内堆放的杂物太多，显得相当拥挤。张青松还从花房中嗅到某种令他不安的奇怪的气氛，一种非人间气息，这气氛让他感到恐怖。这或许同刘亚军不怎么同社会交往有关。张青松觉得刘亚军其实也是个不幸的人，如果同女儿没有关系，他会对他很敬重的。凭良心讲，刘亚军也不容易啊。

张小影也老了。他刚见到她时，都傻掉了。她在晒被子，她的头发散乱着，像被太阳晒蔫的草。张青松开始以为她的头发变得灰白了，后来才知道那只是落在头发上的灰尘的颜色。这十年来，留在他脑子里的一直是张小影姑娘时的模样。记忆

中的人总是在时间流程之外，不会衰老，所以他见到张小影时
有一种突兀的感觉，就好像眼前这个女人来路不明，同他没有
任何瓜葛。很久，他才适应过来。

张青松刚见到女儿时就发现了她身上的瘀伤。张小影晒被
子时，她的袖子高高地挽起，手臂上有一块青瘀，在阳光下发
着棕红色的光，就好像那是一块透明的胎记。这青瘀块刺痛了
张青松的双眼，给刚刚到来的他以沉重一击，他一时想不出这
些青瘀的来源。当时张小影迅速地把袖子褪了下来，她的动作
有点慌乱。

张青松假装什么也没看见。这以后，他时刻观察着女儿和
刘亚军，他想知道他们生活的真相。

一天晚上，张青松半夜醒来，听到隔壁房间里有嘤嘤的哭
声。是张小影的哭声。他的耳朵就支棱了起来。那边的哭声断
断续续，夹带着含混不清的压抑的吵骂声。他猜想两口子一定
吵架了。想起张小影身上的青瘀，他断定是他们吵架时留下的。
他们一定常常吵架。他举起拳对着墙敲了几下，吼道：

"半夜三更的，吵什么呀，有什么事明天不好说！"

大约过了十五分钟，他们的哭声和吵骂声消失了。张青松
再也睡不着，那声音一直在他的耳边回响，就好像那声音是这
座房子里的幽灵，在各个角落出现，并且越来越响。张青松知
道这只是自己的幻觉。

第二天，张小影正准备上班去，张青松把她叫住了。张青
松一把抓住女儿的手，挽起袖管，仔细察看。女儿的手上果然
又添了一些新伤。

"他打你了？"

"爸，你别管我们的事，我们的事你不了解。"

"他打你了是不是？"

张小影摇摇头。

"那你这是怎么来的？"张青松提高了嗓门，"总不会是它自己长出来的吧？他怎么可以这样，他怎么可以打人呢？"

"爸，你别管我们的事好不好。"

张青松脸色铁青，他觉得自己的五脏六腑这会儿都在不住地颤抖。他决定管管这事了。他怎么能不管这个事呢，有哪一位父亲见到这种事情能无动于衷的？他不想当着张小影的面同刘亚军谈。他要尽量控制好自己的情绪，不至于现在就爆发出来。

"爸，你不会去和刘亚军吵吧？"

"不会。我同他吵什么，你走吧，上班去吧，我没事。"

张小影就一步三回头地走了。张小影的背影消失后，张青松心头蕴藏着的愤怒、悲哀、心酸、伤痛、绝望等情绪一齐涌了出来，它们像一支被围困的大军在他的身体里面奔突，试图找到一个出口。张青松感到他的身体快要爆炸了。他恨不得自己是一个炸药包，把那个该死的畜生炸死。他向屋子里走去。他走路的姿态像一辆攻城略地的坦克。

张青松来到刘亚军面前，刘亚军正平静地喝着稀饭，他那样儿好像什么都不曾发生过。如果张青松这会儿是坦克，那刘亚军就是静物画中的一只器皿。张青松觉得对付这器皿根本用不着坦克，他的强烈的情绪在这个畜生的平静面前显得有点可

笑，有点虚张声势。张青松突然老泪纵横，在刘亚军面前跪了
下来：

"不要欺侮我女儿，算我求你了，我求你了……"

……

张青松怀着绝望的心情回去了。他走的时候，想把孩子一
块带走。他说，你们看看自己，像什么样子！你们这样吵吵闹
闹对孩子有什么好处？你们会毁了这个孩子。刘亚军对此没什
么意见，张小影开始有点犹豫，但被张青松训斥了一通后，就
答应了。张小影想，这样也许更好，我可以集中精力照顾刘亚
军了。她安慰自己，孩子是去外公家，自己想孩子的时候随时
可以去看他的。

但张小影在送走孩子的那天还是情不自禁地哭了。孩子却
一脸冷漠，对张小影的哭泣有点不以为然。孩子的表情似乎在
说，他早就盼着离开他们的这一天了。

# 第八章　干点什么吧

## 1

张青松把儿子带走后，刘亚军觉得自己置身的世界突然空旷了很多，就好像他被抛弃在一片荒芜之中。这种感觉令他惊奇。后来，他意识到他是在思念儿子。他反省这些年来的生活，感到自己确实十分失败。他不是一个合格的父亲，不是一个合格的丈夫，甚至不是一个合格的男人。这些日子，他时常处在对自我的全面否定中，同时浮现在他脑子里的是往事的片段——那全是些让他感到不堪回首的片段。他搞不明白为什么儿子的离去会让他想起这些往事，他原本以为早已遗忘了的。

他感到更加孤独了，常常独自一人坐在院子里发呆。头上的天空像一个巨大的光晕笼罩在小城的上空，显得深邃而高远，让人觉得似乎真有一个通向永恒的通道。刘亚军不相信永恒，一切由时间做主，人人都是时间流程中制造的一些错误的不合时宜的产品，没人能去更改那些错误，因为错误也有着自己的生命，自己的方式，即使明知那是错误，也没有力量去更改它，任凭它把你带往不可预知的地方。这就是所谓的命运。那些错误产品的命运就是湮灭，最终消失在时间的长河中，不留下痕迹。人的力量是多么的渺小，生命是多么虚无。

有一天，刘亚军在一只柜子里找到一本相册。他一般不愿意去触碰记录着自己经历的物件，这次，他翻开了这本相册。相册上的照片有的是黑白的，有的是彩色的，是他们婚礼时记者们拍了送给他们的。这些照片已有点儿泛黄或褪色了。除了他和张小影，这些照片里几乎每个人都荡漾着欢乐的微笑，那些大人物的微笑十分标准，围绕在大人物周围的人群则笑得十分夸张，他们的嘴因为笑而张开着，就好像口水将会从他们的嘴中流出来。他和张小影则是双眼茫然，特别是张小影，她心不在焉的样子，就像是这欢乐人群中的幽灵，就要从那婚礼现场飞翔出去。照片上的张小影有一股子单纯而固执的气质。那时候的张小影虽说不上多美，但也算是清纯可爱。现在，张小影显然已改变了不少。要是不同以往比较，刘亚军还真看不出来张小影的容颜变化。这么多年来，他们吵吵闹闹，在吵闹中他忘记了观察她的容颜。这么多年来，刘亚军习惯于让时间停滞不前，不愿意去观察岁月在人的脸上所烙下的痕迹。现在同照片上一比较，他又一次感到了时间的残酷。一个天真的人已变得面目全非了。

他的眼前浮现出张小影现在的样子，她的体形倒是没有多大的变化，还是那样小巧，那样瘦削，变化最大的是她的眼睛、头发和皮肤。她的眼睛现在变得有点迷乱，好像时刻跳动着怒火——她越来越易怒了，就好像更年期提前降临到了她的身上；

她的头发虽然整齐，不失一个教师的庄重，但发质大不如前——从前她的头发乌黑发亮；她的皮肤则显得有点粗糙，那皮肤像是在水里泡了很久，显出有点儿虚肿的皱纹。这一切的变化是多么令人惊心。刘亚军心里很清楚，她之所以会变成这样是因为他的缘故，如果她没碰着他，如果她没同他结合，她将走一条完全不同的路，一条肯定比现在好上百倍的路。刘亚军知道，同自己比，张小影经历的苦难来得更加深重。面对如今的生活现状，她一定会感到失落，一定会有诸多不甘的，只是她没有表现出来。在这一点上她确实是个死心眼，就好像上天蒙住了她的双眼，让她只晓得在他这棵残缺不全的树上吊死。他也曾担心有一天她会承受不了这样的生活，一怒之下远走高飞，现在看来，她从来没有出现过这样的念头，哪怕是刹那之间。

照片把刘亚军带往过往岁月。这是刘亚军第一次认真回忆往事。往事历历在目。他看到自己曾经有过的对社会的企望及为此所做的努力；他看到他对自己的处境清醒了以后他的刻意逃避；他看到自己对性的迷恋及其间所做的种种荒唐的挣扎。他感到他做的每一件事情好像都存在一个反作用力，把他逼向某个黑暗的角落。同自己的逃避比，张小影要勇敢得多。这些年来，这个家的里里外外都由她操持着。用于他身上的医药费越来越昂贵了，他从来没问过她钱从何而来，靠她一个人的工资来支撑起一个家庭的开销并不是一件容易的事。

然而最不应该的是这么多年来他一直在伤害她。其实从内心来说他对她是心怀感激的，他并不想伤害她，可他却总是无法控制自己，他总是把怨气发泄在她身上，好像他这辈子的失败都是因为她的缘故。他仔细辨析自己的行为，发现他之所以伤害她是因为内心存在的恐惧。他害怕自己消失，他需要弄出一点声音来证明自己活着，为了抵御这份恐惧，他竟然采取了与意愿相反的行动。

刘亚军突然感到悲伤。这是一种因愧疚而引发的悲伤，这同以往那种因不平而引发的伤心完全不同，那种伤心完全以自我为中心，那种伤心的前提是因为他觉得这个世界欠着他，而现在这种悲伤是因为他感到他这辈子欠人太多。他想，如果还有点儿良心，他应当承认，这辈子欠张小影的情恐怕他整个下辈子都报答不完。悲伤是如此强烈，在他的心头汹涌，他感到悲伤的感情是冰凉而和平的，他原来一直紧张着的身体因为悲伤而舒展开来。眼泪流了下来，他已有一段日子没有流过泪了，他的眼泪比任何时候都要多，就好像他的泪水一直积聚着，现在终于有了机会释放出来。刘亚军独自哭了一会儿，哭得内心无比温柔。刘亚军想，儿子的离去也许是上天给予我的一个契机，上天也许想因此让我为这个家庭做一些事。

这么多年来，不管张小影有多忙，刘亚军都没有动手烧一次菜，做一次饭。他从来就像是这个家的局外人。现在，在满腹的悲伤中，他决定尝试为张小影干点事。他开始流着泪笨拙地烧菜。其实这点活儿是难不倒他的，他的伤残还不至于连这点活儿都干不了，当然比健康人来得艰难一点。油盐酱醋放在墙壁柜里，壁柜有点儿高度，刘亚军是好不容易才拿到手的。困难总是可以克服的。一会儿，刘亚军把菜和饭都做好了。

做好饭后，刘亚军的心情十分宁静。他坐在花房的院子里，等待张小影的到来。一会儿，张小影下班回家了，她的表情十分冷漠，进屋时甚至没看刘亚军一眼。她进了屋，刘亚军没有跟进去。刘亚军是个害羞的人，他知道张小影见到他做好了饭后一定会十分吃惊，她的表情会让他难为情的。

刘亚军一动不动坐在院子里，耳朵一直竖着。屋子里传来张小影的动静，刘亚军在分辨那些动静的意义。张小影把包放到了床上；她在换衣服；她把做饭的围布系到了身上；她在洗手……然后是长长的寂静，接着，传来张小影讥讽的声音：

"嚯，今天怎么啦？太阳从西边出来啦？"

要是以往，这是他们吵架的序曲，但这一次刘亚军没有回应。虽然张小影的话让他感到不快，但他忍了下来，他想，她说得有理，他今天的行为真的就像太阳从西边出来一样令人费解。

## 2

刘亚军像是突然良心发现了，他一心想着为这个家做点力所能及的事情。当然，如果在经济上对这个家庭有所贡献，那是最好不过了。有一天，刘亚军问张小影关于家庭开销问题，说起这个事，张小影的眼泪就流了下来。"你那点儿补助现在还算什么呀！"张小影愤愤不平地说，"你从来不去菜场，现在连青菜都有两块钱一斤，不要说肉类鱼类了。"后来，张小影给刘亚军算了一笔账。算好后，张小影说："你看，用到我们儿子身上每个月还不到十元钱。虽说，我父母也会给他钱的，但这不是个办法呀。"说着，她又掉起眼泪。

刘亚军听了心里很内疚，他也是个有点大男子主义的人，内心深处认为养活老婆孩子是一个男人天经地义的事。过去，由于种种原因，他没操过这份心思，那时候国家给他的补助还是足以使他们过上小康生活的。几年前，他隐约知道家里的经济出了问题，可他没详细问，多年来的惯性使他刻意回避这些日常生活中的问题，好像那里隐藏着一个灾难。如今，他是彻底了解了家里经济的状况，他再不想些办法帮助家庭就不算个男人了。这是他这段日子以来对自己的要求。也许现在重新开始还来得及。

他没事就摇着轮椅去街头转转。小县城正在不知不觉地发生着巨大的变化。早几年，街头的墙上还留着"文革"年代的标语，现在已十分罕见了，取而代之的是广告。那些广告往往含有某种色情的暗示，广告上的女郎搔首弄姿，姿态放荡。这样的广告让刘亚军有一种压迫感。街上的行人比过去要拥挤得多了，对小城里聚集着那么多人，他感到有点奇怪，就好像那些人是一夜之间从某个地方钻出来的。街头还新建了许多高楼，这些高楼中出现了各种各样的单位、公司。那些报纸及塞在邮箱里的招聘广告大都出自这些地方。时代确实不同了，和过去不一样了，现在已有了很多私营企业，私营企业用人制度要简约得多，已不需要国有企、事业单位那种繁复的人事手续了。如果他想干事，他就得到那些高楼中去看看。

那些接待他的人表情冷漠，他们一概声称不要招人，甚至也没问他能干什么。当然，他也没抱什么希望，当他进入那种地方，就意识到这里不是他能待的，他不指望找到一个体面的工作。他们这种地方不是疗养院，他们不会招一个伤残人员的。

刘亚军没有把他在外面找工作的事告诉张小影。他能想象出张小影知道这个事情的反应，她一定会用奇怪的眼睛看他的，还会坚决反对。多年来，她已习惯于把他当成一个病人，一个需要她伟大的母性照顾的病人，她已经把照顾他当成她一生最大的事业。自从刘亚军那次短暂的工作经历后，她已不想他去社会上干事了。她确实是一个圣女。有时候刘亚军也理解不了她的想法。

有一天，刘亚军来到电影院广场。电影院是由教堂改建的，它的建筑在这个小城显得卓尔不群。刘亚军站在电影院前，想起一些遥远的往事。他们刚到这个小城时，张小影曾连续几个星期在这个礼堂里演讲，他也坐在台上。那会儿，他们被万民景仰，是高高在上的圣女和英雄。那会儿，人们为了得到他们的签名都挤破了脑袋。今非昔比，如今他们什么也不是了。偶尔，刘亚军会想想那些曾经疯狂地崇拜他们的人们如今都在哪里，在干什么。他猜想他们一定也在为钱而奔波。广场上没有多少人，教堂建筑的尖顶弥漫着寂寞而虚无的气息。他很久没来电影院了，不知从什么时候起，他对这个地方有了复杂的情感。他从来不踏进电影院那黑洞洞的门，就好像电影院里藏着他的梦魇。刘亚军站在那里，脸色苍白，内心的失落与不平此刻都变成了一种难以言状的哀伤。

大概离电影开演还早，一个看上去十分无聊的、蓄着八字胡子的黄牛来到刘亚军身旁，主动找他说话。看电影吗？你不是来看电影的吧？黄牛脸色灰暗，身材瘦削，但看上去似乎精力比谁都充沛。也许是因为刚才的感慨，刘亚军说起了自己曾在里面做过报告——整整一个星期啊。那黄牛竟说，我知道你们的事，你们的事当年挺轰动的。刘亚军苦笑道，你瞧，你在同一个过气的名人说话。黄牛说，政治上的事没个定数，全得看形势需要，形势需要了报纸就会宣传你们，现在搞市场经济，报纸宣传的都是那些经理厂长，比如步鑫生、鲁冠球。刘亚军说，是的是的，你说得对，看不出来你这个黄牛还挺有水平的。黄牛说，我天天看报，我没事干，就看报纸。我知道他们是怎么办报纸的。刘亚军附和道，他们是党的喉舌。黄牛点点头，劝慰道，你他娘的也不要太失落，不管怎么说你也风光过，你这辈子够了。后来，黄牛给刘亚军出了个主意。黄牛说，像你这样的人找工作是找不到的，如果真的日子过不下去了，那就应该去找政府，去找民政局，这事归他们管。

刘亚军知道他的事归民政局管，他每个月的那点津贴都是民政局发放的。但他从没去过民政局，民政局的事都是张小影在跑。他知道张小影是不会对政府提什么要求的，好像她一提要求，人们就会怀疑她对这桩婚姻的动机，她一生的名节就会被玷污。即使生活窘迫，张小影还一直在严格要求自己，就好像她还是那个高高在上的名人，至今还有无数双眼睛瞪着她似的。她已深度中毒，她的梦想永远也砸不碎。

刘亚军决定亲自去一趟民政局。他对自己去找政府部门并没抱多大的希望，不过他认为自己有权去向他们提一些要求或建议，不管怎么说，他曾是一个英雄，对这个国家做过贡献。

刘亚军刚进入民政局办公楼，一个门卫就拦住了他，要他登记。门卫是个老头儿，他居高临下地审视刘亚军，眼中有一丝怜悯。刘亚军想，我他娘的现在竟被一个门卫怜悯。他脸上没有表情，登了记。他故意把自己的名字写得很大，希望门卫老头能想起他是谁。大约是像他这号人老头看得多了，老头压根儿没看他的名字。不过就是看到他的名字，老头儿恐怕也想不起来了，他的事已过去差不多十年了，谁还会记得起来呢。

"是战争中负伤的吧？"老头突然问。

他吃惊地抬起头来，说："你怎么知道？"

老头说："这段日子常有伤残军人来局里。"

刘亚军说："是吗？"

老头叹了一口气，说："你们这样是没用的。"

然后，老头告诉刘亚军，民政局管伤残军人的优抚科在二楼。

民政局是一幢三层小楼，没有电梯，刘亚军根本没法跑到楼上去。他现在已没有当年的力气了。刘亚军请门卫老头帮个忙，是否可以叫优抚科的同志下来一趟。老头有点不愿意，他嘟囔道，不是我不肯帮你，我这样管闲事，局里的同志会讨厌我的。老头看来是个心软的家伙，他最后还是跑到楼上去了。

一会儿，老头脸色漆黑地回来了，他对刘亚军说："我他娘的是自讨没趣。你等着吧，他们会下来的。"

刘亚军就在小楼门口耐心等待。不断有人进出出，并用奇怪的眼神打量他。刘亚军被看得很不舒服。时间在一分一秒

地流逝，优抚科的干部没有出现。刘亚军的目光一直瞪着那宽
阔的楼梯，楼梯在一半处转向，然后通向二楼。那一半的墙上
有一块匾额，上写"为人民服务"五个龙飞凤舞的大字，那是
毛主席的手迹，那几个字发着红色光芒。大约等了四十分钟，
刘亚军开始不耐烦起来。他的脸越来越黑了。他不知道门卫老
头是不是真的同优抚科的人说过他的事，他黑着脸又问了老头
一次。老头见他的脸色不对，连忙说，我替你说过了的，但优
抚科的同志很忙，恐怕一时半会儿来不了。老头劝他有什么事
最好叫家属过来。刘亚军没吭声，继续等待。他倒要看看他们
究竟什么时候接待他。在接下来的时间里，某种黑色的情绪从
他身体里弥漫开来。他回忆起在劳动局工作的经历，想起那个
在局里哭泣的中年男人，他觉得自己现在的处境同那中年男人
没什么两样。我当年是多么同情他，可现在我已是个倒霉鬼，
连那个门卫都在怜悯我。他感到自己的身体像是又一次被子弹
击中，身体的痛感开始苏醒了过来。那是一种热辣辣的感觉，
这感觉在整个身子里扩散。一会儿，他感觉身体像是在发高烧，
全身都火燎火燎的，脸也涨得通红。他眼里所见一切都变了形，
那黑色的楼梯变得东倒西歪，像要随时倒塌。在这样的等待中，
他那久违的屈辱感被唤醒了，并且越积越盛。他又一次感到了
被人抛弃的空虚感，感到自己正置身于某个孤立无援的境地，
而四周都是敌人的枪口。当他想象到枪口对着他时，某种英雄
气概涌上心头。他在心里说，他们不能这样对待我，我他娘的
为了这个国家都弄成这样了，已人不人鬼不鬼了，可他们竟不
愿意接待我，这世道还有什么公道可言。

"我等到十点钟，如果他们再不接待我，我就要骂娘了。"他自语道。

过了一会儿，清脆而飘逸的钟声从附近的钟楼传了过来。十点钟到了。就在那钟声敲响最后一记时，他的拳头准确无误地落在门卫室的玻璃窗上，玻璃一下子被砸得粉碎，碎片冲击到门卫老头的身上。老头被刘亚军的举动搞蒙了，好半天没反应过来。他怒气冲冲来到刘亚军身边，高叫道：

"你这个人怎么能这样，你究竟想干什么？你想造反不成？"

刘亚军没理睬老头，这会儿他脸色发白，手掌上流着鲜血。

听到老头几乎失真的嚷嚷声，小楼里的人都从办公室里钻了出来。其中有一个人问老头究竟出了什么事？刘亚军猜想，这人大约是保卫科的。老头一脸委屈，指着刘亚军说：

"这个人是来找优抚科的同志的，他一个早上都等在这儿，我怎么知道他要砸玻璃呢。"

保卫科的干部对刘亚军打起官腔，他说："你知道你行为的后果吗？你这是冲击国家机关。"

刘亚军不屑道："我还想拿炸药包把这幢楼炸掉呢。"

保卫科的干部说："唷，说得倒狠，你神经还正常吧？给你一个机会，把这玻璃的钱赔了，否则送你去派出所。"

刘亚军的脸上露出蔑视一切的笑容。

这时，围观的人群中出现一个威严的声音："老李，你别胡闹了。你瞧这位同志的手还在流血呢，快叫医务室的同志给他包扎一下。"

那保卫科的同志的脸瞬间就红了，结结巴巴地说："叶局，你瞧，这个人都来砸政府机关了，我不管怎么行。"

"好了好了，先给这位同志包扎一下。"那个叫叶局长的人不耐烦地说，"你们都回办公室去。"

围观的人议论纷纷地走了。

叶局长叫人打开了一楼一间关闭着的办公室。办公室的桌子上放着一块"伤残人员接待室"的牌子。刘亚军想，可能是像他这样找上门来的人太多了，他们感到烦了，就关闭了接待室。医务室的人为刘亚军包扎起来，叶局长一直站在一边。叶局长的态度让刘亚军感到奇怪，他好久没有碰到过像叶局长这样的政府官员了。刘亚军猜想这个叫叶局长的人可能认出了他。他一定在民政局待了很久了，他可能想起了他和张小影的故事。

医务人员退去后，叶局长开始同他谈话，但他一直没问刘亚军是谁。这个人只是一味地检讨他们工作中存在的缺陷，希望刘亚军不要介意。政府知道他们这批伤残军人对国家做出过巨大的贡献，所以政府一直在给他们发放抚恤金。虽然由于社会发展等原因，目前看来这笔钱是杯水车薪，但基本的生活还是有保障的。政府也在积极想办法对目前的抚恤金数额进行调整，这要有一个过程。对于刘亚军想找点事做，这位负责人个人表示理解并支持。他还举例说有些同志是自己想办法解决困难的，有人开了一个打字店，有人开了理发店，据说生意不错。现在只要买一台电脑就可以打字了，学打字也方便，文化馆还专门开了打字培训班呢。这位负责人建议刘亚军在这方面想想办法。

　　总之，叶局长说得有理有节有据，刘亚军就不好再胡搅蛮缠了，虽然没有什么收获，他的愤怒是暂时平息了。他走的时候还带着开一家打字店的梦想。后来，他专门去了一趟文化馆，了解有关情况。令他失望的是开打字店对他一点都不合适，他根本投不起那个成本。买一台电脑需要一万多元钱，还要花钱租一个门面，对于刘亚军来说这简直是天文数字。他只得放弃了这个计划。

3

　　曾经有一段日子，刘亚军跟着那个留八字胡子的黄牛一起倒过电影票。他不想张小影知道这事，他倒票的时间是张小影在上班的时候。白天电影院生意不是太好，只有那些热门电影看的人才多一些。电影院广场很大，是这个小城最大的广场，在没人的时候广场显得空旷而寂寥。黄牛们在广场四周闲散着，当广场上出现一个或一对看电影的人，黄牛们会从各个角落一下子拥出来，把他们围住。当几个黄牛为争取一个顾客而争执不下时，刘亚军的内心涌上深切的悲哀。想当年，几千人在这个礼堂里听他们的演说，他完全可以居高临下地看他们，现在他却在为几毛钱的利润而钩心斗角。命运好像真的同他们开了一个大玩笑，不过他在几年前已经洞悉自己命运的全部秘密了。

　　即使电影院播放那些外国大片一票难求时，做黄牛也不是件容易的事情。那些前来看电影的人好像在同黄牛们玩一场猫捉老鼠的游戏，都很狡猾，他们在电影还没开演前不向你要票，而是在电影开演后十分钟才向你买，这时候为了使自己不至于亏太多，你只好半价出手。做黄牛也是件斗智斗勇的事情啊。那八字胡子倒是有窍门，他一般向那些恋爱中人兜售。八字胡子总能迅速地捕捉到那些肯出高价的人。由于刘亚军的身体条件，他在这方面要差劲得多。刘亚军老是亏本，最后，他不得不承认自己不是那块料，于是放弃了倒票。

一天，刘亚军在报纸角落上看到一则招工广告。招工单位是坐落在汽车站广场西侧的金亿大饭店。这饭店据说是由港商投资的。由于汽车站的乘客总是把自行车或别的非机动车停到这家饭店前的停车场上，他们需要一个停车场管理人员。管理人员的工作职责是：让那些杂乱停放着的自行车集中停放到规定地点，并收取停放费。刘亚军觉得这个事情他倒是可以干干的。他就前去应聘。接待他的是一个穿保安制服的胖子，胖子显得漫不经心，没多问情况，甚至也没看刘亚军一眼，就要刘亚军明天正式上班，月薪三百元。刘亚军都有点不敢相信自己这么容易就找到了工作，所以他一直看着胖子，希望胖子再次确认。但胖子没有抬头看他一眼。

第二天，刘亚军就到广场上班去了。一路上他都在担心他们可能已经忘了这事。到了后，胖子倒是早已准备好了，二话不说就发给他一个红袖套，上面写着"金亿饭店广场管理员"，让他开始工作。刘亚军戴上袖套来到广场，竟有一种做梦的感觉，这工作来得似乎太容易了一点。

这工作一点难度也没有，可以说非常轻松。刘亚军有些遗憾前几年没想到出来找个事做。这样的工作多好啊。戴上红袖套后，他马上涌出一种管别人的权力感，他对前来停放自行车的人，态度很倨傲。

在工作的间隙，刘亚军仔细观察汽车站附近的情况。放眼望去，到处都是小贩，有的在卖报纸，有的在卖香烟，有的则在卖甘蔗，叫卖声此起彼伏。车站附近常常围着一堆一堆人群，起初他不知道他们在干什么，他去看过一回，才知道这些人在赌钱。车站广场上最多的是一脸麻木或过分兴奋的乘客，有时候还能见到几个打扮入时而妖娆的美女。

刘亚军平时也看张小影给他带回来的报纸，但他终究是太久没同社会接触，对社会上的新事物还是相当隔膜的，他在广场上所见比他在报纸上看来的要鲜活得多。他好像突然走进了一片新天地，得瞪大眼睛才能看个真切。他认为这份工作确实是一个消磨时间的好方法，比一个人闷在家里强多了。有时候，他的身体会疼痛或不适，不过他总是把药带在身边，疼的时候吃点药就没事了。

他得重新认识这个社会。他是个侦察兵，只要他愿意，他很快就能发现这个社会的秘密。他觉得身处广场中，就好像当年在敌人堡垒前的森林里，他始终在暗处。他有一种自己是隐身人的幻觉，他看得到别人而别人看不到他。

没过多久，刘亚军渐渐看出他所在的金亿饭店里面的内容了。除了客房、餐饮外，饭店内还有舞厅、KTV包厢和健身房。出入饭店最引人注目的是两类人：一类是年轻漂亮的姑娘，她们大都乘三轮车来，衣着入时，就好像是从电视上走出来的模特，她们钻入大楼后，就消失得无影无踪。刘亚军尽管和社会脱离已有几年，不过他马上猜到这些姑娘应该就是报上所说的三陪小姐——当然他对这个判断没有完全的把握。不管她们是干什么的，这些年轻漂亮的姑娘令刘亚军感到愉悦和温暖；另一类则是这个时代的暴发户，他们有的年纪一大把了，身边总是有漂亮的姑娘相伴。刘亚军当然不会认为他们是父女关系，傻瓜都能看出名堂来，因为这些人身边的姑娘常常更换。

有一个姑娘给了刘亚军深刻的印象。这位姑娘也是坐三轮车来的，她喜欢穿一身洁白的连衣裙，身材高挑，体态匀称，脸形端庄，有着一头乌黑的长发。她从三轮车里下来时给人一种天女下凡的感觉。然后，她步履款款进了饭店。刘亚军第一次见到她就把她同其他姑娘区别开来了。刘亚军不愿意把这个姑娘也归入三陪小姐之中。他认为不可能有如此高贵的三陪女的。这姑娘让他想起那个把他炸伤的异族裸体女人。自见了这姑娘后，他就渴望再次见到她，就好像他重又回到了战场上，每天都会惦记那些躲在堡垒里的美丽女人。后来，每天早上他总是能见到这个姑娘，他猜想她可能是这家饭店的员工。那个姑娘一般目不斜视，似乎也没注意过刘亚军。有一天，这个女人从三轮车下来时，同正看着她的刘亚军笑了一下，这让他受宠若惊。这之后，刘亚军每次见到她都感到十分快乐，他几乎偷偷爱上了这个女人。当年，他在战场上，看到那些风姿绰约的半裸女人时，他一样对她们充满怜惜。他就愉快地骂自己：

"刘亚军，你这个风流鬼，就是喜欢看漂亮女人。"

那个电影院前倒票的八字胡子有一天路过广场，他看到了刘亚军，在大约五百米的地方，哇啦哇啦叫他的名字，然后一脸兴奋地跑了过来。

"没想到你现在在干这事。"黄牛说。

他们有一段日子没见面了，彼此都很兴奋。黄牛在刘亚军身边蹲下来聊天。

"你不去倒票呀？"

"他娘的，这段日子放的都是国产电影，又臭又假，没人看。"

"还是我好吧？我这工作轻闲，没事还可看看广场上的美女。"

刘亚军说话的当儿，有几个姑娘从三轮车里下来，钻进了饭店。黄牛突然停止了讲话，目不转睛地看着姑娘们，眼神贪婪。刘亚军笑着说：

"色鬼，你的样子太可怕了。"

黄牛一脸坏笑地说："你没进去玩一把？"

"你这是什么话。"

"她们可都是鸡呀，都是婊子呀。"

"你怎么知道的？"

"这个地方谁不知道呀！他们就在KTV包厢里打炮，高级的鸡还包着房间呢。老刘，你这个英雄是在为婊子们维持秩序，你知道不？"

黄牛同刘亚军胡乱说了一通后走了。黄牛走后，刘亚军的心不再平静。黄牛的话印证了他的想法。他不由自主地浮想那些姑娘在里面淫乱的场面。尽管这之前他朦朦胧胧也有这种想法，但黄牛的话还是让他很震惊。他突然想起几天前肖元龙来过这家饭店，肖元龙还带走了一个姑娘。当时他还以为肖元龙有了女朋友，还嫉妒过肖元龙这个老色鬼找到这么年轻漂亮的对象呢。现在看来这里面大有名堂。刘亚军对饭店有了好奇心，他很想进去看看他们究竟是怎么骄奢淫逸的。但他坐在轮椅上，上不了楼。刘亚军的内心又涌出那种迷乱来，那是一种被这个时代抛离的局外人的孤独和焦虑，一种身处局外却心有不甘的愤恨。他想，他已经不能了解这个时代的秘密了。他得到这份工作的快乐瞬间消失了，代之而来的是某种他自己都弄不明白的情感，也许是仇恨，也许是别的什么。

一个月很快就过去了。刘亚军拿到了第一个月的工资。当刘亚军一脸神秘地把三百元钱交给张小影时，她一脸疑惑。刘亚军轻描淡地告诉她，他找了一个事做。张小影简直不敢相信，近年来，刘亚军似乎是不愿再踏入社会一步的，就好像社会布满了地雷，他一旦踏入就会粉身碎骨。

"怎么啦？你不相信我的话？难道我这三百元钱是偷来的不成？"

张小影想起近段日子以来，刘亚军似乎是有点鬼鬼祟祟的。偶尔，她中午回家，他也不在家，问他干什么去了，他说附近走走。她还以为他在花房后面的山坡上呼吸新鲜空气呢。她可没想到一向对社会深恶痛疾的他会去社会上找事做，他吃过社会的苦头的呀。

"你为什么要找事做？"

"我得为儿子存点钱。"刘亚军的脸上又出现那种腼腆的神色，脸也红了。

这是刘亚军第一次在张小影面前提到儿子。这么多年了，刘亚军对儿子总是视而不见，现在儿子离开了，刘亚军却惦记起他来。她弄不懂刘亚军何以如此。她的心头开始涌动某种深远的委屈和不平，这种委屈和不平一方面来自刘亚军的良心发现，另一方面也来自社会对他们的忽视，这种情感像潮水一样把她日渐麻木的心灵包围了，她情不自禁地流出泪来。她的哭泣让刘亚军手足无措。

"你这是怎么啦？你这是怎么啦？你不愿我工作，我可以不去呀。"

"不是啦，人家这是高兴嘛。"她一边哭一边说，"你的身体吃得消吗？"

"没事。"刘亚军说，"我儿子也够可怜的，这些钱你就寄给他吧。"

这天晚上，张小影和刘亚军睡在同一张床上。她的身体里有一种久违的甜蜜感。她身边的那具残缺不全的肉体还在蠕动，她知道他还没有睡着。她就伸出手去，让他的脸贴到她的胸口上。她感到他的身体非常僵硬。他们已有好久没碰过彼此的身体了。

花房的四周非常安静。花房所处位置比较偏僻，要是在城中心，所谓的夜生活也许刚刚开始。花房的东南面，距此大约五千米的地方有一条公路，如果凝神倾听，还是能听到汽车的马达声的。在一些失眠之夜，张小影会在心里默默地数着呼啸而过的汽车。汽车的声音会把她的思绪带往远方，她会想起老家，想起儿子。儿子现在已成了她这辈子最大的盼望。想起儿子，她就要流眼泪。儿子虽然在父母那边，可她总是牵肠挂肚的。本来她应该把他留在身边好好照顾的，可实在是没有办法啊。令她欣慰的是儿子很聪明，读书很好。她相信儿子将来一定会成为一个了不起的人。

"你在想什么？"黑暗中刘亚军瓮声瓮气地说。

张小影让思绪回到了现实中，过了一会儿，她又说："我没想到你会想儿子。我还以为你讨厌儿子来着。"

刘亚军对儿子的情感确实相当复杂。当儿子在面前时，刘亚军常常会不自觉地表露出厌恶感，那是一种他自己都无法控制住的情感。其实他是在乎儿子的，但当儿子在他面前表现出一副蔫不拉几、爱理不理的模样时，他就会怒火中烧——也许这也是因为在乎造成的。不管怎样，他究竟是自己的骨血啊。

"不知道他在那边怎么样？"

"我前几天同妈通过电话，他很好。妈说，期中考他还得了第一名呢。"

"噢。"

"这孩子像你，聪明。"

"我聪明个什么呀，我是世上最笨的人。"

张小影想，在某些方面刘亚军确实是这个世上最笨的人。

一时无话。也许是因为太长时间没有沟通了，他们之间的交谈似乎有点困难，特别在表达各自的感受方面，更是难以启口。这几年来，他们有很多人生感受，但从不谈论。他们有时候一整天也不说一句话。张小影把所有的精力都放在教育上面了，她白天上课，说话太多，回家已筋疲力尽，懒得说话了。

他们不交流彼此的感受还因为他们需要一些自我欺骗，他们在逃避，他们无法正视他们目前的处境。

"我干这个工作你不介意吧？"刘亚军突然问。

"那倒没什么，别的事你也干不了。我还是担心你身体是不是吃得消。"

"身体没问题。"刘亚军停顿了一下，又说，"我知道你是个要面子的人，我这工作是让人瞧不起的。"

"你这是正当工作，又不是在讨饭或捡破烂。"张小影愤愤不平地说。

"你不介意就好。"

"不过说实话，有些事我想不通，你这样的人落到这个地步我想不通。"

"我早就料到了。"

"我不甘心。"

刘亚军知道张小影还在幻想自己再次成为一个圣女。他可是早就看清了，这事不可能再降临到他们头上了。早在十年前他就同她说过的，她的一生不会有好果子吃的。可看穿了又能怎样呢？他无奈地叹了一口气。谁也赢不了命运啊。很多时候，他心里激荡着一些恶毒的念头，想把张小影的圣女梦砸碎。他还是忍了，那是她死守着的阵地，如果这块阵地也沦陷了，那她不知会变成什么样儿。张小影的内心有她自己的底线，你不能超越它，如果冒犯了她，她的反应会比较激烈、极端，你不能预料她会干出什么来。他已同她生活了这么多年，他太了解她了。还是同她谈谈广场上的所见所闻吧。

"现在这社会，乱七八糟的事实在太多。"

"嗯。"

"'三陪'都很公开了。"

"我听同事们说起过这事。"

"我做事的大楼里有很多小姐。"

"是吗？她们长什么样？"

"很漂亮。"

"噢。"

"我前几天还碰到肖元龙呢？"

"是吗？他在干什么？"

"他在嫖女人。"

很长时间张小影躺在那里，一动不动，没有回话。他不知道她此刻在想什么。说起这个话题时，他的内心有了一些隐秘的欲念。在白天，他胡乱想象着大楼里淫乱的场面时常常会有欲念升腾，有时候他甚至觉得下身都有了反应。他已有好几年没干这事了，他对自己的这种反应不是很自信。他很想找一个小姐去试一试还能不能人道。

"肖元龙他娘的这辈子也没白活，他玩过的女人也不算少了。"说起肖元龙刘亚军就有点儿嫉妒。

"你不要这样说他，肖元龙也很可怜。他都四十多了，还是个单身汉，也没个人照顾他。自认为是个作家，其实什么都不是，大家都瞧不起他，把他看作个老叫花子。"

"你倒是挺护着他的。"

"你又无聊了。"

张小影突然提高了声音，她的声音里有一些干燥的紧张的东西。刘亚军熟悉这种声音，她有欲望了。

刘亚军没再说什么。他躺在那里，他感到身体有点儿膨胀。张小影的呼吸粗重。总是这样，每回他们在床上谈起肖元龙，张小影就会有点激动，就好像肖元龙是性的代名词，他因此一直对张小影和肖元龙疑神疑鬼的，不过没有任何证据。有时候，他也对自己这种疑虑感到好笑，张小影是一个圣女，她不可能做这事的，她可不愿意在她的履历中有什么污点。这些年来她一直用圣女的标准来要求自己。他侧头看了一眼张小影，张小影身体有些僵硬，在那边散发出热烘烘的气息。张小影才三十多岁呀，她也有正常的需要，他猜想张小影近几年来脾气变得如此糟糕同这事儿有关。他有点儿可怜她，很想为她做些什么。

他的手伸了过去。他想起他们最初的那一次。那一次，她的身体就像露珠那样凉爽干净。但这会儿，她的身体非常烫，就好像她的身体正在熊熊燃烧，他的手都要被溶化了。她的身体在他的抚摸下，开始扭动起来。她柔软的胸脯像发酵的馒头一样膨胀。他的呼吸也急促起来，并有种想流泪的感觉。他感到自己有了反应，但当她的手伸向他的身体时，他突然感到紧张，刚刚上升的欲望像瞬间消失了。他不知道这是为什么，他真的是不可救药了。她的手还在向他的下身移动，当她的手碰到他的下体时，她整个身体突然变冷了，就好像他下身的冰冷瞬间传到了她的身体里，她僵硬地躺在那里。他觉得对不起她，还在抚摸她。他抚摸她的胸、腰，抚摸她的臀部，然后他又去抚摸她的下体。这会儿，她已紧闭了。他愿意为她做些什么，依旧在努力地抚摸她，但她毫无反应。突然，她恶狠狠地哭叫道：

"你不要摸了，弄得我浑身难受。"

他这才知道，她早已泪流满面。

## 4

征得张小影同意后，刘亚军晚上也去值勤了，这样做可以多赚点钱。夜晚有夜晚的意思，社会的秘密更多隐藏在夜幕之下。他有一种强烈的几乎是病态的渴望，渴望彻底了解霓虹灯下的诡秘的生活。

夜晚的广场掩盖了白天的杂乱无章，显得空旷而浮华。小城上空的星星如昨，显示出某种永恒的意境。广场四周都是灯光，光芒被黑暗包围，使光的形状犹如一个个葫芦。刘亚军喜欢把自己藏在黑暗中，在有车来临的时候，出其不意地出现，像一个来无踪去无影的幽灵。在黑暗中，世界尽在他的窥探之中。那个黄牛说得没错，那些如水一样柔美的年轻女性其实污秽不堪，她们的身上潜藏着这个社会可怕的病毒。她们像燕子一样飞来，每一根羽毛闪闪发光，但他知道，这些羽毛在有钱人面前充满了媚态。让他欣慰的是，那个给他留下深刻印象的姑娘，那个高挑的美人儿，没有被人带走过。这个姑娘在他的心目中就像一朵出污泥而不染的荷花。知道了大楼里的这一切后，他的内心极端复杂，一方面他瞧不起这些荒淫无度的狗男女，并把这一切视为这个社会堕落的标志；另一方面他又十分羡慕那些出入金亿饭店的男人，听说他们只要花上一二百元钱，就可以把那些如花似玉的女人带走，尽情享用。而对刘亚军来说，他即使想变坏都不可能了，虽然依然有强烈的欲念，可他的身体早已荒芜，像一堆弃之不用的废旧机器。他的心中充满不平、偏狭和仇恨。这仇恨不但针对那些女人，同样也针对那些男人。他常有把停在广场上的汽车轮胎戳破的冲动。他不敢对停在他管辖范围内的汽车动手，在下班回家的路上，他经常对停在路边的汽车动手，每晚他总是要戳破一部以发泄心中的不平。

一天晚上，肖元龙又来到金亿饭店。肖元龙越来越消瘦了，他和别的进出饭店的男人不同，他显得极为猥琐，总是行色匆匆，好像肩负着重大的使命要去完成某个既定的目标。肖元龙有好久没有来饭店了。他的再次到来不会让刘亚军吃惊。前几年，他打着文学的幌子骗女人，现在他恐怕连骗个老太太都困难了，他也只好在小姐们那儿聊以自慰。让刘亚军吃惊的是，大约在十点左右，肖元龙带走的女人竟然是那个给他留下美好印象的姑娘。他们出来后叫了一辆三轮车走了。刘亚军一时有点反应不过来。几乎想都没有多想，刘亚军决定跟踪他们，他想知道他们究竟干什么去。但刘亚军最终没有跟上他们。

就在这个时候，那个留八字胡须的黄牛兴冲冲地来到他身边。

"我知道你还在，走，我们喝酒去。"黄牛高声嚷嚷道。

看得出来黄牛心情不错。原来黄牛今天倒票赚了一票。

"他娘的，美国片就是有市场，放美国片时，你手上有多少票就可以倒出去多少，你猜猜，我今晚赚了多少？"黄牛的眼睛闪烁着狡黠，"告诉你，我赚了一百二十元，都可以到里面去找一个女人了。"

刘亚军跟着黄牛来到一个大排档。他们简单地点了两个菜，然后就坐下喝酒。黄牛一边喝酒一边吹他今天的辉煌战绩。刘亚军一直想着刚才碰到的事，所以有点心不在焉。

"你今天怎么啦？好像有心事？"

刘亚军想了想，就把肖元龙带走那个高个子女人的事告诉了黄牛。

黄牛听了大笑起来，他说："老刘，你不会是喜欢那个女人吧？"

"你认为她和肖元龙是什么关系？"

"那还用问，当然是嫖客和妓女的关系。你以为她还是处女啊，告诉你这大楼里进出的女人没一个干净的。老刘，只要你出钱，你照样可以玩那个女人。"

"你老是胡说。"

"老刘，没想到你还那么可爱，像一个情种。"

"你越说越离谱了。"

一连几天，刘亚军看着那个高个子女人乘三轮车来上班，就想上去问问她，她那天跟肖元龙干什么去了。这件事已经开始折磨他了，如果再不问清楚，他会因此失眠。到了第四天，刘亚军实在憋不住了，当那个女人准备向金亿饭店走去时，他拦住女人。那女人奇怪而警惕地看了他一眼，说：

"你有什么事？"

刘亚军鬼鬼祟祟地向一个角落走去，女人跟他走了几步后就不肯再跟着他了，她不耐烦地说：

"什么事，快说吧。"

刘亚军一时不知从何说起。他感到一直折磨着他的那个问题很难启口，但已经把他逼到这一步了，他也只好贸然开口了。他唐突地问：

"你认识肖元龙吗？"

"谁？谁是肖元龙？"

"就是那个作家。"

女子茫然地摇了摇头。

"就是那天晚上把你带走的瘦高个儿。"

那个女子愣了一下，脸突然涨得通红，她不屑地骂了一声"神经病"，然后飘然而去，白衣飘飘的她看上去像一个纯洁无邪的天使。

看着那女子走远，刘亚军突然感到如释重负。他大笑起来，他自嘲道：

"她说得对，我确实像一个神经病，我怎么能问人家这样的问题呢？"

虽然没问出什么来，但他已倾向于相信那个女人和肖元龙是纯洁的关系。即使她是个妓女，肖元龙也配不上她。

刘亚军在黑暗中吹着口哨。过了一会儿，那个录用他的胖保安把他叫了过去。刘亚军坐在保安面前，保安面无表情足足看了他两分钟。保安在录用他时几乎没看他一眼的。刘亚军正猜测保安这么严肃看着他是什么目的，保安突然和蔼地笑了，保安的笑容像水波一样从脸上荡了开来，那些皱纹生动地变幻，就好像有一只看不见的手正在操纵这些皱纹。一会儿，保安开口说话了：

"身体还吃得消吧？"

"还好。"刘亚军不知道保安是什么意思，很久没有人关心过他的身体了。

"我们这里条件不是很好，工资也不够高，你没什么意见吧？"

刘亚军没回答，他猜不透保安想说什么。他感到保安那张和气的脸上似乎隐藏着对他不利的消息。

"做这个工作真的有点委屈你了，你想过做点别的工作吗？"保安说。

"什么意思？"刘亚军不是傻瓜，他开始听出保安话里的话了。

"说说看，你对我们有什么想法？"

刘亚军没吭声。保安这种自作聪明的嘴脸，照他往日的脾气，早就发作了。但考虑到合适的工作确实难找，他打算尽量忍耐。不管保安怎样耍小聪明，他装傻算了。

见他不吭声，保安打开抽屉，拿出一叠钱，扔到桌上，然后平静地笑了笑，说：

"你不说，好，那就是说你对我们没有意见。钱你拿着，这是你的工钱，你可以走了，明天就不用来了。"

刘亚军一下子愣住了，一时有点反应不过来，这事来得太突然了。

"为什么？"

"不为什么。像你这样有正义感的人应该去做社会的栋梁，不应该管自行车的。"

"你他娘的什么意思？"刘亚军火气开始往上冒。

"不要生气嘛，对你的身体不好啦。"

刘亚军感到眼前的这个人得了便宜还要卖乖，突然感到忍无可忍，他抓住了保安的衣襟，吼道：

"你这人怎么说话的，你他娘的还讲不讲道理。"

办公室里一阵躁动。有人抱住了刘亚军的身体，把刘亚军拉开了。

保安显然被刘亚军刚才的举动吓坏了，脸色煞白。不过一会儿他就恢复了正常，他用惯常的讥讽口吻说：

"看在你是个残疾人的分上，我饶了你，不然的话，就把你打趴下，让你从这儿爬出去。"

"我知道你们他娘的违法乱纪。"刘亚军吼道，"当心我拿炸药包把这个地方炸掉。"

"同志，你这样说话要负责任的，你这是公然威胁，你等着瞧吧。"说完，保安就溜出了办公室。

## 5

刘亚军失去了工作。他也没告诉张小影。张小影对他在外面干活，态度十分矛盾。一方面刘亚军干的事确实算不上"高尚"，不应该是一个英雄干的，对此她心里还是有抵触情绪的；另一方面，当刘亚军把一个月的工资交到张小影手中时，张小影会显得特别高兴。张小影高兴的样子令刘亚军心酸。为了不让张小影难过，他争取再找一份事做。他必须每月交给张小影三百元钱。大概是因为忙碌吧，这段日子他们几乎没吵过架。家里一下子安静了许多。

他在街头闲逛的时候，碰到那个黄牛。刘亚军还没有从失去工作的愤慨中摆脱出来。他对黄牛说，他娘的他们搞三陪服务，我他娘的去告他们去。黄牛不以为然，说，你算了吧，他开这样的饭店，公安那里早就摆平了的。刘亚军说，那些人一个个都应该枪毙。黄牛说，让公安去枪毙他们？你算了吧，公安也就管管我这号人，我也就倒腾倒腾电影票，被他们抓了十回了。刘亚军说，你当然也不算是个好东西。黄牛大人不记小人过地说，你算了吧，别同他们争这口气了，老实说你争不过他们，你同我倒电影票得了。刘亚军说，我可不想被公安抓起来。

刘亚军没再找到工作，悲哀越来越强烈地笼罩在他的心头了。他想，他其实早已融入不了这个社会了，就像毛主席所说的，他被开除了球籍。一切都源于那颗炸弹，如果没有那颗炸弹他断然不会成为现在这个样子。这是他全部命运的关键。想到这一点他就自怜自艾，心潮难平。

他整日在街头游荡。自从他决定到社会上做点事以来，外界给他的刺激实在太强了。这些刺激加深了他的不平。这个社会无疑在堕落，街头到处都是不洁的东西。广告上的女人穿得越来越少，奶子越来越大；舞厅和发廊林立，里面充满了色情；

更不像样子的是他们甚至在街上开起了性商店；还有贪官污吏和物价飞涨……只要你在街上走一圈就可以发现这是一个勃起的社会，每个人都想操一把，捞点儿便宜。问题是：他们只顾自己操，自己捞便宜，早已把他这样的英雄给忘记了。

他因此对社会充满了比往日更甚的仇恨。他闲逛在街头，双眼像毒蛇的信子那样充满了挑衅，体内有一种强烈的破坏欲望。他知道这种破坏欲来自一种叫仇恨的情感。他仇恨街头的玻璃幕墙；仇恨映照在玻璃幕墙上的蓝天白云；仇恨那些健康的双腿；仇恨街头的树；仇恨鲜花店里的花朵——以前他曾莫名其妙收到过很多鲜花，现在他觉得那些鲜花表达的情意是多么虚假；仇恨街头像流窜犯一样窜来窜去的音乐；仇恨春药；仇恨那些晃来晃去的巨大的乳房。他仇恨一切。每当这种时候，刘亚军很想砸碎街上的什么东西或找什么人打一架，以发泄心中的悲哀与不满。

再也赚不到三百元钱了，张小影会失望吗？一个灵感从天而降。想到他可以这样赚钱，他的全身都颤抖起来。他感到这事意味深长，具有象征意义，是一种抗议和控诉。他感到他干这件事就像那个叫堂吉诃德的可怜虫同巨大的风车搏斗，只不过自己的风车十分抽象，肉眼根本看不见。他的敌人总是在肉眼看不见的地方。

灵感来自一只可乐罐。那天，刘亚军像往日一样在街巷内行走，狭窄的街道两边是高耸的楼房。这时，一只可乐罐从高处落下，砸中他的脑袋。莫名其妙地被可乐罐击中，他很生气，他手握那只可乐罐，随时准备战斗，目光像狼一样在天空巡视。

如果知道是谁砸了他，他一定会还以颜色的。但头上的窗口全都关着，这个可乐罐的来历无迹可循。他的愤怒渐渐消退后，仿佛灵光一闪，他的心头出现一个主意。也许这是一条赚钱之道，他可以收集可乐罐换钱，凑齐那三百元钱。他的目光开始转向地面，他发现在街巷的沟壑里有许多可乐罐和别的饮料瓶。他的想法似乎可行。

他把自己被可乐罐砸中当成是上天给他的启示。他开始实施这一想法。他改造了自己的轮椅，在轮椅前装了一个筐子，他还请人做了一把长长的钳子，这样他不用弯腰就可以把那些瓶啊罐啊捡到筐子里。当然他不会把自己的计划告诉张小影，没那个必要。他了解张小影，她知道后一定会强烈反对的。他知道张小影最终会知道这一切的，但那时恐怕她想反对也来不及了。重要的是替张小影赚到钱，免得她为钱而伤透脑筋。他把捡来的废物堆放在桥脚下，为了不让人偷走，他做了一些伪装。

刘亚军的头发越来越长了。张小影好几次都催他去剃头，但他没有理发的打算。他喜欢上了自己的这一形象，落拓、颓废、孤傲，这让他觉得自己还像一个战士。他这样做还有一种自虐的成分，他想通过这一形象告诉人们：看啊，这个破烂王曾经是一个英雄啊。他觉得这一形象很有力量，是投向社会的一把匕首和投枪。有人说他这样子就像一个艺术家，他对着镜子里的自己说，你是唯一像艺术家的破烂王。

刘亚军在捡破烂时，偶尔会顺手牵羊偷一点小东西。有时候，碰到看不惯的建筑，他会搞一些小动作，或把窗子砸了，或从窗子里塞一些垃圾进去。干完这一切，他觉得这样做很不好，可当机会来临，他还会忍不住这样做。他发现近来不时有警察用警惕的眼神看着他。不过他一点也不怕他们，总是像一头公牛那样仰着头向警察走去。

张小影终于知道刘亚军捡破烂的事了。张小影有一天下班回家，发现刘亚军从一条小巷里钻了出来。刘亚军没有看到她，他的轮椅转了一个弯，向花房方向开去。张小影感到奇怪，刘亚军怎么这么早就下班了，不知道他出了什么事。她没叫他，而是跟在后面观察。他的车同原来不一样，他的车前安放着一个很大的车斗，车斗里面还装着一些可乐罐和别的饮料瓶子。张小影对此有点迷惑，不知道他这是干什么。不过她也不是很吃惊，他总是做出一些意料不到的事情来的。快要到桥头时，刘亚军停了下来。他的车停在桥墩的一条深沟边，他向右侧身往深沟里看了看，然后拿出一把钳子——他居然带着一把钳子。钳子伸向了深沟，他的身体和车子都倾斜着，看上去很危险，随时要掉到沟里去的样子。一会儿，刘亚军手中的钳子提了上来，钳子的顶部多出一只铁皮罐。刘亚军脸上露出得意的笑容，好像他又攻占了敌人的一个堡垒。现在，即使傻瓜也知道刘亚军在干些什么了。他竟然在捡破烂！

就好像被人扇了一个耳光，张小影感到脸火辣辣地痛，胸口像是被什么堵塞了似的难受。她大口大口喘气，抚住脸向花房奔去，好像她所见的一幕是见不得人的，是令人羞愧的，好像她掩住脸就可以把自己湮灭。她还没有懂得自己为什么有如此激烈的反应，只觉得像是有突如其来的洪水把她内心的堤坝冲垮了。当她回到花房，呆呆地坐在客厅里时，她才弄懂自己的内心及其愿望。她不能接受像他们这样的人物去捡破烂，刘亚军捡破烂这件事是对她多年来所付出的一切的绝妙的讽刺，甚至是对这桩婚姻的绝妙讽刺。她当初为什么嫁给他？因为他是一个英雄，一个与众不同的英雄。她这几年含辛茹苦照顾他，也是因为他是一个英雄。如果他是一个捡破烂的人，她还会嫁给他吗？如果她接受他是一个捡破烂的人，那她就得接受这样一个结论，她当初的选择是错误的。她这一生的意义就是因为他是一个英雄，是需要她照顾他的，而不是让他去捡破烂。将来当人们记起他们来时，人们会怎么看待刘亚军的这种行为呢？她将怎样对他们解释呢？也许人们会指责她没有照顾好刘亚军。她觉得那个竖立在内心深处的十全十美的自我形象开始摇摇欲坠。

她对这事反应如此强烈，还有着更隐蔽的原因，她从刘亚军捡破烂这件事看到了她一直不愿正视的境况：他们的存在已没有任何意义了。只是她还不肯承认这一切，不甘心她的行为失去意义。她不甘心。她只好把愤怒指向刘亚军。他总这样，干一些令人失望的事。想当年，他偷偷地跑到那条黄色小街上，让她脸面尽失。一切都是因为他，如果他好好做人，如果他好好地配合她，他们现在肯定不会是这个样子。他为什么不能理解她的苦心呢？想到这里，她就痛哭起来，却流不出一滴眼泪。她的骨头已变得坚硬，肌体也变得粗糙而干枯，泪水似乎也流完了。她就这样号啕干哭着。她决心一定要制止他。

刘亚军回来的时候，轮椅上已没有了车斗和钳子，当然那些罐罐瓶瓶也都不在了。他已把破烂藏到桥墩下。他进屋的时候感到家里的气氛有点不对头，张小影红着眼睛木然坐着。可能是谁欺侮了她。不可能是学校里的同事，她在学校里一直是个出色的教师，没人会对她怎么样的。不过那个肖元龙倒是有可能，他甚至怀疑肖元龙对张小影非礼了，这个老流氓是什么都做得出来的。如果是这样的话，他不会放过肖元龙。

"你怎么啦？"刘亚军冷冷地问。

张小影的眼泪哗地流了出来。刚才她一直流不出泪来的，这会儿眼泪却汹涌而出，就好像是刘亚军一句话把她关闭已久的泪腺之门打开了。一阵快感传遍了她的身体。

"究竟出了什么事？你哭个没完烦不烦人？"

"你今天干什么去了？"

张小影突然停住了哭泣，中间没有一点过渡。她问话时一脸决绝，眼光里有一种可怕的光亮，好像这些光亮是一把刺刀，要杀了刘亚军。

刘亚军一下子猜到张小影为什么这么伤心了。她终于知道他在捡破烂了。他清楚张小影是不会喜欢他干这种低贱的活儿的，她总以为自己还是个人物。

"你怎么不说话，你说呀。"张小影的声音高亢而尖利，就好像刘亚军是她不争气的孩子。"你为什么要去捡破烂，为什么呀？你不怕别人笑话，我还怕呢，我丢不起这个脸啊。"

她沉浸在自己强烈的情绪里，哭泣里隐藏着不甘心。一会儿，她满怀期待地看着刘亚军，说：

"我们不干这个好不好，我们不要干这个事好不好？"

　　刘亚军一直低着头，没同她多说。她一时有点情绪是正常的，她慢慢会适应的。既然她能同意他去看守广场，她最终也会同意他捡破烂的。这两者也就是一步之遥。他打算阳奉阴违，瞒着张小影继续干，装模作样他最拿手了。再说了，除了干这事，他还能干什么呢？

　　几天后，当张小影发现刘亚军没听她的劝告，还在捡破烂时，她气坏了。她拉着他的头发，差点把他拉下轮椅。他没有像往常那样还手，遏制了自己的冲动。他的头随张小影的拉动而转向，像一棵没有意志的树。她对他的死样感到悲愤，开始辱骂他。后来，张小影绝望了，她不再对刘亚军说什么，而是站在那儿，一脸决绝和悲壮，好像她即将英勇就义。这回，刘亚军生出强烈的逆反心理。她他娘的想干什么！我并没有做错什么呀，这是我唯一能为这个家做的事呀，她用不着这样对待我，就好像这事夺取了她的贞操似的。

　　刘亚军知道她永远放不下那个圣母梦。都过去了这么多年了，她还这样，她的病看起来越来越严重了。他想砸碎她的梦想，这样她这病或许会好。她不能这样自我欺骗，应该正视现实，现实就是：他们什么都不是了，他们也根本没有什么面子问题。他决定把放在桥墩下的那些破烂搬到院子里来，既然她都知道了，也没有必要遮遮掩掩的了。就让她面对吧，也许这些破烂能使她不再做梦，能让她清醒一点。

　　在张小影上班的时候，刘亚军就把破烂都运到了院子里。

　　张小影下班回家，看到院子里堆放的破烂，那些破烂冷漠、高傲，像是在嘲笑她。她突然涌上一种歇斯底里的情绪，冲向那堆垃圾，用手捧住一部分，然后把它们掷到院子外的垃圾箱里。一会儿，她把堆在院子里的所有破烂都搬掉了。她搬完后，瘫坐在院子里，感到比无空虚，人好像一下子全垮了。她无声地哭泣起来。

刘亚军捡破烂回来已是傍晚五点多了。他进院子，发现辛苦捡来的破烂不见了，知道她那固执的死心眼脾气又犯了，她把破烂扔了。她究竟想干什么？她一天到晚给我脸色看，好像我干了见不得人的事情。他决定不再同她废话，把那些破烂找回来。他不想同她讲任何道理了。他认为他这么干是对的，这是他唯一能做的对她有所帮助的事。她为什么不明白我的苦心呢？难道她愿意我像过去一样待在花房里，足不出户，管它春夏秋冬？她这个死心眼，就盼着政府再想起她，为此她严格要求自己，也严格要求我。当他把那些瓶啊罐啊重新搬回院子时，他悲哀地想，他他娘的真是没用啊，他就是想为她干点事也不能让她满意。

张小影见到那垃圾又回来了，心头冒火。她想都没想，就态度坚决地又把这些东西搬了出去。因为动作中带着强烈的情绪，她没注意那些破烂中的尖锐之物，她的手指被刺得鲜血直流。她在搬时，他一直冷静地看着她。她搬完后告诫他，如果这些东西再出现在院子里，她就远走高飞。

"我不想伺候你了，让你一个人待在这个该死的地方，同这些垃圾一起生活吧。"她这天骂得很难听。

刘亚军一直没吭声。她感到很奇怪，他现在居然这么有忍耐力，他原本是十分火爆的啊。张小影想，他俩在这个问题上没办法统一了。天啊，一个英雄居然在捡破烂，人们会怎么说我呢？他们一定会认为我在虐待他。她骂了会儿，又恳求刘亚军：

"你不要再干这个了好不好，你找不着工作你就待在家里吧？我们家也不缺这几块钱。"

刘亚军依旧面无表情。

然而，第二天，那些破烂又出现在院子里了。

她恨透了那些垃圾。她也不想再同他多说了，就是同他说一百遍，他也不会懂得她的苦心。她从学校里搞了一点汽油来，喷在破烂上，用火点上。花房的院子里一下子冲起熊熊火焰。

刘亚军见状非常愤怒，他吼道："他娘的，你想干什么呀，什么英雄啊，英雄是谁？我怎么没见到这里有英雄啊！谁在乎你啊，这话本来我不想说，现在说出来，你洁身自好等着人家把你再封作一个圣女，是痴人做梦。"


## 6


刘亚军每天出门捡破烂。破烂都堆在院子里，这使他们家的院子看上去像一个垃圾场。刘亚军还联系了一个破烂王每月来他这里收购一次。他捡破烂的收入比他管车子的钱多得多。张小影依旧给他脸色看，每天一声不吭。花房因此有一种骇人的寂静，就好像花房里没了生命气息。刘亚军想，她他娘的现在对我要求是越来越高了，都"在野"了，她端的架子却比他们走红时还大。她对他的要求也比过去高，高得简直苛刻。他刚刚捡出一点乐趣来，她却来横加干预。她这个死脑筋，就好像我过所谓的"高尚"的生活是比她的生命还重要的事情，就好像唯此她才能向党和人民有所交代。她真的是不可救药了。想干点事是多么不容易，我现在是内外交困，社会容不下我，连老婆都不能理解我。

只要身体允许，刘亚军就去小城的各个角落转。他的火气还是像原来一样大，莫名其妙同人家吵架是常有的事。他同人家吵架后，他就再没有力气同张小影吵了，这倒让他们相安无事。

有一天，刘亚军路过县展览馆，展览馆海报栏里贴着一张关于人像摄影展的海报，海报上的女人几乎全裸着。他一见到裸体女人，身子就热了一下。他的心情很复杂，他对这样的展览嗤之以鼻，可他又很想去看一看，以弄清他们究竟堕落到哪一步了。他摇着轮椅向展览厅走去。

一个保安拦住了他，不准他进去。刘亚军的眼睛射出好斗的光芒，他问：

"为什么不让我进？"

保安打量刘亚军，面无表情。

刘亚军见保安不吭声，又要向展览厅走。这回保安火了，他说：

"喂，你到哪里去？"

"看裸体女人。"刘亚军用一种粗俗的口气说。

"你他娘的哪个单位的呀？"

"你他娘的管得着吗？"

"你他娘的穿得破破烂烂的，不是要饭的吧？"

刘亚军确实穿得很差，他已有好几年没买一件新衣服了。他对穿着没一点兴趣了。他的头发也很乱很脏，看上去同一个叫花子也无差异。但即使这样，这个保安没权阻拦他，因为他是买了票的。刘亚军想，这是个势利的家伙，现在社会上充满了这种势利小人。刘亚军最讨厌这种势利鬼。

"你他娘的骂人。"刘亚军用手指着保安，他的手几乎要碰着保安的脸，"你有种再说一遍。"

"我他娘的骂你怎么啦，你这个叫花子。"

保安的话还没说完，刘亚军摇着轮椅向保安冲去。轮椅猛地撞到保安身上，差点把保安撞倒。保安气急败坏，拿着对讲机说了几句。

一会儿，警察开着警车来到展览馆。他们的眼神空洞却充满力量，因为这空洞里装满了国家的意志。他们同那个保安说了几句，然后来到刘亚军面前。

"你捣什么乱呀。"

"你们知道我是谁吗？"刘亚军说。

"我们注意你很久了，你他娘的到处捣乱。把他抓走。"为首的那个警察说。

警察们显然不想同刘亚军多说什么，他们围上来把他架了起来。当刘亚军被连人带轮椅塞上警车时，他的心头充满了悲凉。这个世界真的彻底堕落了，已经没有任何道理可讲了。他发出阴森森的响亮的冷笑。

刘亚军在派出所关了一天。这一天没人理睬他，派出所的人甚至问也不问他。后来，还是张小影把他从派出所接回家的。

张小影听说刘亚军被抓后，全身都颤抖起来。特别是警察告诉她关于刘亚军这段日子来的种种劣迹，张小影感到无地自容，她在警察面前连一点尊严都没有了，不要说圣母的尊严，连一个人民教师的尊严都荡然无存。她对刘亚军充满了仇恨，恨不得杀了他。我的付出究竟是为了什么？难道是为了一个破烂王？他现在哪里还有一点英雄的影子，他简直成了一个流氓。她把刘亚军带回家时，没说一句话。过去她还有哭的欲望，现在她连一滴泪也不想流了。她决定不让他再去社会上游荡。她推着他回家，把他推进了北边的屋子，并在房门上锁上一把大锁。我宁愿让他待在屋子里，也不愿他去社会上胡作非为。我不需要他那点钱。我不需要。

刘亚军听到张小影把门锁起来了，他不知道她想干什么，他对自己被锁起来感到愤怒。他去开门，那把锁死死地缠住了门。他用拳头砸门，门坚硬无比，他的拳头都砸出了血。透过门缝，他看到张小影一脸冷酷地站在门前，脸上布满了古怪的笑容。刘亚军被这笑容吓住了，他从没见过张小影这样的表情，刚才涌出的愤怒慢慢退却了。他倒吸了一口冷气，开始意识到自己的行为给张小影带来的伤害。他心里突然涌出悲凉的情感，又一次看清了自己真实的处境。

他确实是想帮助张小影的，可到头来无论他怎么做都没法让张小影满意。他想，他早已没用了，他什么也帮不了张小影，不管他有多么努力，他都逃脱不了被世界抛弃的命运。他看到自己自以为是的挣扎是多么可笑。这是早已注定了的，他无法对抗注定了的命运。他其实早已可以离开这世界了，在这个世上他一无用处，之所以活着是因为他没有足够的勇气让自己消失。

既然张小影不想让我出去，那我就在房间里待着吧，也许这就是我唯一能为她做的了。光线从窗口射入，这光线让他想起张小影茫然的双眼。他来到窗边，伸手把门窗关死，房间顿时黑暗一片。他待在房间里开始沉思默想。

他慢慢似乎想明白了，不出门是对的，其实他一直不想见到任何人，不想见这个世界，其实他一直只想一个人待着。对他来说，所有的眼睛都是一种压迫。待在漆黑的房间中是多么好啊，他甚至见不到自己的存在，就好像他已成为一缕气体，消融在黑暗中，成为黑暗的一分子。他感到自己有点喜欢上了黑暗。

在黑暗中，他像一只受伤的豹子，在舔舐着自己的伤口，旧伤新痕一起涌上心头。这段日子支撑着他的那种貌似坚强的东西正在慢慢融解，他变得非常软弱，有一种回到了母亲的子宫里的愿望。他流下了泪水。他想，他没法让自己在这个世界上消失，但把自己关在房间里的勇气还是有的。既然张小影不喜欢他出门，把他锁了起来，那他就待在屋子里吧。他已经决定不再出门，永远躺下。我出门干什么呢？已没人再需要我了，也没人再理我了。我和这个世界已没有关系。我的世界只在这房间里面。他做出这个决定后，对自己说：

"我要永远睡在这黑暗之中。"

他很快体验到待在黑暗中的乐趣，这乐趣是他意想不到的。在黑暗中，他变得像个思想家那样热爱思考。他把自己分成两个人，进行对话。那是一些令他感到有趣的思维游戏。

人为什么活着？因为怕死。人为什么怕死？因为别人活着。要是全世界的人一起死，你还怕死吗？不怕死。结论：**活着的目的就是比谁活得更久或看到别人比自己死得更早**。换一种问法：从理性上讲，你愿意去死吗？愿意。为什么？好奇心。什么好奇心？死后去哪里。你猜会去哪里？去黑暗之地。为什么？因为坟墓是黑暗的。结论：**死亡和黑暗是同一回事，我现在在黑暗中，所以我死了**。

那北屋现在很安静。张小影原以为刘亚军被她关起来后会强烈反抗，事实上他变得很安静。这让她害怕起来。一次她把饭送到他房间里，发现他把窗帘都放了下来，整个屋子一片漆黑，她都看不清刘亚军在什么位置。上一餐的饭菜他已吃得一点都不剩，她拿着这几只空碗突然感到一阵恐慌。她感到什么地方不对头。之前，刘亚军一直拒绝吃任何东西的，她送进去的饭菜，他都没有动一下。现在他却吃得一点不剩。这反而使她恐惧。她从黑屋子里退出来后，没再把门锁上。她把这个动作做得十分夸张，目的是要他知道门已畅通无阻，他可以从北屋出来了。令她失望的是刘亚军没从黑屋子里出来。北屋没有任何动静。

几天过去了，刘亚军依旧没迈出北屋半步。一天，张小影回家时发现北屋的门上贴着一张纸。那是刘亚军写的。刘亚军在这张纸上告诉张小影：他将永远待在这黑屋子里，不经他允

许，请她不要进去。张小影读了这纸条，浑身无力。她敲了几
下门，然后整个身体就瘫掉了，无比软弱地沿着门缓慢滑下。
她无声地哭泣起来，一遍一遍说：

"你为什么要这样对待我，为什么呀……"

# 第九章　黑暗中的绳索

## 1

　　黑色窗帘的缝隙中透出几缕光线使黑暗的房间显得更加深不可测。原来这房间挂的是百叶窗但刘亚军决定待在房间里不再出门后他把百叶窗换成了黑色的窗帘。黑暗中的物件在微弱的光线下若隐若现就好像那些光线是一双双柔软的手正在抚摸房间里的事物。房间里充满了阴湿的涩味那是中药大小便和体腺混杂的气味。房间在花房的北侧阳光从不照射进来但从窗帘缝隙中显现的光线变化还可以猜度屋外阳光的强度。已经有一年多了，刘亚军待在这个房间里面，日子变得漫长而安静，他有一种自己钻入了海底的幻觉。如果说人生是海的话，那他就在海的最底部，最底部的东西可能是垃圾，也有可能是经过了风化后产生的新的物种——那可能算得上海洋的精灵。我坐在黑暗中但我什么都看得见，我看得见我想看到的一切，我就像一只退入壳中的寄生物，已不想再看了，我已看够了这世界的一切，我要闭上眼睛，我闭上眼睛就能看清楚一切，看清楚我的成长我的战争我的爱人还有我的痛苦与恐惧。春天到来了，这个房间有了一些刺激皮肤的气流，他的脸上长满了痤疮。

张小影现在不经允许不能进入他的房间。他有时候一天不理她，她就是敲破房门他也不理她。她说，你这样会饿死的呀。但他就是不想理睬她。他不会饿死，他有干粮，如果肚子饿了，他可以吃饼干。现在，他和张小影用一根绳子相连。绳子的一头在他的床头，在他的右侧，他只要举起手就可以拉动它。它的另一端连接着一只铃，一只像学校上下课的铃。他拉动绳子，就会铃声大作。他觉得这根绳子真是一个伟大的创造。这根绳子代表着他的意志，当绳子拉响，他看到他的意志像电波一样发射到了房间之外。张小影不管在干什么，她都会匆匆赶来。他随时可以拉动它，每次他拉动它时会有说不出的快感，就好像他拉动的是整个世界，这样一拉世界就会围着他打转。当然，他不会总是拉动它，这有点像做爱，你只有压抑自己，那种快感才会更加强烈。

只要他愿意，就能看到他想看的一切。黑暗的房间就像一只巨大的复眼。他在房间里钻了许多孔，只要把这些孔打开，他就能看到张小影在干什么。张小影投在地上的影子很像一只飞翔的蝙蝠。通过影子在阳光下拉长缩短的形状，他就可以猜到她在干什么。她的影子看上去还是那样挺拔、匀称。这一点真的令人惊奇，她经历了那么大的磨难，看上去却并不那么显老，并且她身上依旧有一丝孩子式的单纯气质。对有些人来说，日复一日的没有回报的付出是足以消磨一个人的意气的，更不要说是苦难了，但对张小影来说，她好像从来没有意识到苦难这档子事，就好像她早已知道人生就是这么回事，就好像她一出世就怀有对尘世的达观看法。她怎么会有这样的忍耐力呢？她的这一禀赋看起来像是与生俱来的，好像她天生是那种人生楷模，有着惊人的吃苦耐劳的品质。这让他嫉妒，让他心中涌出莫名的不平，他感到她的这种人生态度是对他的绝妙讽刺。

生活越来越拮据了。也许是因为生活的担子实在太重，也许张小影自己对未来也失去了信心，现在她像刘亚军一样在路上捡一些诸如废纸、钢筋、可乐罐、塑料等破烂回来，然后卖给那个破烂王以补贴家用。只是她这么干时总是遮遮掩掩的，一点都不坦然。她把这些破烂藏在一只篮子里，上面用几本书或一张报纸遮住。她不想因为捡破烂而有损一个人民教师的形象。她知道刘亚军一定能观察到她的行为的，什么事都逃不过这个侦察兵的眼睛。她非常后悔把他锁在北屋，导致他待在黑暗中不肯出来。他的脾气总是这样臭，一点道理也不讲。有一天，她在门外对他说，刘亚军，你出来吧，你不要生我的气了，你瞧我也在捡破烂了，过去是我不对，你出来吧，我们一起去捡破烂。但黑屋子里不会发出任何声音。她已想尽了所有的办法，都没能把他从黑屋子里弄出来。

收购破烂的那个人来得越来越勤了。刘亚军根本不用看到那个破烂王，只要看到他的影子，就知道他来了。他的高大的影子透着这个四肢发达头脑简单的男人的气息。见到地上出现两个人的影子，刘亚军就会变得烦躁不安。他们的影子在地上变幻，有时候两个影子一跳一跳的，一副鬼鬼祟祟的样子；有时候他们的影子就会纠缠在一起，让人浮想联翩；有时候影子又会老半天一动不动，好像他们成了一座相互注视的雕像。他的幻想就会在黑屋子里像花朵那样开放，他感到黑暗突然变得拥挤起来，像是要把他挤扁。这时，他就会拉动绳子，铃声大作，两个影子一片慌乱，慌乱的影子在地上变幻出杂乱无章的图像，就好像一块巨石把平静的水面砸得水波大作。刘亚军脸上露出得意的笑容，他感到绳子的威力或者说威严，感到他们就像是绳子系着的两只木偶。

张小影知道铃声响过她可以进入刘亚军的房间了。在房门开启的一刹那，黑暗的房间明亮了起来。刘亚军坐在黑色的窗帘下，脸上有一种古怪的笑容，他的脚下有一滩黄黄的液体。这就是他拉响铃声的理由，他便溺了，他需要她来帮他收拾干净。他这样做已有一段日子了，起初她还为他担心来着，以为他的病加重了，连大小便都控制不住了呢。后来她才明白他其实没病，他这是在惩罚她。只有当他认为她的行为不合他的心愿，他才用这种方式惩罚她。

"你干么要这样呀！你这样究竟是什么意思？"张小影生气地问道。

"我看不过去，鬼知道你们在干什么！"

"你害不害臊，你是不是希望我给别的男人干。"

"我看不过去，你们鬼鬼祟祟的。"

张小影突然生气了，愤怒是那么汹涌澎湃，她都控制不住自己的怒火。她发过誓，不同他生气的，可还是失控了。她抓住了他的头发，拼命地扯拉。她哭喊道：

"你为什么要这样，你把我当什么人了，我如果想乱来也不会找一个破烂王呀。"

刘亚军"啊"地叫了一声，说："你放开我，否则我就不客气了。"

张小影说："你想打我你就打吧，反正你也不是第一次了。"

刘亚军没等张小影把话说完，就"啪"地打了她一个耳光。他吼道：

"你他娘的找死。"

张小影的脸上像是被火灼伤了似的疼痛，她想也没想就还给了刘亚军一个耳光，眼中有一种既迷乱又坚强的光芒。他们又对打了一会儿，两个人的头发都散了，直喘粗气。这时，刘亚军感到有一股暖暖的咸咸的东西流进了他的嘴里，他用手背擦了一下，满手背都是鲜血。他的鼻子出血了。不知道为什么，这段日子他的鼻子动不动就要出血，他担心他的体内是不是有了什么病变。他看了一眼张小影，张小影脸上也有了瘀青。

张小影见到血就慌了神。她愣了一会儿，就哇地哭了出来。她哭得惊慌失措，她哭得充满歉意。她想，他有这样的想法怪不得他，他实在太可怜了。

刘亚军冷酷地看着张小影，现在他已不会跟着哭泣了。张小影拿起纸巾，擦刘亚军鼻子上的血，她的双手在不住地颤抖。

一会儿，她开始替刘亚军擦洗下身。他们俩都有点平静了。刘亚军有一段日子没擦洗了，身上有一股浑浊的酸涩的味道，这气味有一股子阴气，好像来自另一个世界。张小影有点想要呕吐。刘亚军敏感地捕捉到张小影的反应，他说：

"我早就告诉过你，你是个苦命的女人。"

她没吭声。他说的对，她确实是个苦命的人。

"其实你可以抛下我不管的。过去他们把你当成圣人，你不能抛下我，现在他们早已把你忘了，你可以抛下我不管的。"

这种时候，刘亚军会从她的角度考虑问题。她却从来不说一句话。她不想说这种话，不想让这种想法在她的心里萌芽，然后茁壮成长。如果她顺着这个思路往下想，她会感到更加痛苦。

"你只要离开我，你就会有好日子过了。"

张小影好像并没听到他的话。她的沉默令人迷惑。他搞不清这个固执的女人真实的想法。也许她根本没有想法，根本就是一个白痴。他心头酸酸的，有些怜悯她。

每次吵架过后，刘亚军的内心总是充满了不安，他的耳朵就会高高竖起，在黑暗中倾听张小影的一举一动。他担心张小影真的听从他的话离他而去。她的沉默可以从不同的角度去理解，沉默之上存在着各种各样的可能性。他倾听着，想知道张小影是不是在收拾行李。确实有一次，在他们吵架后张小影真的收拾衣物想去娘家住些日子，但几小时后，她还是背着行囊回来了。她不忍心离开他。他听到张小影在梳头，他想象了一下张小影光洁的额头，然后听到张小影推着自行车出门了，他松了一口气，张小影去学校上班了。

## 2

肖元龙有事没事总喜欢往传达室跑。虽然他那些投出去的稿件一般来说是杳如黄鹤，但他还是会忍不住往传达室跑，查看有没有自己的信件。他总是在邮递员到来前早早地等在那里。当邮递员把一叠信或报纸递到传达室门卫的手上时，肖元龙的眼珠子就会跟着老头的双手打转，眼神有一种贪婪的光芒，就像一个叫花子见到了一块刚烧熟的红烧肉。传达室老头把信和报纸放到桌子上，肖元龙就会扑过去，查翻。当然，他不会有什么收获。每当这时，他的脸上会浮现一种深深的失落感。他这个德性，连传达室老头也有点看不起他，烦他了。有一回，肖元龙和老头吵了起来。老头话说得就难听了，肖元龙非常生气，发誓不再去传达室。但第二天黄昏降临的时候，他还是遏制不住来到校门口，等待邮递员的到来。肖元龙为自己这种行为感到悲哀，他发现他的思想根本控制不了他的行动。近来，他还出现另一个毛病，就是控制不了自己的语言，总是说出一些他本不想说的话。他感到自己似乎老了，多么可怕呀，好像还没有做过什么事，却已是快五十的人了。眼看着这辈子就要过去了，他不禁仰天长叹。

有一天，肖元龙在传达室看到一封从省报寄来的信。信很薄，不像是退稿信。他非常激动，以为可能是稿件录用通知，他原本萎靡的精神一下子振奋起来，就好像禾苗在久旱后遇到了一场甘霖。他的手向那信伸去，他激动得都有点儿站不稳了，不但手颤抖得厉害，连腿也跟着颤抖。可是收信人不是他，这信不是写给他的，而是写给张小影的。他的心凉了半截。不过，他还是把信取走了。他像一个正人君子一样走在校园里，内心却有一种做贼的感觉。他对这封来自报社的信非常好奇。他来到一个无人的角落，他忍不住拿着信，对着太阳照，试图知道里面的内容。

他没能看清里面的字。阳光不足以穿透厚厚的信封，信的内容依旧在黑暗中。他有一种把信拆开的欲望，最终还是遏制住了。他清楚他这样对着太阳偷看信已经不对了，拆信就更是罪过。他在心里其实是讨厌自己这么鬼鬼祟祟的，他狠狠地给了自己一巴掌，骂道：

"你他娘的清醒一点。"

他从角落里出来，又成了正人君子，他打算把信交给张小影。

路上，肖元龙猜想，张小影可能避开他直接在同报社联系，她对他的文章失望了，她可能想让一个记者来采访她。这封来自报社的信可能是这种努力的结果。这样一想，肖元龙就有了一种被冷落的感觉，还有一丝嫉妒。他在心里骂道：

"他娘的，你以为记者会比我写得更好，他们可只会说假话，没有人比我更了解你了。"

肖元龙自以为已洞悉了她的内心世界。他认为她之所以这么有韧性，这么吃苦耐劳，这么矜持，是因为她有着自己的盼望和信念。这些年来，她其实时刻在等待着人们再度关注他们，她坚信这一天最终会到来的。她幻想着有一天她和刘亚军再度成为新闻人物，她到处去做报告，讲述他们的辛酸而动人的故事。这就是她这么多年含辛茹苦、守身如玉的理由。

"所以，她总是把自己当成圣女，并像圣女那样要求自己。这样她将来如果再次引起关注，她就可以毫无羞愧地在台上做报告。"肖元龙在心里说。

肖元龙这么想有他自己的依据。有一阵子，他总是在采访她，她讲得很多。话讲得多了，难免会控制不住方向。肖元龙好奇心比较强，他什么都要问，在他的主导下，一次，张小影谈起了她和刘亚军之间的性事。这个话题把肖元龙的感觉给引出来了。自从肖元龙成为一个笑料以来，已经没有女人来爱他了，可他在这方面有着不懈的热情，有时候不得不靠自己解决问题。当张小影谈论她和刘亚军之间的性事时，他的身体突然变得紧张起来，有一种想要把自己毁灭的欲望。谈话的气氛一下子诡异起来，他感到了张小影的变化，她说话的声音像是被什么堵住了似的充满肉感。这变化一定同她身体的欲望有关，她一定想什么人折磨她一次，把她弄得体无完肤。瞧，她呼吸都急促了。肖元龙昏了头，有点控制不住自己了。他先是用眼睛传达他的想法，他的眼睛红红的，眼光肆无忌惮地把张小影的衣服剥了个精光。后来，他站了起来，抱住了她。他感到张小影的身体打了一个激灵，然后就软了下来，他以为得计，可就在这时，张小影的耳光落在了他的脸上。

"肖元龙，你要什么流氓。"

张小影的反应，肖元龙有点想不通。后来还是想通了，他认为张小影这样做并不是说她不饥渴，她这样守身如玉是因为她一直等待着再度辉煌，为此她愿意做一个圣人。

肖元龙拿着信来到张小影的班上。张小影正在上课。肖元龙在窗口张望了一下，并向她招了招手。张小影没理他。他准备耐心等待张小影下课。他见周围没人，又拿起信，在太阳下照。

"你有什么事吗？"

张小影的声音从背后传来。原来张小影从教室里走了出来。她的声音里有一种瞧不起人的劲儿，不过肖元龙已经习惯了她的这种腔调。

肖元龙的脸上挂着些许尴尬的笑容。他扬了扬手上的信，说：

"他们给你回信了。"

"谁呀，谁回信了？"

"你别装傻了。"

"谁装傻了，把信给我。"

张小影从肖元龙手里把信夺了过来，往教室里走。她看到这封信来自省报，有点纳闷，这是谁写来的信呢？信封上的字迹看上去很陌生。她拆开了信封。在读信之前，她往教室里望了一眼，孩子们正看着她和肖元龙。

　　张姐：

　　　　您好！

　　　　好久没有联系了，也许你们已经把我忘记了。我大约在一九八二年采访过你们，还在你们家住过一段

日子。你们还记得吗？我后来给你们寄来的报纸你们
一定也收到了吧？我那时候还是个小女孩，很不懂事，
那时候给你们添了不少麻烦。你们一定会原谅我当年
的无知吧？时间过得可真快呀，一晃十年就过去了。
不知为什么，这段日子我老是想起你们，惦念你们。
这十年周围的一切变化得实在太快了，我不知你们生
活得怎么样。我希望你们过得很好。我记得那年我离
开你们时，你们对我说欢迎我再来看你们。我不知道
现在你们是否还这样想，我真的很想来看望你们。我
这次不是来采访你们，我只想看望你们。如果你们同
意，请回信。

你们的朋友　徐卉

张小影读这封信时，有一种奇怪的感觉。她已记不得这个
叫徐卉的记者了，从信里看他们好像曾经非常亲密。经过了那
么多年，发生了那么多事，突然要张小影记起某件事确实有点
困难。张小影不喜欢回忆，她喜欢让自己活在此刻或许还有未
来之中。她努力想了一会儿，什么也没有想起来。记忆深处是
一片黑暗。

她出神想着的时候，肖元龙的脖子从她的肩膀上伸过来，
她感到很烦，奋力地推了他一把，说：

"去去去。"

"这个叫徐卉的人是谁呀？"肖元龙问。

"我不记得了。"

"不会吧？"

"我骗你干什么，这么多年谁还记得。"张小影没好气地说。

肖元龙一脸的不以为然，他用一种无比复杂的语气说："这下好了，终于找到一个人来宣传你了。大概有七八年没有记者采访你了吧？"

"关你什么事呀。"说完，她大步向教室里走。

肖元龙对着她的背影高叫道："你会邀请她来吗？我敢打赌，你一定会邀请她来的，你不是盼望再次成为新闻人物吗？"

## 3

女记者徐卉感到自己好像走进了一个陌生的地方。当她站在桥头向这一片低矮的房屋张望时，这种感觉异常地强烈。眼前的景象同她记忆中的相差甚远，记忆中这个院子似乎要大得多也要漂亮得多。她知道自己并没有走错，他们如果没有搬走的话，他们就住在那平房中。那平房在阳光下显得十分破旧，窗口的玻璃都碎裂了，用一块油布封着，油布没有固定住，在风中飘荡，给这房屋平添了几分飘零感。

她记得原本花房的后面都是水杉、水柳或古老的榕树，现在花房后面光秃秃的，向上倾斜的山坡裸露着，溪水两边虽然还有一些树木，但或许是因为灰尘太多，看上去枝叶晦暗、毫无生气。这或许同这几年小城工业发展迅速有关，还在进城的汽车上时，她发现城边上那条原本清澈的河流已变得黑乎乎的了，她还看见小城上空高耸着的几支烟囱，烟囱吐出的白色气体像一匹布一样在天空飘扬。穿过城市时，她看到城里的浓重的商业味，几乎同省城没有什么区别。墙上贴满了广告——有一大部分是关于医治性病的，一些新建的现代建筑霸道地挺立在一些古朴的民居之中，使眼前的物象充满了时间流逝的感觉。这个优雅的古城正在变得面目全非。

女记者踏进那个院子，院子里没有一个人，花房的大门关闭着，大门里面没有一点儿声息。她不知道他们是不是还住在这屋子里。她打量这个院子，她曾在这个院子里和他们坐在一起，唱过歌。她记得晚上的时候，坐在院子里望天，星星显得特别低。院子里的树还在，但这些树看上去蔫蔫的，就好像这些树经过了这些年，不但没有长大一点点，反而变小了。院子的角落堆满了破烂，风一吹那些分量轻的诸如报纸、刊物之类就满院子飞。

看到这景象，她猜想他们也许搬走了，这里可能住着一户以捡破烂为生的人家。可是他们给她的信里没有提起这事呀，如果他们搬迁了，他们一定会告诉她新的地址的呀。那是一封简短而客气的信，信中说，他们同样想念她，欢迎她去他们家做客。女记者徐卉曾反复阅读这封短信，试图从这信中了解到他们更多的近况。这么多年了，她无法想象他们是怎么过来的。

一个推自行车的女人来到了院子里。那人一直在观察她，眼光里没有面对一个陌生人时的警惕，而是非常和善，充满笑意，只是这笑意中有一些紧张。女记者马上认出她是谁，是张小影。同过去比，张小影显得黑了许多，脸上倒看不大出苍老和磨难的痕迹，甚至还留有一丝天真的气息。她无疑比过去要干练得多了，只是这种干练在她身上有一种天然的质地，好像她自己压根儿没有意识到在她身上还有这种干练存在。她的车斗里是一些可乐罐头。

"你来了。"她的声音纤细，脸跟着红了，显得有些慌乱。"我没想到你这么快就过来。你看，我一点儿也没准备。"

张小影本不想女记者知道她捡破烂的事，没想到就这样撞到女记者。她犹豫了一会儿后，还是把车斗里的罐罐瓶瓶倒到那堆破烂中。她想这样也许更能激发女记者的同情心。女记者从来没想过张小影会捡垃圾，如今她的形象同想象的相去太远。在来小城的路上，女记者不止一次幻想过与他们相见的情形。那是一幅美丽的图景，在她的想象里，当她向他们的房子走去时，张小影会推着刘亚军来迎接她，而他们的背后是一片安详的绿色，就像电影里分别多年后的重聚，他们会情感澎湃，相互拥抱。现在这一切没有出现，出现在她眼前的是一堆破烂和一个捡破烂的女人。她没有见到刘亚军，在她的想象里，刘亚军见到她也许会泪流满面。

张小影好像知道女记者的疑惑，她解释道："物价涨得太快，政府每月发给刘亚军那点抚恤金根本就不够用了。二百元，八零年是笔大数目，可现在大概只相当于八零年的二十元。"

女记者不知道说什么好，张小影的话让她心痛。她没想到他们的生活会变得如此拮据。他们曾经为一个时代献过身，但那个时代过去了，他们便迅速被人遗忘了。也许这个小城已没人想得起他们的过去了。

"刘亚军还好吧？"她问。

张小影脸上露出一丝阴影，她的眼光在那一瞬间变得脆弱而迷茫。一会儿，眼神又变得坚韧起来，女记者从她的眼神里读到一种有求于人的内容，难道他们有什么事需要她帮忙吗？女记者想，虽然她看上去还像以前那样天真，但眼神比以前复杂得多了。

张小影打开门，让女记者在客厅坐下，然后为女记者倒了一杯开水。一会儿，张小影在女记者对面坐了下来，说着客套话。女记者对张小影的姿势很熟悉，那是一种准备接受采访的姿势。当年，张小影始终保持着这种姿势和女记者交谈。但这一次，女记者不是要来采访他们，她不是为了采访才来看望他们的。她这次来是为了追寻伴随她十多年的梦想。这个梦想现在还完好无损吗？

"你来了，我很高兴。"张小影又说了一句客套话。

"我说过要来看你们的。"

张小影从口袋里拿出一张照片，递给女记者。她说：

"你瞧，这是我儿子，已经读小学三年级了。"

女记者没有想过他们有了一个孩子，有点惊奇。她惊奇的目光被张小影捕捉到了。女记者尽量控制自己的表情，她低头看照片。这是刘亚军的孩子，孩子坚硬的发质和刘亚军一模一样，还有孩子那个漂亮的额头，像刘亚军一样有阳光气息。

"同他父亲挺像的。"

"可刘亚军觉得不像。不怕你笑话，刘亚军多疑，他老是影，还是说她会试着写的。

女记者的话让张小影很高兴，她拉住女记者的手，眼中放出强烈的光芒来。这是见到张小影以来，张小影最为生动的时刻，那眼中的光芒像是包含着无尽的希望。看着这眼神，女记者感到心酸。张小影现在的样子，就像那些病入膏肓的人突然听到出现了一种可以挽救他们生命的新药，眼里顿时透出求生的希望。

女记者想了想，说："我想见见刘亚军，可以吗？"

张小影说："我不知道他愿不愿意见你。"

女记者跟着张小影向里屋走，她嗅到过道里有一种类似养鸡场里的动物骚味。张小影描述的黑屋子就在过道的尽头，其实通向这屋子的路只不过几米远，但在感觉上，那屋子好像远在天边，或者根本不在地球上。女记者的心跳不由得加快了，就好像她要去的那间屋子充满了危险。过道上堆满了杂物，这些杂物在头顶天窗射入的光线中显得很不真实，像是某个梦魇的片断。女记者觉得自己仿佛进入了某个黑暗隧道之中，脚下的这几米路显得无比漫长。

她们终于来黑屋子前。张小影轻轻敲了敲门，说："刘亚军，徐卉妹妹来看我们了。"

## 4

透过小孔，刘亚军看到一个女人的影子在院子里飘来飘去。

对影子的不断观察和研究让他有了一种特异功能，他能够凭着影子在地上的变化判断那个人，判断出他们的形象和容颜——影子携带着他们身上全部的密码。自从那个影子出现以后，他的视线紧随着她。他看到她的影子和张小影的影子相叠，就好像她们的重逢仅仅是影子的重逢。是的，他已经猜到那个影子是谁了。他从那娇美的影子中嗅到了一九八二年的气息。那气息是多么遥远，仿佛来自某个童话时代。童话时代的一切非常清晰，就好像一伸手就可以把往日的一切抓在手里。他的手不自觉向前伸去，他什么也没抓到。

刘亚军的眼睛在房间的一个个小孔上奔走。在他的视野里，经常出现的是院子里那道围墙，他熟悉围墙上的每一个细节。每次当他那疲倦的目光从围墙上掠过，他就悲哀地想，对他来说这围墙就是一切，围墙外的世界早已消失，是无尽的虚无。就是围墙之内，出现在他眼里的也只不过是影子。

影子依旧在院子里变幻。他感到眼睛有点疲劳。他闭上了眼睛，听到房间里那只鸽子在黑屋子里扑腾着翅膀。一九八二年的往事从他紧闭的双眼中浮现。

他记得这个女孩是张小影带来的。他刚见到她时有点拘谨。他喜欢她身上清凉而干净的气息。你刚毕业吧？女孩点点头。我曾给你写过信。是吗？给你们写信可是一种时髦，有很多人给你写，有的人是因为好玩，可我是真的，我听了你的报告后就给你写了信，可你没给我回信。我从来不看这些信，我不想麻醉自己，以为自己真有那么大吸引力。当年他们这样聊天。他们的谈话一开始就有一种隐秘的气息，沿着这个方向他们的谈话在向私人生活的深处发展。

　　语言有着自己固执的秩序，它一旦有了方向，就会像溪水一样自由流淌。他说的话比他想象的要多得多。有些事情像萌芽那样从记忆深处破土而出成为一堆语言，连他自己都感到惊奇，就好像对面的这个女孩子是一束光，把他隐藏在黑暗记忆里而他原以为早已遗忘了的细节照亮了。刘亚军记得他和她交谈了三天。在交谈中，他甚至讲了他同张小影之间的性。也许女记者还没有过男朋友，但他却扼制不住地说了这事，他觉得在她面前他是可以这样肆无忌惮地说话的。他说这个话题时，女孩嫩白的肌肤里洇出一层雾一样的红晕，就好像她刚刚从温暖的浴室里出来。他觉得她很可爱，他甚至有一种把她搂在怀里的愿望。语言有时候就像一个梦境，会出其不意地把你带到另一个地方，一个偏执的狭小的危险地带。他说，对我来说，最可怕的就是误解，他们认为我没这个能力，这是在侮辱我，我真想证明给他们看。她没有接上这个话题，她不可能对此发表看法。他说，我的四周总是非常安静，我像生活在另一个星球上，但我的心却充满了喧哗。我和张小影不同，她把熬过一天当成希望，对我来说这一切都像是在苦熬，我看不到希望。刘亚军这样说时，女记者一直注视着他。奇怪的是这个单纯的女孩这会儿身上有一种母性气质。想起女孩的这双眼睛总有一天会变得冷漠而迟钝，想起她的善良会在时光中慢慢退去，刘亚军有点心痛。

　　在黑暗的屋子中，刘亚军很想看看女记者的那双眼睛是不是如他所料，变得冷漠而迟钝。都十年了，她不可能像从前那样单纯了，那会儿她的眼睛是多么明亮啊，没有一点阴影的明亮啊。他的眼睛透过小孔一直追踪着她们。

刘亚军记得女记者走之前还请他看过一场电影。女孩子是当着张小影的面向他发出邀请的。张小影说，去吧，你们去吧，他都那样了我还会吃醋吗？女孩子笑了笑表示同意她的看法。其实张小影当年是有点吃醋的。一九八二年最热门的电影就是《高山下的花环》。女孩子把电影票交到刘亚军手里，说，我要走了，看场电影吧。电影很好看的，讲的是你们的生活，一群战争中的英雄。刘亚军自从来到这个小城没看过电影，他和张小影没想过去看一场电影。他想，一定是张小影太累的缘故，没心思去欣赏那些虚构的故事了。我要走了，女孩说，我希望你陪我去看一次，我想听你讲讲电影里的生活是不是真的。电影院的灯光暗了下来，他感到某个梦境开始了。他真的好像回到了从前，银幕上的亚热带雨林、秀气的山峦、红土以及湿漉漉的山洞，迎面向他扑来。他的鼻翼张开了，好像银幕上传来的不是图像而是某种熟悉的气味。他又看到了时光本身，他强烈感受到这些物体本身就带着时光，时光就是一件一件的熟悉的物体，是熟悉的山川和河流，是熟悉的一棵树和树上的叶子。在这些事物中，人事再现，他的记忆和银幕上的故事同时展开。银幕上炮火连天，令他感到奇怪的是，他竟没有听到枪炮声，那些熟悉的事物及其散发的气息像是完全把声音掩盖了。一切无声无息，充满了和平之气，就好像他从前参加的不是一次战争，而是一种令人温暖的生活。他知道这源于他对青春岁月强烈怀念的缘故。他的泪水突眶而出。这时，有一双手伸了过来，紧握住了他。他扭过头去看她，她同样噙满了泪水。他突然感到心痛，伏在她身上像一个孩子一样哭了起来。他嗅到了她身上暖烘烘的气味。她显得很动情，她说，我以后会来看你们的，我会想你们的。

想起这些往事，刘亚军感到深切的悲哀。他记得那女记者走后的那些日子里，他一直显得无精打采，就好像女记者把他抛入某个荒芜之中，就好像他的精神被她掏空了，他成为一座废弃的破败的建筑。这让他感到十分痛苦。后来他还是努力地把女记者忘了——既然想着痛苦就只好遗忘。一九八二年他同汪老头热衷于说荤话，只有他自己知道在他的猥琐的表情下其实还藏匿着高尚的情感。现在这种情感又回来了，但他已不需要它。刘亚军禁不住掩面而泣。那是一种无声而压抑的哭泣，他感到整个身子都疼痛。哭了一会儿，他对自己说：

"我不能出去，我无法面对她。我像这个时代的孤魂野鬼，我会把她吓死的。"

## 5

那房间的门始终没有开启。女记者等了整整一天了，那门也没有动一下，就好像那里面根本没有生命。张小影向她描述那房间里的景象。根据张小影的叙述，女记者的脑海里浮现出这样的一幕：刘亚军在黑暗的屋子里，眼白和牙齿是黑暗中唯一能见到的东西，它们漂浮在黑暗中，就好像黑暗河流里跃出的几条小鱼，或者像一块黑幕上刺了几个小洞。张小影的描述带着纷杂的气味，她看到张小影一边说话一边用她那粗糙的手在鼻子前边扇动，好像空气里充满了那黑屋子的气息。

女记者坐在院子里，她正在帮张小影择菜叶。张小影洗好衣服后在对面坐下来，一起择。张小影出现在眼前，女记者才感到有点踏实，好像张小影是这飘零建筑唯一的支柱，好像因为张小影的存在，这个院子才不至于被风吹走。她们已说了太多的话，再没有什么可说的了。她们默默地干着手头的活儿。

也许张小影觉得这样沉默对客人不礼貌，她想了想，说：

"他已经有两餐没吃东西了，我很担心他的身体。他的身体越来越糟糕了，他受伤的部位老是要疼痛。有时候，他在里面发病了，也不让我进去，也不肯服药，宁可一个人在里面大喊大叫，痛得满头是汗。他这是在折磨自己。"

"他为什么要这样？"

"他在同自己较劲，这是他唯一能做的事。"

这是一句深刻的话。张小影确实是个让人惊奇的女人，你同她相处时你会觉得她实在是个十分普通的女人，然而当你把她当成普通女人时，她又会说出令人刮目相看的话。有时候她像溪水那样浅，有时候她又像大海那样深不可测。

在张小影做晚饭的时候，女记者去小城街头走了走。她走在街头，忽然哭了起来，一些人向她侧目而视。她感到有点难为情，可她怎么也控制不住哭泣的欲望，她的泪水源源不断地从眼眶中流出来，把她的脸颊完全浸湿了，脸上因此有了一层光亮，就好像那里涂了一层油彩。她索性不再控制,让思想停止,让泪水肆意地流淌。透过朦胧的泪眼，她看到小城的建筑和行人像一张白纸一样飘了起来。

也许我不应该来到这个地方。这十多年来，在我心目中这个地方可以说是一个圣地。这十多年来，我见到太多污秽的东西。他们说这就是现代社会，取利忘义是现代人的准则。但每次我只要想起他们，我就会相信人间依旧存留的美好。

如果没发生那件事，她也许不会来看他们。但那件事发生了。说出来真是没有一点儿新意，她没想到，这样通俗的故事也会发生在自己身上。她的丈夫，她多么信任他，她曾把他当成这世上硕果仅存的有责任心的男人，可结果就是这个男人背叛了她，事先没有一点预兆。她那天把一本采访本忘在家里了，她回家去取。当她打开门的时候，她被床上的两具肉体刺痛了双眼。她的眼睛有将近一个星期没看清任何东西，她以为从此会成为瞎子。后来，她想起了这个地方，她的视力这才慢慢地恢复。这让她想起基督使瞎子复明的故事。她比以往任何时候都向往这个地方，这里的一草一木一砖一瓦在她的感觉里似乎有了神性的光辉。可现实是多么令人失望，一切同想象的相去甚远，他们的生活就像那黑屋子一样充满病菌。她本来有满腔的委屈要向他们诉说的，可到了他们面前，却是什么也说不出来。同他们的苦比起来，她所经历的一切实在是太微不足道了。我根本就不该来这个地方。如果我没来，即使我是瞎的，心中也会亮堂堂的，但现在我看得见，可那心中的光亮消失了。

女记者决定马上离开这个地方。她为什么还要见刘亚军呢？见不见有什么两样呢？见面也解决不了什么问题，反而会令她更加失望。况且他也不肯见她，如果她在这个地方待下去，他就不会从那黑屋子里出来。这是在害他。女记者打算回到花房取回她的行李，然后回家——虽然那个家早已名存实亡。

当女记者走近院子时，听到花房里传来敲门声和张小影的叫骂声，那叫骂声中似乎隐藏着刻骨的仇恨。张小影骂道：

"你干吗不出来吃东西，你是不是想饿死，你如果真饿死倒也罢了，我也可以省心了，就怕你不死不活，受连累的还是我。我知道你不出来的原因，你对着人家女孩子难为情了是不是？可你为什么要变成这样呀，你这个倒霉鬼……"

叫骂声把女记者逼到一个尴尬的位置上。张小影如此粗糙的叫骂让她非常吃惊。她可从来没想过圣母张小影会用这种方式对待刘亚军。她感到羞辱，感到受伤，好像张小影骂的是她。她抬头看那屋子，她仿佛看到那黑屋子射出的目光，那目光里有一种看透一切的冷笑。她感到恐惧，禁不住全身颤抖起来。她一刻也不想在这里待下去了，她决定不进去取她的包了，她几乎是逃着离开这个地方的。

她刚离开院子，就听到后面传来翅膀的拍击声。她回过头去，看到在傍晚的光线下，一只白鸽在院子的树枝上飞过。她想，这是他的鸽子，他把鸽子放出来了。鸽子在天空盘旋。女记者回望了一眼那花房，继续向小桥方向走。

一个时代的纪念碑在她心里轰然倒塌了。

# 第十章　存在与虚无

## 1

到一九九二年，刘亚军在黑屋子里已经待了三年了。对刘亚军来说，这三年，四季的更迭只在小孔中显现。在黑屋子中，四季渐变的消息更加清晰。小孔中的春天，呈现出惊人的美艳，小孔像是通向鲜花的通道，又像一面放大镜把鲜花放大，他能看得见花粉的触角，娇艳而敏感。他常常想象，春天是黑暗绽放出来的鲜花。小孔又像一只吸管，把春天的气息深深吸入。春天的气息让他溃烂的肌肤变得分外敏感。三年来，刘亚军得了皮肤病，虽然服了药，但皮肤病时好时坏。特别是春天，他的身上出现了湿疹。现在他身上的病越来越多了。不仅仅是身体上的，连思想同样充满了病毒。他认为没有一个人像他那样深刻理解春天的意义。只有远离春天，春天才会显得更加灿烂。如果身处春天，春天便变得十分庸常。他常常觉得黑屋子四周的小孔不仅仅是他的眼睛，更是他的呼吸器官。他在黑暗中呼吸着整个世界整个宇宙的气息。正在社会上走红的那些气功大师宣称，你的意念要吞食星星，宇宙的精华就会吸附到你的身上。刘亚军有时候会把小孔全部打开，光线会像柱子那样斜射进来。那些小孔像是缀在黑屋子里的星星。刘亚军觉得从这些光芒出发，可以抵达不可知的天外、不可知的救世主。真有救世主吗？他经历的磨难又意味着什么？张小影的善良又传达了上天什么旨意？他对张小影的伤害是否是上天的意志呢？有时候他觉得自己像一个迷失的孩子，有时候又觉得自己像一个洞悉世事的巫师。

他和张小影之间的战争没有停止过。他总是挑衅张小影。现在，他把激发张小影的仇恨当成自己的乐趣。他希望张小影把他当成一个魔鬼，一个专门吸她血的吸血鬼。他确实看到了仇恨在张小影的眼里一点一点地积聚。在这世上，爱就像雪，极易融化，但仇恨就像蟑螂这类虫子，繁殖迅速，并且不易消灭，就是用电视广告上的那些药剂也无济于事。刘亚军希望张小影心中的仇恨越来越强烈，然后把仇恨发泄到他的身上。

曾经有一次，那样的事情几乎就要发生了。那一天，刘亚军心情很好，他主动要求张小影推着他到溪边去走一走。张小影见他从黑屋子出来，高兴坏了，脸上充满了卑微的希望，就好像她明天要重新出嫁了一样。刘亚军对此十分反感，他最见不得这种德性，好像希望他娘的是她身上结出的果子，每年都可以长出来。你他娘的只有把她连根拔起，她也许就结不出那种叫希望的果子了。张小影推着刘亚军在溪边走，开始赞美自然风光，赞美空气和阳光，还赞美四周泥土芬芳。他知道这些话的指向，这些话实际上在批判他的黑屋子，这些话的意思是他的黑屋子充满了病菌、垃圾、体腺和疯狂的念头。他知道张小影的话有理，不过他就想同她对着干。他开始和她胡诌，这使她非常愤怒。她感到他不讲道理的样子真的像一只狗或一头猪。于是她就像往日那样辱骂他，叫他猪或狗。他假装一点也不介意，甚至还对着张小影学猪或狗叫。他把猪和狗的叫声学得很像。他在这方面有天赋，当侦察兵时他学会了很多动物的叫声。这时，张小影的呼吸急促起来。她一定已经气坏了，她的眼中有了杀气。他想，我巴不得她杀死我，我早就活腻了。他就用背对着她，他不想再看到她的眼神。他知道不看她或轻视她，她的仇恨会更激烈。即使不看她，他依旧可以体味到她此刻激烈的情绪，她的呼吸冲击着他的后脑勺，那呼吸中已有了像刀子一样尖锐的东西。她推着车子的双手开始颤抖。由于刚才的吵闹，她已说不出一句话。他觉得这会儿唯一能够表达她意志的就是那双抖动的双手。轮椅正在一个高坡上面，十多米下面是轰鸣的溪水。由于刚下过一场暴雨，溪水汹涌。他清楚，只要那颤抖的双手表达出她的思想，那么他和轮椅就会飞入溪水之中。他已经想象出自己落在溪水中的情形了。他看到轮椅被碾碎而他被冲击得四分五裂。这样的想象竟让他有一种幸福感。他感受到死亡安静地诱惑着他。身后的呼吸和颤抖变得更加激烈了，他已闭上了眼睛。一会儿，呼吸和颤抖远离了他，他的轮椅在向后退去，远离了溪岸。张小影已经跑远了。他深深吸了一口气，心跳突然加剧。他想，她一定在为刚才出现在脑子里的恶念而羞愧。她就是这样的人，恶在她身上种不下。

　　他是自己推着轮椅回家的。从高坡下来时，眼前的小城就从整体变成了局部。他已经有三年没见到小城了，小城又新建了不少高楼大厦，他感受到了小城某种扩张的欲望。到处都是建筑工地，大片旧城被推倒重建，小城看上去就像是刚经历了一场战争，到处都是废墟。他觉得此时的小城很像他残缺不全的身体和心灵。

2

关于花房所在的这片旧平房将被拆迁的消息是张小影告诉刘亚军的。张小影说，现在是房产热，小城已组建了十几家房产公司，有一家公司看中了这块地，这里的旧房都得拆掉重建。张小影是在他的黑屋子里说这话的，当时，刘亚军正埋头吃饭。他们现在很少待在一起，只有在吃饭时，他才允许张小影进入他的黑屋子。刘亚军对这个话题没有任何反应。其实他是应该有所反应的，如果他们的花房真的要拆的话，对他们来说是一件大事情，他们的生活将会受到一定的影响。但刘亚军没有吭声，就好像这个消息同他没有任何关系。

见刘亚军不吭声，张小影继续说："如果花房拆迁的话，按规定他们会分给我们一套商品房。如果分给我们一楼还好，你进出也方便一点，如果在楼上，那你就很难下来了。我们得找他们谈谈。"

刘亚军把张小影的话听进去了。这段日子，他一直透过小孔观察着四周的动静。他听到桥那边，人声喧哗，打桩机开始打桩，但这片地还是很安静。不过，刘亚军对安静十分敏感，这是他从战场上得来的经验，他知道安静的时刻是最危险的，安静的背后一定酝酿着一些事情，一切都在变化着，然后猝然发生。刘亚军觉得自己像是重返了战场，正在等待激动人心的总攻号的吹响。这段日子，他充满了战斗的欲望。他知道自己会怎样对付他们。我不会向他们让一点点步，他们马上会知道我的厉害。黑暗中他的目光炯炯有神。

张小影带来消息说，关于这片旧城的拆迁通告已经张贴出来了，负责拆迁的工作人员会马上和各住户联系。张小影显得有点儿担心，她说：

"我们该怎么办？我们得有点儿准备。我不知道他们会不会照顾我们，我听说分配给我们的商品房的楼层是抽签决定的，我们要是抽到楼上该怎么办？"

刘亚军依然没吭声，不过由于内心的激动，他的脸憋红了，他嗅到了战斗的气息。

刘亚军坐在黑暗中，他想象黑暗房子里的小孔是从他身体上长出来的触角，小孔接收到的所有信息都传入他的大脑，他因此觉得世界尽在他的掌握之中。他看到院子里时常有影子摇来摇去，他在等待一个陌生的影子向他的家走来，来同他们商谈有关花房的拆迁事宜。

几天以后，那个人终于出现了。那个人的影子轻飘飘的，刘亚军通过影子判断那个向他家走来的人一定是个油头粉面的喜欢占便宜的家伙，这家伙一定华而不实，一定善于蒙吓拐骗。现在，刘亚军看清那人的面容了。他站在他们家的客厅里，居高临下地看着张小影。他是个年轻人，他这样年纪的人一定不会知道他们的故事。他的皮肤白得胜过女人，头发很油，自然卷曲着，他的头发让人想起那些在主人面前一副媚态但在陌生人面前凶悍异常的狗。张小影像所有中国人一样，对那些掌握着一定权力的人都有点儿敬畏，她正在和那个人商量关于拆迁的事。张小影说了家里的特殊情况，希望那人能对他们有适当的照顾，希望能分配一套底楼的房子。但那人一脸油水的脸上充满了不屑和鄙弃。那是个没有一点同情心的家伙，看上去充满了贪欲，找他办事非得给予他想要的好处才能办成。刘亚军的耳朵竖着，他捕捉着他们说的每一句话。当张小影说出她的要求时，刘亚军拉动绳子，整幢屋子顿时铃声大作。刘亚军看到客厅里的那人吓了一跳，紧张地东张西望。黑屋子的门打开了，刘亚军推着轮椅向客厅走去。那个人的眼光虽然有点不安但还是像锥子一样刺向刘亚军，他大概在判断这个突然出现的怪物是何方神圣。由于终日不见阳光，刘亚军的脸上有一种黑夜般的气息。刘亚军走近那人时，那人感到好像是黑夜突然降临了。刘亚军的眼光桀骜不驯，充满了好斗的信息，他的双眼里面仿佛正有一个拳击手在蹦蹦跳跳。

"你是管这一片拆迁的？"刘亚军的声音里有明显的挑衅。

"是的。"那人的态度比刚才好多了，他已放弃了在张小影面前的居高临下的姿态，脸上有了一丝胆怯。

"这房子你们说拆了就拆了？"

"我们会按国家政策给予安置的。"

"你知道我是谁吗？"

"……对不起，我不知道。但不管是谁，在政策面前人人平等……"

"告诉你，这房子不能拆，就是县长来了，我也不让他拆。"

张小影对刘亚军刚才的那番话感到惊讶。她怕刘亚军把事情闹大，到头来不但房子被拆（这几乎没什么可以商量的），还安置不了（这种事见得太多了），所以，她带着歉意对那人说：

"你先回去吧，我们商量好了再去找你怎么样？"

刘亚军狠狠地推了张小影一把，差点把张小影推倒。他吼道：

"滚一边去，这里没你的事。"

那人见机就往门外溜，他一边后退一边说："好好，你们先商量商量。不过，老实说，国家的政策，一视同仁，实在没什么好商量的，你们还是早点准备，免得到时候搬家都来不及。"

张小影见那人向门外走，就去送他，嘴上在说一些好话。这时，刘亚军吼道："你给我回来。"

张小影同那人苦笑了一下，回到屋内。她对刘亚军的表现很生气，觉得刘亚军关在黑屋子里一定是把脑子关坏了，他竟说他不会搬走。难道他想让推土机给碾死不成！她骂刘亚军：

"你这是干什么？"

"这事你就不要插手了。这事我来对付。"

"你究竟想干什么？"

"除非他们给我新造一幢平房，否则我哪也不去，就住在这里。"

"你以为你是谁呀。"

"我他娘的是一个英雄。"

## 3

透过小孔，刘亚军看到屋外的影子像波浪一样在四周扩散。他知道他们开始动手了，他们已顾不得他了，他们将把花房周围的旧屋统统推倒。他们采取的策略就是"农村包围城市"，他们把周围的旧屋拆掉后，再来对付他。他们已警告过他，他们将对花房实施停水停电。但他谅他们也不敢，老子是什么人？他们看错人了。刘亚军像是重回战场，他那虚弱的身体突然有了无穷的能量，全身的疼痛也消失了。他精神抖擞，等待着与他们决战。他想，他们最终会发现这是一个难以攻克的堡垒。

张小影明白刘亚军的心思，但她认为刘亚军这样的做法是危险的。他这是要挟，他这样不但得不到好处，反而会适得其反。她清楚刘亚军正目光炯炯地观察着周围的一举一动，他把这个世界当成他的敌人。但那只不过是他的幻觉，事实上他认为的敌人根本没有把他放在眼里。她认为他的等待到头来只能是一场空。她可不能像刘亚军那样怀着对抗的心态等待激烈事情的发生，她希望事情能圆满解决。她不像刘亚军，她比较现实，只要房产商分配给他们一楼的房子就可以了。

不久，张小影了解到建造的楼房的底层设有自行车库，进出一楼也是要爬楼梯的。这倒让张小影头痛了。张小影主动找管拆迁的人谈了几次。张小影说，替我们找一间有卫生设施的平房吧，这样我们马上搬。那管拆迁的人认为张小影的要求是过分的，是想趁机敲一笔竹杠，所以，就不再理睬张小影。他说，你们不想搬就住着吧，打桩机马上就会开进来了，过几天，打桩的声音会让你们晚上都睡不着觉，到时候，你们连一楼都分不到了。

他们说的没错，打桩机进来后，晚上变得喧闹无比。张小影已经有好几个晚上没睡着觉了。自从刘亚军进入那黑屋子以后，她就一个人睡觉。她不知道黑屋子里的刘亚军有没有睡着。她常常半夜里起来，来到院子里，往打桩的方向望。那边灯火通明，机器正发出尖利的撞击声，没有人声，虽然工人们守在机器旁，但他们没发出任何声音。有时候，说话也有昼夜之分，夜晚即使醒着，人们也不愿意说话，好像说话会破坏什么禁忌。工地现在平整了不少，那些原本堆在一边的断砖和废旧木料都当作建筑垃圾运走了，工地旁边新砌了一些简易工房，那是管理人员的办公室，有些是给建筑工地的民工居住的。同那边相比，这个院子一片漆黑。张小影站在黑暗中想，这不是一个久留之地，她和刘亚军不应待在这个地方，她得想出一个办法来。

办法当然是有的，这段日子，这办法一直盘桓在她的心头，只是她还没拿定主意是不是照此实施。现在看来只能走这一步了。

她打算向政府寻求帮助。她想，不管怎么说，他们还是有一些政治资本的，她向政府提出要求，政府应该会给他们一个答复的。她是可以去找县委领导的，不过她暂时不想找上门去，她觉得找上门去有点像一个叫花子。她从镜子里看到自己，虽然穿得不好，衣服的样式陈旧，但她的脸上充满了人民教师的尊严。一个有尊严的人是不应该像叫花子一样去向领导要求这要求那的。她决定给县委书记写一封信。现在的县委书记就是当年把他们接到小城来的陆主任，他是个热情的人，对他们充满了善意。她开始写信，千言万语涌上笔头，她不知从何写起。她突然感到委屈，情不自禁地哭了。她努力让自己平静一点，她对自己说，你没有什么好委屈的，你的经历是上天的安排。有一个人需要照顾，你就出现了，就这么简单。这个人让你有了孩子，他是孩子的父亲，你不照顾他谁来照顾他呢？天底下有些道理是非常简单的。她于是平静了许多。她写下了称呼，虽然他现在已是县委书记，可是她在信里依旧叫他陆主任，以表示他们是旧识。她的信写得很得体，她没有在信里提任何要求，她只是把具体困难做了汇报。她知道他看了信是能够懂得她深藏在词行间里的想法的——他是很聪明的人。为了保证陆书记能收到她的信，她还挂了号。信寄出后，她就等待回音。她想，陆书记应该会给她一个回音的。

一个星期过去了。半个月过去了。陆书记那边没有任何音讯。工地越来越吵闹了。打桩机流出的脏水已开始向他们家的院子里漫洇。一些植物碰到这些脏水后马上死掉了。到了第二十天，她失望了，她认为那封信白写了。也许陆书记根本没有看到她的信。

她不知道这件事发展下去会是个怎样的结局。照目前的情形，拆迁办的人好像不打算拆他们的花房了，反正目前花房的存在对工程没有什么影响。这样下去，他们将在这工地上长期待下去了。张小影着急了，她又给县委书记写了几封信。如果再不回信，她打算去找陆书记。她实在是没有办法了。

刘亚军知道张小影在四处奔走。她虽然看上去很弱，其实还是很有行动力的，她瘦弱身体里藏着无穷的能量和无比的坚韧。不过刘亚军不认为她会有什么结果，即使有结果也是妥协的产物，而他不想做任何妥协。他待在黑暗里，目光如剑，穿行在花房的四周。世界光影变幻，迷雾重重，就像深不可测的命运。刘亚军的目光同时深入自己的内心，他不清楚自己是更了解那个"自我"了，还是更加迷失了。他常常觉得自己像一个对世界洞悉很深却不知道自己身处何处的诗人。做一个诗人也并非难事，待在黑屋子里，你就会对世界有奇妙的想象。你可以拿现成的景象做比喻，比如这建筑工地，这废墟，这死亡的植物，都可以是一个隐喻。那是世界图景，也许就是他心灵的图景。他明白这是他与世界的交往方式决定的，他总是用一种敌对的目光看待这个世界。这是错误的，但他需要，他只有在这种敌视中才感到自己还活着。世界在疯狂地生长，像菌类一样裂变繁殖，这世界就是刘亚军眼里越来越强大的敌人。现在,他们兵临城下,他们甚至想把他铲除。刘亚军已做好了准备。随着敌人的强大，他自己也变得越来越强大了。他等待着他们的到来。

可是他们一直没有来。在日复一日的单调的打桩声中，刘亚军正在变得失去耐心。他开始自我怀疑了，他意识到，他的敌人根本没把他当回事，他们根本没有觉得他有什么力量，他们只是不想铲除他，他们要铲除他的话什么时候都可以动手，同那个世界比，他根本就是一粒微尘，尘中的尘。

也许他眼中的敌人本来就不存在，他隐藏在内心深处的攻击欲望根本就找不到发泄的对象。刘亚军突然变得气馁了。

## 4

正当张小影在为他们搬迁的事操碎了心的时候，她突然接到父亲的电话。父亲告诉她一个坏消息，儿子得了急性脑膜炎住进了医院，要她速去照料。张小影听到这个消息后差点晕过去了。她想立刻去儿子身边，但又有点放不下刘亚军，她担心自己离开后他会有什么不测。她已预感到刘亚军会做出一些出格的行为来。

刘亚军看到张小影进屋时，她的影子都在颤抖。他想，张小影一定出了什么事。她进屋后一直木然坐在厅堂里，她的样子像一具蜡像，脸上是一种没有生命迹象的苍白。那是因为她的魂儿已从她的身上逃走了，魂儿跑了后，肉体就缺乏韧性，就会像一张白纸那样脆薄。肉体要靠灵魂才能组织在一起。刘亚军知道张小影一定碰到什么难事了。他拉动了绳子，房间里铃声大作。刘亚军看到张小影听到铃声后打了一个激灵。刘亚军把黑屋子的门打开了，他推着轮椅往客厅移去。

刘亚军得知儿子得病的消息，也很着急，他打发张小影赶紧走。他对张小影说，你放心去吧，我会照顾自己的。张小影说，我要是走了，万一他们给你断水停电怎么办？刘亚军说，他们不敢。刘亚军好像早已盼着张小影离家了，他显得有些迫不及待，他甚至帮张小影收拾起行李来。他们俩谁也没有说话。刘亚军觉得有一种什么东西从他们中间生长出来，不过，他没有深入思考这究竟是什么东西。一会儿，张小影就匆匆上路了。刘亚军一直立在花房前，看着张小影的背影越来越小，最后消失在桥头。

张小影走后，刘亚军认为自己没有必要再进入那间黑屋子了。张小影离去后，他突然觉得这世界飘了起来，就好像这个世界的某个支点被松动了。不但小城像一张白纸那样飘拂起来，就连附近工地上传来的声音都显得轻飘飘的。他知道眼前的世界已飞离了他，变得极度不真实了。他向小城深处走去。街上满是人群，但没有一个人注意他。他怀疑自己在黑屋子里待了三年后已变成了一个隐身人。这让他感到恐惧，难道他已变成一个影子了吗？他还是想引人注目的，他试着大吼了几声。他的声音虚幻，并带着一股子阴气。他的喊声没有引来任何人的侧目。他想，他或许根本没有喊出声来，那声音只不过是他的想象。他又试着喊了几声，他听不到自己的声音，就好像他成了一个聋哑人。他甚至怀疑起自己是否还活在人间。

刘亚军像幽灵一样在街上转了半天，没有一个人同他打招呼。他不知道是这个世界变得虚无缥缈了，还是他自己变得虚无缥缈了。他无法验证。他只能回家。回家要路过工地，他突然想起那个负责拆迁的人，决定去找那个人。他想好了要同他吵一架，这是他证明自己存在的唯一方式了。他在工地上找啊找，却没有发现那人。有时候他觉得对面走过来的人有点儿像那拆迁者，他同那人打招呼，那人却用陌生的眼神看他。他很气馁。他原本以为他的存在是强大的，现在看来谁也没把他当成一个对手。他原本以为这世界是他的敌人，没想到这世界根本就是虚无，他就是想找一个明确的敌人也找不到。如果没了敌人，那么我多年来的不平、愤懑、仇恨就失去了任何意义，意味着我过去根本就是在自娱自乐。

刘亚军来到黑屋子里。这一天来的情景都已幻化，真实和幻想连他自己都分不出来。他甚至怀疑自己今天也许根本没出去过，所谓像幽灵一样在街头漫步或寻找敌人，只不过是他待在黑屋子里胡思乱想而已。他已经难以把握这个世界了，只感到一切都是虚无。张小影离去后，一切都变成了虚无。

他意识到张小影离去前，弥漫在他和张小影之间的那种陌生的气氛是什么了。他洞悉到张小影离他而去时的真实情感，她一定是长长舒了一口气，她一定会有一种解脱之感，她终于可以趁儿子生病的当儿逃离他。她意识到自己潜意识中的愿望吗？为什么在收拾行李时他们会突然彼此客气起来呢？难道他们已意识到从此后将变成陌生人？

这个想法让刘亚军吓了一跳。当事实还没有来临的时候，其实每个人都已做好了准备。思想是多么奇妙啊，它深藏不露，甚至可以欺骗你本人。不光是张小影感到解脱，刘亚军何尝不是这样呢。现在，他洞悉了自己急于支走张小影的深层动机了。一切已在他不知道的时候安排好了。他就像是一只凭本能行事的动物，很早以前就在为自己的最后归宿做好了准备。刘亚军来到黑屋子的角落，那里有一只塑料桶，方形的，扁扁的，上面还有一只手柄。他伸手掭了掭那桶。他知道里面放着什么。

那是柴油。这柴油桶放在这里已经五年了。这桶油还是他同汪老头打赌时赢来的。它一放就是五年，静静地躺在墙角，被人遗忘。可是万物运转有它自己的规律，终于在今天，这桶东西变得醒目起来，成为决定他命运的物件。他打开桶盖，深深吸了一口气，柴油的芬芳让他如饮烈酒，令他热血沸腾。我的思想早在五年或更早的时候已像种子一样埋好了，这只柴油桶已整整等了我五年。

现在，刘亚军觉得他能够分辨出弥漫于宇宙间的消息了，比如这次张小影的离去就包含着上天的意志。这是一次偶然的逃离，但看起来像上天的一次刻意的安排。人世间的偶然中其实隐藏着人们最热切的盼望，上天总是会安排一些事让你得到一个解脱的机会。他已经看清了这件事的本质，上天已给了张小影远走高飞的机会，上天同时告诉他，他将以适当的方式在这个世上消失。只有他的消失才能让张小影解脱。这就是上天通过这一偶然事件向他敞开的秘密。我是应该消失了，我已经腻烦在这世上待下去了。刘亚军明确地意识到这一次是他们的生离死别。

他开始翻箱倒柜。他终于找到了自己的军装。他已有好几年没穿军装了。他把军装穿在身上。由于他的身体比十多前年要胖得多，他花了好大力气才把衣服穿到身上。他站在镜子前照了照，然后发出令人毛骨悚然的大笑。他笑的时候，眼睛变得越来越锐利，眼睛中的光点越来越明亮，眼神却变得越来越遥远，让人觉得他眼中的光亮来自遥远的宇宙深处。

不，他眼中的光亮来自一团火。火光在他的眼里神秘而古老，就像这个令人费解的尘世。火开始映红他的脸。火确实有自己灵魂，它吞噬事物干净利落，窗帘转眼之间变成一团鼓起的黑棉花，这团黑棉花在火搅动的风中迅速升腾，成为一团乌云。木质家具的火焰像一头横冲直撞的蛮牛，气喘吁吁的，而那火焰就像是从木头的里面吐出来似的，就好像木头里藏着一只盛满火焰的巨大的肚子。火焰是风，风里藏着刀子，风吹过他的脸，他脸上的汗毛被燎得精光。他感到自己的皮肉开始变成气体……已经是黑夜时分，火焰从黑暗中升起来，透过火焰，小城在不住地抖动……

这时，他听到耳边传来了救火车遥远的鸣叫声。他觉得那声音安详、甜美，就像母亲的摇篮曲。

# 5

小城人听说城西发生了火灾，开始他们不知道那个烧死的人是谁，不久，人们都知道了。因为刘亚军的身份特殊，大家议论纷纷。关于那次火灾有了不同的说法。一种说法来自官方，据来自公安部门的消息，这次火灾完全是个意外，是附近工地民工用火不当心引起的。由于住在花房里的人行动不便，来不及逃走就不幸烧死了。更多的说法来自民间，这些说法大都倾向于刘亚军是自焚而死。

消息在小城的传播速度非常快，一般来说，小城没有什么秘密可言。不久人们就知道张小影回到了小城，她是被政府部门用专车接回的，据说一路上张小影都不知道家里发生的事。专车直接把她带到县委陆书记那儿，陆书记一脸悲痛地向张小影通报了刘亚军死亡事件及公安部门的调查结果。陆书记说，这事完全是个意外，我们都表示很难过。你们为国家做出过贡献，但你们一直把自己当成普通人看待，不搞特殊化，多年来默默奉献，体谅国家的难处。你们过去是全县人民学习的榜样，今天仍然是全县人民学习的榜样。据说，张小影听了陆书记的话后，放声大哭，悲恸欲绝。在一旁的陆书记和身边的工作人员无不动容，也都流下了泪水，大家纷纷劝慰张小影节哀顺变。

刘亚军的葬礼是由政府出面举办的。据参加葬礼的人说，张小影在葬礼上同样哭得死去活来。他们从哭声中感受到了她和刘亚军之间某种生死相依的情感，他们相信她和刘亚军之间确实存在超乎寻常的伟大的爱。他们都十分同情张小影，他们说张小影确实是一个好心肠的苦命人，也是一个死心眼的人，不过，对她来说，这也许不是什么坏事情，也许这是老天开眼，给她解脱，她从此可以过上更轻松的日子了。

肖元龙参加了刘亚军的追悼会。当他听到张小影悲伤地哭泣时，他有点不以为然，他认为张小影不是在为刘亚军哭泣，而是在为组织终于找到了她而哭泣。但随着葬礼的进行，他的这个想法有了改变。张小影哭声里有某些东西打动了他，让他心头难受。他从来没见张小影这样哭过，在学校里，张小影就是笑也是很有节制的，是那种圣女式的没有大悲大喜式的笑，即使她后来有了很多不平，她也是这样节制，喜怒不形于色。

但这会儿，她的哭声没有任何控制，哭得非常放肆，就好像哭声成了她身上唯一拥有的东西，就是她身体和心灵本身。从这哭声中，他感到张小影和刘亚军的关系比他想象的要复杂得多，也深刻得多。这个世界隐藏着的秘密休想洞穿它，也许就连上帝都被蒙在了鼓里。他觉得她的哭声内容丰富，就好像那声音里包含了所有人的痛苦历史。她的哭声就像音乐那样抽象。一直以来，她一直用沉默表达着，现在她终于发出了声音，却不是语言，而是号啕大哭。这个世界就是这样，你以为你有很多话要说，到头来发现除了哭泣什么也说不出来。她的哭声击中了肖元龙的块垒，想起多年来落魄的生涯，想起每况愈下的境遇，肖元龙的心里一阵酸楚，泪水夺眶而出。他用手掩脸。他很想痛痛快快地哭一场。他倒退着离开这个葬礼。葬礼上的人们在他的眼里慢慢变小了。他的眼泪不加掩饰地在流淌着。他已有多年没哭泣了，多年来他一直热衷于在纸上表达，用没完没了的语言表达对世界的看法，但那些文字一无例外都变成了一堆一堆的垃圾，还没有哭泣来得痛快，来得有力量。他发现哭泣是这个世界最为本质的声音。有一些过路的人对他侧目而视，他依旧旁若无人地哭泣。他为自己有那么多眼泪而感到吃惊。远处的葬礼在他的泪光中变形，他听到那葬礼上的悼词，那些词语宏大、漂亮，充满了意义。他闭上眼睛，摇了摇头，好像这样可以把这些缠绕着他的词语赶跑。他想，我算是看透了这个世界，这个世界荒谬透顶，没有任何意义，这个世界的一切最终将被时间所吞噬，一切都是暂时的，人生的华宴转瞬即逝，躯体化为灰烬，装饰躯体的荣耀不复存在，就连曾经经历的苦难本身也最终成为一片虚无。

2000 年 10 月——2001 年 7 月初稿

2001 年 8 月——2001 年 11 月二稿

2001 年 11 月——2001 年 12 月改定

2009 年 8 月——2009 年 9 月修订

**图书在版编目（CIP）数据**

爱人同志 / 艾伟著 .— 杭州 : 浙江文艺出版社，2022.1
ISBN 978 – 7– 5339 – 6530 – 3

Ⅰ. ①爱⋯　Ⅱ. ①艾⋯　Ⅲ. ①长篇小说 – 中国 – 当代
Ⅳ. ① I247.5

中国版本图书馆 CIP 数据核字（2021）第 115032 号

| | |
|---|---|
| **策划统筹** | 曹元勇 |
| **责任编辑** | 李　灿 |
| **营销编辑** | 耿德加 |
| **装帧设计** | 朱云雁 |
| **责任印制** | 吴春娟 |

**爱人同志**

艾伟　著

| | |
|---|---|
| **出版发行** | 浙江文艺出版社 |
| **地　　址** | 杭州市体育场路 347 号 |
| **邮　　编** | 310006 |
| **电　　话** | 0571–85176953（总编办） |
| | 0571–85152727（市场部） |
| **印　　刷** | 上海盛通时代印刷有限公司 |
| **开　　本** | 889 毫米 × 1240 毫米　1/32 |
| **字　　数** | 200 千字 |
| **印　　张** | 9.625 |
| **插　　页** | 4 |
| **版　　次** | 2022 年 1 月第 1 版 |
| **印　　次** | 2022 年 1 月第 1 次印刷 |
| **书　　号** | ISBN 978-7-5339-6530-3 |
| **定　　价** | 62.00 元（精装） |

**一本书打开一个世界**

欢迎订购、合作

订购电话：0571-85153371

服务热线：0571-85152727

KEY- 可以文化　　浙江文艺出版社　　天猫旗舰店

关注 KEY- 可以文化、浙江文艺出版社公众号，

及浙江文艺出版社天猫旗舰店，随时获取最新图书资讯，

享受最优购书福利以及意想不到的作家惊喜